采桑子·而今才道当时错
而今才道当时错，心绪凄迷。
红泪偷垂，满眼春风百事非。
情知此后来无计，强说欢期。
一别如斯，落尽梨花月又西。

浣溪沙·谁念西风独自凉
谁念西风独自凉，
萧萧黄叶闭疏窗。
沉思往事立残阳。
被酒莫惊春睡重，
赌书消得泼茶香。
当时只道是寻常。

长相思·山一程
山一程，水一程，
身向榆关那畔行，
夜深千帐灯。
风一更，雪一更，
聒碎乡心梦不成，
故园无此声。

木兰词 · 拟古决绝词柬友
人生若只如初见，何事秋风悲画扇。
等闲变却故人心，却道故人心易变。
骊山语罢清宵半，泪雨霖铃终不怨。
何如薄幸锦衣郎，比翼连枝当日愿。

画堂春·一生一代一双人

一生一代一双人，争教两处销魂。

相思相望不相亲，天为谁春？

桨向蓝桥易乞，药成碧海难奔。

若容相访饮牛津，相对忘贫。

纳兰词绝色与情韵赏析

落尽梨花月又西

纳兰性德◎著

亦歌 解析

一生最爱**纳兰词**

图书在版编目（CIP）数据

落尽梨花月又西 /（清）纳兰性德著；亦歌解析 . -- 北京：北京联合出版公司，2015.11（2017.3 重印）

ISBN 978-7-5502-6479-3

Ⅰ . ①落… Ⅱ . ①纳… ②亦… Ⅲ . ①词（文学）—作品集—中国—清前朝 Ⅳ . ① I222.849

中国版本图书馆 CIP 数据核字（2015）第 251025 号

落尽梨花月又西

作　　者：纳兰性德
选题策划：北京宏泰恒信文化传播有限公司
责任编辑：侯娅南
策划编辑：杨亚琼
封面设计：仙境设计
版式设计：张　敏
责任校对：孙惠芳

北京联合出版公司出版
（北京市西城区德外大街 83 号楼 9 层　100088）
北京联兴盛业印刷股份有限公司　新华书店经销
字数 280 千字　710 毫米 ×1000 毫米　1/16　20.5 印张
2015 年 12 月第 1 版　2017 年 3 月第 2 次印刷
ISBN 978-7-5502-6479-3
定价：38.00 元

本书若有质量问题，请与本公司图书销售中心联系调换。电话：010-58572848

前言

谁人能懂纳兰词

历代词人，能够在当今社会名世的也只有一个纳兰性德了。纳兰性德的词风，独发性灵，淡雅温婉，直抒胸臆，曾被王国维推崇为北宋之后词坛第一人。

纳兰性德字容若，自幼生活在北京，成长于相府，天生的富贵令他比常人多了一份贵气与风骨。王国维曾经言说，纳兰词之所以高妙绝伦，正是因为“未染汉人习气”。王国维所谓的汉人习气并无贬低之意，而是说容若之词之所以能够为世人所欣赏，正是因为他汲取了汉文化的精髓，却又充盈着满族人的质朴与天真。

满汉文化运用得相得益彰，容若才能够写出让世人叹为观止的诗词。纳兰性德是一个奇特的男子，他几乎拥有了世间的一切，但独独没有快乐。作为情深不寿的典型，纳兰性德在他短暂的三十一年生命中，用词章抒写了自己所有的故事。

我们喜欢一个词人，往往是从喜欢他的词开始。但纳兰性德为人所爱却并非如此，更多的人是因为先欣赏他的为人，再喜欢上他的词。他是一个多情且专情的男子，一个风流倜傥却从不拈花惹草的男子，一个拥有很多故事的男子。

纳兰性德的一切都让后人为之着迷，可惜史料记载有限，为了探寻纳兰生命中的痕迹，人们只能从他的词中追溯而上。于是，当后人翻开那一首首动人心魄的词章，阅读那一段段感人肺腑的词句，心即刻被融化到了纳兰的世界中。

纳兰词向来以直白简约、直抒胸臆著称，他用“点滴芭蕉心欲碎”来写内心的难过，用“绿阴帘外梧桐影”来写平日的惆怅，用“桃花羞做无情死”来写相思的苦闷。在纳兰的词中，感情就是最简单、最直白的语言。

正是这种简单质朴的情感，让无数人为之倾倒。人们看过了太多的遮遮掩掩，读过了太多的欲语还休，似乎就要遗忘掉简洁明了的情感时，纳兰词款款而来，如清风朗月，让人们的视觉和心灵都为之一振。

纳兰词向来写得很唯美，那种简单的美甚至让人无心探究这首词究竟写的是什么内容，只一味沉浸于种种简单且纯净的唯美境地。人们想从纳兰的词中探寻他生前的往事，但那些看似直白却又没有具体故事细节的词章，让人们始终无从下手。

或许这就是纳兰词的魅力所在，影影绰绰中，留给人们无限的遐想与猜测。纳兰性德曾在他的《纳兰词》前写道 :“如人饮水。”纳兰的内心了如明镜，我们读词，不正是如人饮水，其间冷暖，各人自知吗?

目录

临江仙（点滴芭蕉心欲碎）/ 001

少年游（算来好景只如斯）/ 004

茶瓶儿（杨花糁径樱桃落）/ 007

忆王孙（暗怜双绁郁金香）/ 010

忆王孙（刺桐花下是儿家）/ 013

忆王孙（西风一夜剪芭蕉）/ 016

调笑令（明月）/ 018

河传（春浅）/ 021

蝶恋花　散花楼送客（城上清笳城下杵）/ 024

虞美人（绿阴帘外梧桐影）/ 027

虞美人（曲阑深处重相见）/ 030

虞美人（峰高独石当头起）/ 033

采桑子（彤云久绝飞琼字）/ 036

采桑子（谁翻乐府凄凉曲）/ 039

采桑子（土花曾染湘娥黛）/ 041

采桑子（而今才道当时错）/ 043

采桑子（严霜拥絮频惊起）/ 045

采桑子（冷香萦遍红桥梦）/ 048

采桑子　咏春雨（嫩烟分染鹅儿柳）/ 050

采桑子（非关癖爱轻模样）/ 052

采桑子（桃花羞作无情死）/ 055

采桑子（拨灯书尽红笺也）/ 058

采桑子（凉生露气湘弦润）/ 061

采桑子（谢家庭院残更立）/ 063

采桑子（明月多情应笑我）/ 066

谒金门（风丝袅）/ 068

菩萨蛮　寄顾梁汾苕中（知君此际情萧索）/ 070

忆江南（昏鸦尽）/ 073

忆江南（江南好，建业旧长安）/ 076

忆江南（江南好，城阙尚嵯峨）/ 078

忆江南（江南好，怀古意谁传）/ 081

忆江南（江南好，虎阜晚秋天）/ 084

忆江南（江南好，真个到梁溪）/ 087

忆江南（江南好，水是二泉清）/ 089

忆江南（江南好，佳丽数维扬）/ 091

忆江南（江南好，铁瓮古南徐）/ 093

忆江南（江南好，一片妙高云）/ 095

忆江南（江南好，何处异京华）/ 098

忆江南（新来好，唱得虎头词）/ 100

赤枣子（惊晓漏）/ 103

玉连环影（何处）/ 106

遐方怨（欹角枕）/ 108

浪淘沙　望海（蜃阙半模糊）/ 111

浪淘沙（双燕又飞还）/ 114

诉衷情（冷落绣衾谁与伴）/ 117

浣溪沙　寄严荪友（藕荡桥边埋钓筒）/ 119

如梦令（正是辘轳金井）/ 122

如梦令（木叶纷纷归路）/ 124

浣溪沙（十里湖光载酒游）/ 126

浣溪沙（脂粉塘空遍绿苔）/ 128

浣溪沙　大觉寺（燕垒空梁画壁寒）/ 130

浣溪沙（抛却无端恨转长）/ 132

浣溪沙　小兀喇（桦屋鱼衣柳作城）/ 134

浣溪沙　姜女祠（海色残阳影断霓）/ 136

天仙子（梦里蘼芜青一剪）/ 138

天仙子（好在软绡红泪积）/ 140

天仙子　渌水亭秋夜（水浴凉蟾风入袂）/ 143

好事近（帘外五更风）/ 146

好事近（马首望青山）/ 149

好事近（何路向家园）/ 151

江城子（湿云全压数峰低）/ 153

长相思（山一程）/ 155

相见欢（微云一抹遥峰）/ 158

相见欢（落花如梦凄迷）/ 160

昭君怨（深禁好春谁惜）/ 163

昭君怨（暮雨丝丝吹湿）/ 165

清平乐（烟轻雨小）/ 167

清平乐（青陵蝶梦）/ 169

清平乐（将愁不去）/ 172

清平乐（凄凄切切）/ 175

清平乐　忆梁汾（才听夜雨）/ 178

清平乐（塞鸿去矣）/ 180

清平乐（风鬟雨鬓）/ 182

清平乐　秋思（孤花片叶）/ 184

清平乐　弹琴峡题壁（泠泠彻夜）/ 186

清平乐　上元月蚀（瑶华映阕）/ 188

东风齐着力（电急流光）/ 190

满江红　茅屋新成却赋（问我何心）/ 192

满江红（代北燕南）/ 195

满江红（为问封姨）/ 198

满庭芳（堠雪翻鸦）/ 201

满庭芳　题元人芦洲聚雁图（似有猿啼）/ 204

水调歌头　题西山秋爽图（空山梵呗静）/ 208

水调歌头　题岳阳楼图（落日与湖水）/ 211

凤凰台上忆吹箫（荔粉初装）/ 214

凤凰台上忆吹箫　守岁（锦瑟何年）/ 217

金菊对芙蓉　上元（金鸭消香）/ 220

琵琶仙　中秋（碧海年年）/ 223

御带花　重九夜（晚秋却胜春天好）/ 225

酒泉子（谢却荼蘼）/ 228

生查子（东风不解愁）/ 230

生查子（鞭影落春堤）/ 233

生查子（散帙坐凝尘）/ 235

生查子（短焰剔残花）/ 238

生查子（惆怅彩云飞）/ 240

忆秦娥　龙潭口（山重叠）/ 243

忆秦娥（春深浅）/ 245

忆秦娥（长漂泊）/ 247

阮郎归（斜风细雨正霏霏）/ 250

画堂春（一生一代一双人）/ 252

点绛唇　咏风兰（别样幽芬）/ 255

点绛唇　对月（一种蛾眉）/ 258
点绛唇　黄花城早望（五夜光寒）/ 261
点绛唇（小院新凉）/ 263
浣溪沙（泪浥红笺第几行）/ 265
浣溪沙（伏雨朝寒愁不胜）/ 267
浣溪沙（谁念西风独自凉）/ 271
浣溪沙（莲漏三声烛半条）/ 273
浣溪沙（消息谁传到拒霜）/ 276
浣溪沙（雨歇梧桐泪乍收）/ 279
浣溪沙（谁道飘零不可怜）/ 281
浣溪沙（酒醒香销愁不胜）/ 283
浣溪沙（欲问江梅瘦几分）/ 285
眼儿媚（独倚春寒掩夕霏）/ 288
眼儿媚（重见星娥碧海槎）/ 290
眼儿媚　咏梅（莫把琼花比淡妆）/ 292
朝中措（蜀弦秦柱不关情）/ 295
摊破浣溪沙（林下荒苔道韫家）/ 297
摊破浣溪沙（风絮飘残已化萍）/ 299
摊破浣溪沙（欲语心情梦已阑）/ 301
摊破浣溪沙（小立红桥柳半垂）/ 303
摊破浣溪沙（一霎灯前醉不醒）/ 306

临江仙（点滴芭蕉心欲碎）

点滴芭蕉心欲碎，声声催忆当初。欲眠还展旧时书。鸳鸯小字[①]，犹记手生疏[②]。

倦眼乍低缃帙乱[③]，重看一半模糊。幽窗冷雨一灯孤。料应情尽，还道有情无？

注释

①鸳鸯小字：指相思爱恋的文辞。《全元散曲·水仙子·冬》："意悬悬诉不尽相思，谩写下鸳鸯字，空吟就花月词，凭何人付与娇姿。"

②生疏：不熟练。

③缃帙：浅黄色书套。亦泛指书籍、书卷。

赏析

那是另一个时空中雨打芭蕉的夜晚。

心欲碎，不知是芭蕉心碎，还是纳兰心碎。"早也潇潇，晚也潇潇"，古往今来的诗词中，芭蕉似总喜欢同雨"相伴"。雨滴芭蕉，入梦，美酒半酣，有唐代汪遵心恋江湖；入画，有王摩诘《雪打芭蕉》令人忘却寒暑，亦有白石老人大叶泼墨深感酣畅淋漓；入乐，《雨打芭蕉》淅淅沥沥，似雨滴蕉叶比兴唱和，急雨嘈嘈，私语切切，诉尽人间相思意。

至于这芭蕉心，正如易安所言"舒卷有余情"。禅语云"修行如剥芭蕉"，如果我们的心已被世间种种欲念所裹，那么修行便是将层层伪装脱去，"觉心”是找回纯真的自我，“明心”则是彻悟尘世的一切杂念，方可见性。

纳兰心中，芭蕉心在其不展。也因其不展，枝枝叶叶才藏得住纳兰梦萦半生的回忆，层层叠叠才容得下纳兰多愁又敏感的心。其实何止善感的纳兰，“此夜芭蕉雨，何人枕上闻”，纵是梅妻鹤子的林逋也难掩芭蕉雨下那些撩人的情思。

“忆当初”，短短三字便如一把利剑斩断今生。今生已作永隔，窗外雨声风声入耳，曾有多少夜晚流逝于情意缱绻的呢喃？未来又将有多少不眠的孤夜，唯有旧忆聊以回味？所幸，过去的日子并未消逝于流年，从那发黄的词笺之上仍可略窥一二。

“鸳鸯小字，犹记手生疏”，怕是纳兰也在怀念把笔浅笑的她吧。此语原出自明末王次回的《湘灵》：

戏仿曹娥把笔初，描花手法未生疏。

沉吟欲作鸳鸯字，羞被郎窥不肯书。

纳兰与这位明末的才子颇有渊源。王次回出身金坛望族，仕宦之家，连他的女儿王朗也是著名的词人。与他的祖上相比，王次回仕途坎坷，终生不得志，仅在晚年做了松江府华亭县训导，不过是个无名无实的小官。然而他的作品上承李义山，下启清初词坛，对近代的鸳鸯蝴蝶派也颇有影响。纳兰诗词中常见王次回《凝雨集》的影踪，可又有多少人知道，王次回也如纳兰一般，爱妻早丧，不过凉薄人世一孤伶人。若可同世而立，纳兰与次回或许也能成为惺惺知己吧。

当年的娇俏语长萦耳畔，欲语还休的羞涩模样犹在心头，鸳鸯小字里，似可见这位解语花的身姿若隐若现。然而，以为是一生一世一双人，所托竟只余几页满蘸相思意的旧时书。南宋蔡伸曾慨叹，“看尽旧时书，洒尽今生泪”。蔡伸是书法家蔡襄之孙，官至左中大夫。名门之后，位高权重又如何？“三更夜，霜满窗，月照鸳鸯被，孤人和衣睡。”

旧时书一页页翻过，过去的岁月一寸寸在心头回放。缃帙乱，似纳兰的心散落冷雨中，再看时已泪眼婆娑。“胭脂泪，留人醉”，就让眼前这一半清醒一半迷蒙交错，梦中或有那人相偎。

又是一窗冷雨，纳兰看到了半世浮萍随水而逝，如记忆中挥之不去的她，

“一宵冷雨葬名花”。还是身边这盏灯，只是高烛红妆不再，唯有寒月残照，灯影三人。太白对孤灯空长叹，“美人如花隔云端”。故人入梦，又渐行渐远，“是邪？非邪？立而望之，偏何姗姗来迟。”汉武帝为李夫人招魂，灯影明灭处，空留千古一帝不得见的叹息。

罢了，一梦似千年，从来是人生长恨水长东。刘禹锡一句“东边日出西边雨”，留多少痴念在人间。已道无情，而情至深处却难自已。这般深情厚谊，在纳兰心中恐怕已不是简单的有情二字，而是人生难得知心一人。如果说情是前世五百次的回眸，爱是百年修得之缘，那么知心便是三生石畔日日心血的倾注。

有情无？

纳兰笃定不念今生，料想今生情已尽。一心待来生，愿来生再续未了缘，可有来生？

少年游（算来好景只如斯）

算来好景只如斯。惟许有情知。寻常风月[①]，等闲谈笑，称意即相宜[②]。

十年青鸟音尘断[③]，往事不胜思。一钩残照[④]，半帘飞絮，总是恼人时。

注释

①寻常：普通，一般。风月：本指清风明月，后代指男女情爱。

②称意：合乎心意。相宜：合适，符合。

③青鸟：又名三青鸟，“赤首黑目”，一名曰大鵹，一名曰少鵹，一名曰青鸟，是神话传说中为西王母取食传信的神鸟。三青鸟本是凤凰的前身，有三足，为多力健飞的猛禽，后来才转变为一代玲珑神鸟，只在蓬莱仙山可见。《山海经·西山经》：“又西二百二十里，曰三危之山，三青鸟居之。”郭璞注：“三青鸟主为西王母取食者，别自栖息于此山也。”汉班固《汉武故事》云：“七月七日，上于承华殿斋，正中，忽有一青鸟从西方来，集殿前。上问东方朔，朔曰：‘此西王母欲来也。’有顷，王母至，有两青鸟如乌，侠侍王母傍。”后遂以“青鸟”为信使的代称。“青鸟不传云外信，丁香空结雨中愁”，可见青鸟也常作为传递幸福佳音的使者出现在诗词中。

④残照：指月亮的余晖。

赏析

想来纳兰应是掰着手指写这首词的吧。

细细算来，好景不过只那些时日，翻来覆去地回味也不再有许多。常说人生如戏，其实回味过往的人生又何尝不是一种新的尝试？只是这些尝试无法倒带、无法定格，更没有机会将曾经的不完美再次完善，只能眼睁睁地看错误客观地存在，走过的路再难回首。几千年前，子在川上曰：“逝者如斯夫！不舍昼夜。”

是啊，逝者如斯！我们可以征服自然，“天堑变通途”；可以改造世界，“高峡出平湖”。而面对奔流不复回的岁月，前不见古人，后不见来者，悠悠天地间余只一句“逝者如斯”，时光如白驹过隙，一越几千年。

好景不长，这是千百年流传的古训。墨菲定律告诉我们，越害怕的事情便越会发生。越渴望，越难求；越珍惜，越易失去。相知相伴，最是难求。若友人，“海内存知己，天涯若比邻”；若爱人，万两黄金易得，知己一个难求。如当年的钟子期与俞伯牙，管仲与鲍叔，李白与杜甫，苏轼与黄庭坚，可唱和，可戏谑，甚至可以意见相左。知己，是求同存异，即使并不赞同也可以理解心意。

说到知己，现代的分类法可谓异彩纷呈：知己亦有赤橙黄绿蓝靛紫，除了已普及的红颜、蓝颜、粉颜知己外，还有办公室里形成同盟军的黄颜知己，虚拟世界里恣意释放的绿颜知己，情同手足的紫颜知己，当然还有风靡一时的碳粉知己以及色调上更加深沉的黑颜同盟。现代女子的男性密友——只是密友，像小 S 和蔡康永，他们在彼此的生活应该是不可或缺的角色吧？

这里提到的知己，并非纳兰的那些好友，而是她——“寻常风月，等闲谈笑”。只有她能与他共剪西窗烛，同赏夜雨芭蕉，与他依偎着听窗外的残荷雨声。她或许没有“咏絮才”，抑或谈不上“停机德”。但她懂他，懂他的浅唱低吟，懂他的眉间心上。只一个“懂”字——芳心重，即使伊人不在，也沉沉地压在纳兰心头挥之不去。从与纳兰相知相许开始，她便像一棵树深深地植根于纳兰心头，发芽，长大，平淡岁月里成长着他们的记忆，而后便永恒地定格成一幅画。也有叶落，也有花开，那是三分谈笑，两分思念，一分微嗔，剩下的便是相忘于江湖的半生。

那些日子虽无惊心动魄，忆起来却也总沁着丁香一般若有若无的甘甜。何谓幸福？这是人世间最无法量化衡量的参数。身处名利场，纳兰容若集权势、财富、地位、才情和皇帝的宠信于一身，却难以感到幸福。知己不在，五瓣丁香已伴斯人远去，唯余幽幽清香漂浮人间。那位令他念念不忘的知己，定是如丁香一般的女子吧？

她默默地走近 / 走近 / 又投出 / 太息一般的眼光。

她飘过 / 像梦一般地 / 像梦一般地凄婉迷茫。

像梦中飘过 / 一枝丁香地 / 我身旁飘过这女郎；

她默默地远了 / 远了 / 到了颓圮的篱墙 / 走尽这雨巷。

这般女子，比之西湖，比之西子，“淡妆浓抹总相宜”。相宜，陆游曾吟《梨花》，“开向春残不恨迟，绿杨窣地最相宜”。无论是在人生的春秋还是晴雨，遇到她，孤单消弭，一切未知便立刻有了答案——那不是参考，而是确定，是唯一。她随风而去，不似斯佳丽那般疯狂固执的爱，却如一杯陈年女儿红，令人沉湎于往事中久久不愿醒转。可惜，可叹，十年音尘断，连送信的青鸟也无影无踪。

送信的青鸟不见，那些陈年往事却是日日温习，愈思量愈清晰，愈清晰愈徒增烦恼。本是“花有清香月有阴”，本应与爱人尽享“春宵一刻值千金”，那千古同月落下的清辉在人间划出一道铜墙铁壁，一边是“琴瑟在御，莫不静好”，另一边却只剩“一钩残照，半帘飞絮”。所谓“世上本无事，庸人自扰之”，只是未到伤情处。那一份执着的念想，那些共同走过的细碎的日子，她的一颦一笑，他的一言一语，打碎了，搅匀了，和一团泥，再捏一个你，再塑一个我，生当同衾，死亦同椁，成就一生的承诺。

茶瓶儿（杨花糁径樱桃落）

杨花糁径樱桃落[1]。绿阴下、晴波燕掠[2]。好景成担阁。秋千背倚，风态宛如昨[3]。

可惜春来总萧索。人瘦损、纸鸢风恶[4]。多少芳笺约[5]，青鸾去也[6]，谁与劝孤酌？

注释

①糁径：洒落在小路上。糁，煮熟的米粒，这里是散落的意思。

②晴波：阳光下的水波。唐杨炯《浮沤赋》："状若初莲出浦，映晴波而未开。"

③风态：风姿。宛如：好像，仿佛。

④瘦损：消瘦。纸鸢：风筝。

⑤芳笺：带有芳香的信笺。

⑥青鸾：即青鸟，或指女子。唐王昌龄《萧驸马宅花烛》诗："青鸾飞入合欢宫，紫凤衔花出禁中。"

赏析

好一派怡红快绿的浓浓春色！

三四点青萍浮于波上，一两声莺啼鸣于树下。已是暮春时节，樱桃散漫，柳絮飘扬，风日晴和还不够，须要人意好才算得好景。一句"成担阁"，人意便隐于旧梦中了。此去经年，斯人不在，便是良辰好景虚设。

同是花开莺啼，草长鹭飞的时节，因着这“担阁”二字，便都黯然失了颜色。困酣娇眼的杨花，飘飘摇摇，萦损柔肠；樱桃空坠，却无人惜。燕双飞，犹得呢喃低语，“为怜流去落红香，衔将归画梁”，竟是黛玉葬花一般的心境。庭院深深处，小园香径下，唯有幽人独往来。

遥想当年，也似公瑾雄姿英发，也着两重心字罗衣。恍惚间，纳兰似又回到初见时刻，他的她，背倚秋千，姣花照水般低头不语，也有伤春的秀眉微蹙，也有东风吹乱云鬓。小山犹可闻琵琶弦上相思意，纳兰呢？相思不知说与谁人听。寸心间思绪万千，可容得下这咫尺天涯的天上人间？宛如昨，昨日之日已弃君而去不可留，今日之日落花独立多烦忧。

去年今日此门中，人约黄昏后；今年花依旧，不见去年人。纳兰独自斜倚秋千，抚着寂寂的秋千索，追忆过往的朝朝暮暮。往事淌过心头，斯人何在？他望春雁回彩云归，看细雨过桃花落，静默于角声寒夜阑珊中，只余一怀愁绪空握。天涯一隅，不知她在那一方可也凭栏忆？泪眼望花，花亦无语，只得“乱红飞过秋千去”。

春如旧，人空瘦。也似当年陆游与唐婉痛作生离，十年邂逅，却无只言片语，一瞥竟成死别。相思相望终难相守，然而秋千索上的斑斑痕迹，竟抵过了人世间最难挽回的淡忘与疏离。

纸鸢，便是现在的风筝，南方叫鹞，北方称鸢。很多地方都有清明放风筝的旧俗。清明节放风筝，更确切的意思是“放晦气”，《红楼梦》中曹公对这一习俗颇费了一番笔墨。人们将自己的名字写在放飞的风筝上，剪断牵线，便是放走了“晦气”。当然，断了线的风筝不能再捡，否则便会染上“晦气”。

东风恶，纸鸢飘摇，如纳兰那颗摇摇欲坠的心，堪比黄花瘦。想他们也曾芳笺成约，执手一生吧？如今山盟犹在锦书难托，斯人已去此情空待，伤情处，“红笺为无色”。

青鸾何在？怕这世上无人曾见。传说青鸾有着世间无人听过的天籁之声，因它只为爱情而歌；它亦为爱情而生，一生只为找寻另一只青鸾偕老相伴。但它踏遍万水千山，仍是形单影只，因为这世上只此一只青鸾。当它偶然望向镜中的自己，竟以为此生如愿，一曲绝美的歌声响彻云间。从此，青鸾便成为世间坚贞不渝的爱的象征。

东方的青鸾，西方的纳西索斯，他们终其一生都在追寻着“知我心者”。纳兰又何尝不是？待友人，他不以贫贱富贵为念；待爱人，终生执着于心间。鸿雁不归，青鸾去也，那一份黯然销魂的痴念，又与谁人说？孤酌，对影三人，才知好景难常，过眼韶华似箭流。

“清樽满酌谁为伴？花下提壶劝：何妨醉卧花底，愁容不上春风面。”先于纳兰一千多年的晁补之自号归来子，心向东篱却身陷朝野，怕是早存了归去来兮的心思，也看清楚了这繁华尘世间的过眼云烟。“多情总被无情恼”，纳兰也想放下那些恼人的多情吧？同是花间杯盏，月下独酌，太白笑饮“永结无情游，相期邈云汉”，纳兰却敛眉低喟“谁与劝孤酌”。

谁劝孤酌？无解。杨花处处，飞燕双双，融融春意中泛起心头的，是吹不去化不开的悲凉。

忆王孙（暗怜双绁郁金香）

暗怜双绁郁金香[①]，欲梦天涯思转长。几夜东风昨夜霜，减容光[②]，莫为繁花又断肠。

注释

①绁：拴、缚，此处谓两花相并。郁金香：供观赏的多年生草本植物，叶阔披针形，有白粉，花色艳丽，花瓣倒卵形，结蒴果。

②容光：脸上的光彩。

赏析

初见时，以为只是一首咏物词。

郁金香，冠郁香于花名，只是对这舶来之物一种美好的愿望，却是彻头彻尾地名不副实。郁金香非本土花卉，据说是唐贞观年间王玄策作为官方代表出使天竺（今印度），天竺国王遣使回访时传入中国的，一同带来的还有象征着佛语的菩提树和菠菜。至清康熙初年，郁金香在中国已有一千多年的历史了。历经了漫漫唐宋元明，诗词曲和传奇的背后只在美人、美酒或罗衣绣纹边偶见郁金香的倩影。比之纳兰所爱之花中君子清荷，郁金香的确难堪伤怀之情。这首词何故独以郁金香作引？这就不得不提到“双绁”之义。

“双绁”二字历来说法颇多，最常见的便是作双枝之解——成双成对的郁金香，大约有连理枝、并蒂花的意思，以此反衬出纳兰对影成三人时的孤寂。还有一种有趣的说法是以“双绁”指代女子的袜子。据说，古代女袜有丝带与衣着相连，“绁”本意指那根起连接作用的丝带，在此借指袜子，而“郁金香”则是袜子上的图案。故而此处“双绁郁金香”应是指女子之物。仔细思量，后者之解似乎更符合词中情思，故而耐人寻味。纳兰对双绁郁金香的感情似乎并不只是借花伤怀那么单薄无力，前者“暗怜”，后至“天涯”，怕是纳兰情系之人所遗。一句暗怜，多少陈年旧事，编入西风流年，静静地藏于这金织玉绣的罗衣之中。岁月尘封的魔咒被瞬间的一个恍惚打破，只一瞥，便想起了前世今生的种种，思念如暗流汩汩，终是意难平，欲静又不止。“暗怜”，不禁有人问，这对“双绁郁金香”的背后凝结着什么样的情思，是让容若犹抱琵琶，欲语还休？还是只将这一份无法排解的“怜”深深地埋入一笔“暗”处？

这几分情愫，和着几丝迷情，几缕旧物，近在咫尺，却又迷蒙得如纷飞柳絮，衣袖翩跹过后空余一地落寞，令人欲作天涯之思。好一个“欲梦天涯”！何为“欲”？“欲”本就是一种无奈，就像给自己一个难以实现的承诺，总想尽力做到，却又遥不可及。安妮宝贝曾说，不要表白，表白是变相的索取。同样，所谓“欲梦天涯”也是对现实的变相反抗。想要而不得的，对容若，便是盘桓于现实的幽思，是那连白日梦都做不得的桎梏。

古来文人墨客皆寄情于梦，而庄周梦蝶更是梦到了物我两忘的空明境地。“重酣后，梦境皆虚谬，庄周化蝶，蝶化庄周。”至少有片刻，庄周可以以一种俗事难缨的不羁之态纵情迷梦，可以置身事外笑叹红尘种种。而容若呢？纵心向天涯，却好梦难酣，抑或连梦的影子也未曾挨着，便不得不打起精神费尽种种思量。纳兰所思何事，如今已不得而知，或许他为着燕子犹可双飞，为着去岁人面桃花，为着不得不承担的前途思转难眠。或许他亦想将这一切羁绊都斩断，理还乱的怕是还有一触即发的“双绁郁金香”。

不知纳兰此调作于何时，竟是几夜东风后忽而霜至。身处乍暖还寒时候，或是另有所指？东风亦作春风，多写生发之象，主风调雨顺的和气之色。这里的东风当然可以理解为“郁金香”的春天。而值得深思的是，纳兰为何以几夜形容东风而非几日？按常理，东风多生于白昼，见尽百花齐放的繁华景象。或者说，郁金香若作花之解，也非昙花般夜间开放，那么这“几夜”又作何理解呢？由此看去，“双绁郁金香”所指大有可能是纳兰情系之人。

曾有高烛照红妆，室内春意盎然。一朝好景终散尽，昨夜霜过，任凭雨打风吹去，只是朱颜改。辗转反侧之下自是容光减，心如冷灰，自言不再为春尽而伤心落泪。然则条分缕析的理智与纳兰那颗敏感的心在较量着，几番思忖着莫为繁花过尽的残春之景而伤感，内心却又挣扎着偏向了诗意的情感。如同前些年，前些天，前几个瞬间，断肠人在天涯，再一次徘徊于感情的婉语低喃。

在那金碧辉煌的栖居中，有几人还能在名利场上看清自已不断追逐的心，有几人还能借着东风将灵魂荡涤得如初生般清澈？对自由的向往便是这样，愈是压抑，便愈是渴望。心愈飘愈远，终萦魂于繁花之中，无论花开花谢都为之喜为之泪，返璞归真的感情，追寻本真的自我。

忆王孙（刺桐花下是儿家）

刺桐花下是儿家[①]。已拆秋千未采茶。睡起重寻好梦赊[②]。忆交加[③]，倚着闲窗数落花。

注释

①刺桐：树名。亦称海桐、木芙蓉。落叶乔木，花、叶可供观赏，因枝干间有圆锥形棘刺，故名。儿家：古代年轻女子对其家的自称，犹言我家。

②赊：渺茫、稀少。

③交加：交错，错杂。此处谓男女相偎，亲密无间。

赏析

这是一首洋溢着田园气息的小令。区区三十几字便是一个富于生活情趣的小故事，可谓迷你佳篇。

词一开篇便告诉我们，这是一件花下事，发生在水乡火红的刺桐花下。下一句则明明白白点出了时间，过去常有拆秋千的习俗，在春城飞花杨柳斜的寒食节前即农历二月初时，逐渐繁忙起来的农家一般会拆掉小孩子们的秋千。孩子们这时也便不能再优哉游哉地荡着秋千，嬉戏于乡间了，而是要随大人做一些力所能及的农活；而采茶则在每年的农历三月左右，想来这首词应是作于春种与采花的短暂间歇之中。怡红快绿，茶香若兰之农闲时刻，才有闲情逸致得此酣然一梦吧！梦到了什么呢？细思量，忆交加，原来是梦到与心上人相厮守，浓情蜜意，情意缱绻。常言道，日有所思，夜有所梦，想必是相思日久才得以双双入梦。然而醒转之后呢？不过黄粱一枕，梦醒才知万事空，唯余一片相思在心头。由此看来，这首《忆王孙》分明是怀人之作，却不知纳兰心上之人此时身在何方？

陷入了这般无计可消除的相思之中，身倚闲窗，心却如浮云飘到了心上人身边。相思相望难相见，只得默默细数窗外一地落花。宋赵师秀感言“有约不来过夜半，闲敲棋子落灯花”。看似一池春水的闲情下，灯花震落，那是隐不住的失落与焦躁。今斯人入梦，梦而不得，古今同孤寂，只是今人数落花，古人落灯花而已。值得思量的是，花自飘零水自流，落花本是无情物，为何纳兰不以盛开的刺桐花作数，而有闲情专指飘零一地的落花？回答这个问题，恐怕要从这刺桐花探个究竟。

一说到刺桐花，不由得让人想起刺桐城泉州。刺桐原产于印度、马来西亚一带，我国台湾、福建、广东、浙江、江苏等地均有栽培，应该说是典型的南国风物。在一些地方的旧俗里，人们还以刺桐的花期来预测来年的收成，如头年花期偏晚，且花势繁盛，那就预示来年一定五谷丰登，六畜兴旺。历史上还留下了丁渭与王十朋关于刺桐兆年的一段诗话。耐人寻味的是，这南国的刺桐缘何闯入了纳兰的梦乡，引得其梦中交加，还亲切地称之为“是儿家”？

有史可考，纳兰的妻子卢氏本生长于广东，她的父亲卢兴祖被革职后，按八旗的惯例需进京听宣，卢氏自然随家眷从广州北上京城，可见卢氏本是“南国素婵娟”。而纳兰生命中的另一红颜江南才女沈宛，则是乌程（今浙江湖州）人士。因此，无论是卢氏还是沈宛，都与这刺桐一般，是生长于南国的佳人知己，与北国才子纳兰的相知相伴。尽管这一份尘缘短暂得令人扼腕，却是可遇而不可求的一段佳话。纳兰看到佳人故乡的风物，怀人之心油然而生，便拟小女子口吻写怀春之事，这一副白日里睡懒觉、思盼情郎的娇酣模样令人忍俊不禁。

古人寄情思往往比较隐晦，喜欢以彼人写己。典型的如老杜的《月夜》“今夜鄜州月，闺中只独看”，柳三变则更是直言，“想佳人、妆楼顒望，误几回、天际识归舟”。以彼之相思诉己之衷情，不仅更加婉转含蓄，还正如浦起龙所说：“心已驰神到彼，诗从对面飞来。”作为温文尔雅的东方人，这种欲言又止、眉目传情的写法更容易引发那种吹皱一池春水的神思遐想。

纳兰专情于落花，怕是答了唐五代严恽的落花之问，“尽日问花花不语，为谁零落为谁开？”纳兰心头所系之花自有公论，但这多情公子必是故事中的王子。思及时刻匆匆的现代人，纵是没有这般“花谢花飞花满天”的才思，也须作“花儿为什么这样红”之问罢。

忆王孙（西风一夜剪芭蕉）

西风一夜剪芭蕉，倦眼经秋耐寂寥？强把心情付浊醪[1]。读离骚[2]。愁似湘江日夜潮。

注释

①浊醪：即浊酒。醪，带糟的酒。

②离骚：中国古代最长的抒情诗。屈原的代表作，也是《楚辞》中的名篇。

赏析

时维三秋，天气转凉。又是一夜难眠，只听得西风萧萧，足足吹了一夜。园中芭蕉林，本是绿肥青葱苍翠可爱，岂受得了这一夜的摧残？遍地皆狼藉。“悲哉，秋之为气兮，肃杀也！”满目望去，没有尽头，所见皆秋色，顿时胸中无限凄凉，人岂能经受如此寂寥？取一壶浊酒，独自对窗低饮，强将这无限的寂寥倒入杯中，化作无奈，一饮而下，灌入愁肠。岂料“抽刀断水水更流，举杯消愁愁更愁”，这心中苦闷如何才得排遣？随手捡起一本《离骚》，漫目读去，字字尽愁语，篇篇有千结。报国有心，立功无门，心怀天下，书生意气。三藩之乱的刀兵战火未安，我心中的愁闷如那日夜不息翻滚奔腾的三湘江水一般。

这首词主要是写一种“愁”，先不谈到底是为何而愁，先看看纳兰性德的写法。这首词只短短三十一字，而其中直接间接言及“愁”绪的全篇皆是。直接写“愁”的如“倦眼经秋耐寂寥”“ 强把心情付浊醪”“愁似湘江日夜潮”，而第一句“西风一夜剪芭蕉”虽未直接说出愁绪，可也能根据传统，理解到词人要表达的一种愁闷。短短三十一字，可谓字字皆愁，孔子说《关雎》“哀而不伤”，这似乎也成为后世对诗歌中的抒情进行节制的理论依据。然而纳兰性德这首词明显没有节制抒情，不仅如此，他的词的一个特点就是情感流露不受阻碍，无论是那些写得委婉动人如“一往情深深几许？深山夕照深秋雨”“多情终古似无情，莫问醉耶醒”，还是狂放如“德也狂生耳”，情感皆表露无遗。

纳兰性德的词在抒情方面可谓纵情不羁，这首词就能体现这样的风格，写愁就全篇写愁，如连绵江水滔滔不绝。西风引起人伤时，第一愁；疾风一夜剪芭蕉，第二愁；借酒浇愁愁更愁，第三愁；停杯读《离骚》，所读尽愁，第四愁；悲于人生山水，第五愁。这样的写法，确能让读者感觉愁绪一重又一重地压来，颇为压抑。

这首词有考据认为是作于三藩之乱期间，纳兰性德因报国有心，立功无门，有感而作。当然可备一说。

三藩之乱是清初三个藩王吴三桂、尚可喜、耿精忠联合发起的叛乱事件，历时8年方被平定。

三藩之乱期间，纳兰性德身为康熙的御前侍卫，因职责所在，虽有立功之心却报国无门。这首词虽可见一种屈原般忧国忧民的惆怅，却仍氤氲着纳兰一贯的细腻情感。在对主题的理解上，可能仁者见仁，不过正如梁羽生所说：“也许因为纳兰容若太善于言愁了，因此一般人对他有个误解，以为他是个消极颓废的词人。”其实他的‘愁’，正如前一篇所谈过的，乃是在封建压力下精神苦闷的表现；而且除了“工愁善恨”之外，他也还有激昂悲愤的一面，用百剑堂主的词来说，就是“悲慷气，酷近燕幽”。

调笑令（明月）

明月，明月。曾照个人离别。玉壶红泪相偎[①]，还似当年夜来。来夜，来夜，肯把清辉重借[②]？

注释

①玉壶红泪：晋王嘉《拾遗记》卷七：“（魏）文帝所爱美人，姓薛名灵芸，常山人也……时文帝选良家子以入六宫，（谷）习以千金宝赂聘之，既得，乃以献文帝。灵芸闻别父母，嘘唏累日，泪下沾衣。至升车就路之时，以玉唾壶承泪，壶则红色。既发常山，及至京师，壶中泪凝如血。”后以“玉壶红泪”称美人泪。

②清辉：清澈明亮的光辉，多指日月之光，这里指月光。

赏析

其实，这首调笑令满含自嘲之意。

调笑令又名转应曲、三台令。关于这词牌名，在胡适《词选》中有一段解释：“《调笑》之名，可见此调原本是一种游戏的歌词；《转应》之名，可见此词的转折，似是起于和答的歌词。”纳兰以调笑之名写彼时的红妆相偎，是嘲弄命运无常，也是在自讽西风独自凉。

开篇直呼明月，似谪仙般邀月，“举杯邀明月，对影成三人”。不知一向谨慎的他，会不会也拍着玉板月下长歌，对酒当歌，人生几何？明月，明月，纳兰是想劝慰吧，海内存知己，自然天涯共此时，何必以身形羁绊？或者也是在祝福，既不得相守，便不如放开心胸祈祷，“但愿人长久，千里共婵娟”。

然而那一片月明中，纳兰又好似眼睁睁地看着那个人由远及近，渐渐走近了他，却又在咫尺之距时远远地推开了他，决绝地淡出了他的视野。他们心意相通，却终天各一方。这一步是看得见的缝隙，量得出的尺寸，却是永远也无法拉近的距离。这一步之遥，像那首几乎每一位少女都会吟唱的诗：

世界上最遥远的距离，不是我就站在你面前，你却不知道我爱你；而是爱到痴迷，却不能说我爱你。

世界上最遥远的距离，不是我不能说我爱你；而是想你痛彻心脾，却只能深埋心底。

世界上最遥远的距离，不是我不能说我想你；而是彼此相爱，却不能够在一起。

永远，相守时难以实现的诺言；遥远，离别时执手相看泪眼，一个转身便耗尽一生的时间。

“玉壶红泪”一说，来自三国时期魏文帝曹丕宠妃薛灵芸。灵芸本是东吴浙西常山赞乡人。怀着对父母兄弟和家乡风物的恋恋之情，对宫廷生活的陌生和恐慌，灵芸从江南远赴洛阳。这一路灵芸泪如泉涌，随从便用玉唾壶给她承接泪水，只见流进壶中的泪水都带着血红。等抵达洛阳，玉唾壶中已盛满了血泪，因此后世称女子的眼泪为“红泪”。

“夜来”之意还是取自薛灵芸。为了迎接灵芸，曹丕在洛阳城外筑土台，高三十丈，直入云间；在台下四周布满蜡烛，唤名“烛台”，蜡烛沿灵芸入城的路线从烛台一路绵延至洛阳城郊。魏文帝在烛台静候佳人之时，远远望见车马滚滚，尘埃翻腾，宛如云雾弥漫，不由感叹：“古人云，朝为行云，暮为行雨，今非云非雨，非朝非暮。”因而改薛灵芸的名字为“夜来”。

词意到这里也豁然开朗，这个被纳兰以自嘲的笔触留在诗行间的女子，多半应是纳兰思之念之而终不得相守的表妹。不似纳兰发妻卢氏离去时的痛彻心扉，直问“天为谁春”；亦不似沈宛不告而别返回故乡时，他叹息的“等闲变却故人心，却道故人心易变”。他久久珍藏于追忆中的这份情不似烈火般灼热，却因为凄清更惹人疼惜。不知纳兰回忆起了表妹的哪般，只一句“玉壶红泪”便诉尽相思意。玉壶红泪，盛着的是互诉衷肠的甜蜜、家族的殷殷期望、对未知前途的恐慌，还有那伴君千日、终须一别的结局。

行至下片，纳兰低叹，“来夜，来夜”，以轻不可闻的声音，简单得不能再缩略的呢喃，重温那个已经冷却的旧梦，就像东坡轻言“作个归期天定许”。或许纳兰也是怀着几许期待的吧，虽明知好景已逝，却依旧忍不住希望；虽然到头来只落得往事如风信子的花瓣一般，散落一地，唯余“缥缈孤鸿影”。

纳兰希冀的来夜，更多的怕是在追寻那些终成回忆的昨夜，春风拂面灯火阑珊的昨夜，与表妹相知相伴的昨夜，逝去的情意缱绻的昨夜。这一段往事像是中了岁月的魔咒被封在心底，既没有结果，也难以诉说，唯有幽幽叹息时常回荡于心间。多少年过去之后，才终于明白，那时光的封印唤作“此情可待成追忆”。

罢了，借一缕清辉，想佳人旧影，凭栏凝望，还是那一轮明月，却是年年新月照旧人。连月色都已变换，谁又能回到过去？没有过不去的，只有回不去的，纵使相逢应不识吧？记得席慕蓉曾写过，我们也来相约吧，相约着要把彼此忘记。

还是明月如霜，还是好风如水，不知纳兰能否放下那份执着，与表妹相约着，各自走各自的人生。

河传（春浅）

春浅[①]，红怨[②]，掩双环[③]，微雨花间，昼闲。无言暗将红泪弹。阑珊[④]，香销轻梦还。

斜倚画屏思往事[⑤]，皆不是，空作相思字。记当时垂柳丝，花枝[⑥]，满庭蝴蝶儿。

注释

①春浅：谓春意浅淡。

②红怨：为花落伤感。

③掩双环：掩门上双环，指代关起门。

④阑珊：精神低落。

⑤画屏：有画饰的屏风。

⑥花枝：开花的枝条。

赏析

平心而论，这一首《河传》算不得纳兰词中的精品。大抵是春浅花落、微雨拂面时一捧湿漉漉的清愁，又不过是相思梦醒后几番萦绕不去的哀怨感伤。但择一风和日暖的安静午后诵读出声，耳边却乍响清脆的断裂之音。

这断裂的声音像厚厚的积雪压断干枯的藤枝，又像剔透的美玉坠落在青石板上。韵律之跳跃、意象之翩跹、记忆之转换，让人不由得掩卷沉思、微微感叹。

这是一阕节奏感极强的小令，“春浅，红怨，掩双环”，文字婉约如斯，读来却字字皆有生机；句式富于变化，韵脚也未耽于一致，带着些清爽曼妙的灵动，在三三两两的字句间跃动，格律的鲜明感就像江心里、秋月下那一首令白居易过耳难忘的琵琶曲——“嘈嘈切切错杂弹，大珠小珠落玉盘”。

若你沉迷于节奏的明快，便由此期冀品鉴出易安居士早期作品的明媚和单纯，那可就错了。“争渡、争渡，惊起一滩鸥鹭”的简单快乐向来是留不住的，就像最美的人间四月天终会随芳菲陨落而到尽头一样，纳兰词里更多的仍是绵长的感伤和抽丝剥茧般的追忆。

人生就是这样，越是“当时只道是寻常”，“当时”之后越是五味杂陈。和韶华一起逝去的还有追不回、求不得的境遇，这种沧桑与无奈便是成长的代价。当代诗人张枣在他的《镜中》写道：“只要想起一生中后悔的事，梅花便落了下来。”谁人一生之中没有一些只要想起就会感伤的往事呢？

垂柳丝、花枝、满庭蝴蝶儿，既是昔日欢愉景象的见证，也是今日萧索情状的旁观者。往事如向东的流水一般执拗，不肯回头，离开的人也是如此，再难相见。“思往事，皆不是”。人不是，景不是，连心情都不是，斜倚画屏，也就只剩下一个“空”字了吧！

心境虽“空”，脑海中的景象却被安排得满满当当。我们大抵都有过这样的体验：明明心里空空荡荡，却又堵得不留缝隙，想深吸一口气，张口却是一声叹息。这斜倚着屏风的人儿也是这样，她所思所想都是伤感且再也追不回的往事，明明是一触碰就会心疼的记忆，却又忍不住去想。梦醒了，春尽了，相聚的短短数日虽恍如隔世，心中的思念却不知要延续到何时何日。

是啊，春雨渐歇，门扉掩闭，细雨凉风惹恼了庭院里的群花，幽幽小径上尽是缤纷落英，此景之下，怎能不起伤情？这一阕画面感极强的小令，就像一部沉默的纸上影像剧，你看那掩着眉目从落花中走过的女子轻叹连连，手掩门环，就连背影都带着清冷。

《河传》这个词牌并不多见，据说这个词牌是由隋炀帝杨广首创，由唐朝才子温庭筠完善，纳兰的《饮水词》有348首之多，用这个词牌的也仅此一阕。就用这短短的五十余字，却道尽了一个完整的故事，纳兰没有像大多数词人那样以秋天的黄叶、雁飞、冷风来写悲欢，而是用春愁带伤情，在时间、空间的转换中完成了自己的叙述。

这首词从内到外都是矛盾的，外在的矛盾在于节奏之明朗与内蕴之哀伤，内在的矛盾则是主人公内心的一番纠结，盼归总不能，相思终不得，欲罢又不忍，在纳兰的信笔点染中，词中主人公的满怀思念仿佛要从笔墨间溢出，这大概也点破了词人自己的心事吧！

只是不知这词中的矛盾是否会引来今人的共鸣，那些倔强地抱着回忆取暖的人啊，是否总觉得四季都是冬天呢？

蝶恋花　散花楼送客（城上清笳城下杵）

城上清笳城下杵[①]。秋尽离人，此际心偏苦。刀尺又催天又暮，一声吹冷蒹葭浦[②]。

把酒留君君不住。莫被寒云[③]，遮断君行处。行宿黄茅山店路[④]，夕阳村社迎神鼓[⑤]。

注释

①清笳：谓凄清的胡笳声。唐杜甫《洛阳》诗："清笳去宫阙，翠盖出关山。"城下杵：指捣衣之声。杵，捣衣所用的棒槌。

②蒹葭：蒹和葭都是水草，本指在水边怀念故人，后以"蒹葭"泛指思念异地友人。语出《诗经·秦风·蒹葭》："蒹葭苍苍，白露为霜。所谓伊人，在水一方。"

③寒云：寒天的云。

④黄茅山店：指荒村野店。黄茅，茅草名。唐白居易《代书诗一百韵寄微之》："官舍黄茅屋，人家苦竹篱。"

⑤村社：旧时农村祭祀社神的日子或盛会，《旧唐书·文苑传下·司空图》："岁时村社雩祭祠祷，鼓舞会集，图必造之，与野老同席，曾无傲色。"

赏析

这也是一首送别诗。

散花楼，单听名字便引人无数遐想。天女散花也是有来历的，据说在王摩诘住处有一位天女，每听到有人说法的时候就会现身，把天花散向众菩萨和佛的大弟子身上。花落到菩萨身上便会坠落，但落到那些大弟子身上的花却不会掉下来。那些大弟子用神力也不能将花拂去。舍利弗说：此花不如法。就是说存有分别心是不如法，说明大弟子们还有畏惧生离死别之心。等修行完成后，五欲不再有，“结习尽者，花不着身”。

在离别心不当存的散花楼送别，或许不止是巧合吧！“天若有情天亦老”，好友间若无别绪，又何来离愁呢？纳兰所送之人，正是张见阳。张见阳字子敏，名纯修，本为内务府包衣，进士及第后先授江华县令，官至庐州知府。张见阳与纳兰性德结为异姓兄弟，是纳兰的知心故交。这首词即是在张见阳出任湖南江华县令离京时所作。

秋花惨淡的时节，本就易惹人伤感。张见阳此时奔赴千里之外，话别时酒入愁肠，更著凄凉。散花楼上，听得远处胡笳轻唱，城下捣衣声一下接一下单调地重复着，回荡在这清冷的蒹葭浦，在离人的心中挥之不去。

“刀尺”二字历来说法不一，比较普遍的说法是制衣，那么“刀尺又催”便是赶制衣物之意了。古时士兵武器和粮食由朝廷供应，衣物往往是自备。每到秋冬交替时，家人便要为远方的征夫准备寒衣。因此便有了“万户捣衣声”。宋贺铸也曾在他的词中提到，“砧面莹，杵声齐，捣就征衣泪墨题”。瑟瑟秋风中的捣衣声凝成密密缝的游子身上衣，藏着远征游子对故土的眷恋，藏着故园亲友的不舍和思念。

文行至此，不过是一首普通的送别诗。而纳兰之于张见阳，岂是泛泛之交可比？留君不住，临别定有金玉之言相赠，“莫被寒云，遮断君行处”。江华曾一度为吴世璠所占据，清军刚收复江华不久张见阳即被派去任职。纳兰深知此时的江华战火未息，民生艰难，且江华历来是多民族交汇地区，冲突时有发生，张见阳所得并非美差。然而作为朋友，纳兰不断勉励张见阳莫惧寒云，要在满目疮痍中成就一番大业。他在与张见阳的书信中写道：“古来名士多以百里起家者，愿足下勿薄一官，他日循吏传中，籍君姓名，增我光宠。”纳兰年轻时也有建功立业的宏图大志，但他囿于皇宫难以施展拳脚，便将自己的理想寄托于好友。

纳兰对张见阳不仅有着殷切的期望，亦有着如兄弟一般深情的关怀。他曾作五律遗友人：

楚国连烽火，深知作吏难。

吾怜张仲蔚，临别劝加餐。

江华属楚地，故诗中言“楚国连烽火”。彼时，江华时局不稳，纳兰对友人颇为牵挂。临别不赘言“一片冰心在玉壶”，既无“天下谁人不识君”的豪情，也无“天涯若比邻”的宽慰，反而更像至亲一般希望他保重身体，二人的友情由此可见一斑。

古时官员到各地赴任，往往要经历一段长时间的跋涉。纵使比不得昭君出塞、文成进藏，但翻山越岭在所难免，“鸡声茅店月，人迹板桥霜”，个中酸楚不需多言。而纳兰似对行宿黄茅山店这般的羁旅生活有着别样的期待。

词中所说的村社应该是指秋社日。古有春秋二社，秋社日是立秋后第五个戊日，大约在秋分前后。此时的农家已经完成了收获，所以立社祭祀土地神。秋社祭神的习俗最早始于汉代，宋代的村社有食糕、饮酒、女归宁的习俗，至今一些地方还有“做社”“敬社神”“煮社粥”等传统纪念活动。

纳兰从小便生活在政治斗争的旋涡中，官场的黑暗、人性的扭曲和金钱权力间血淋淋的勾当将他压得喘不过气，这也使得他更加渴望自由，向往人与人之间真挚的感情，向往朴实的田园生活。“开轩面场圃，把酒话桑麻”，村社神鼓在他眼里便成了自由惬意生活的写照。

“夕阳村社迎神鼓”，他劝慰友人以豁达之心迎接未来的漫漫长路，“竹杖芒鞋轻胜马，谁怕？一蓑烟雨任平生”；又似他给自己的一个期许，“云无心以出岫，鸟倦飞而知还”。可惜，纳兰的归去来兮终究只是个无法实现的期许。

虞美人（绿阴帘外梧桐影）

绿阴帘外梧桐影，玉虎牵金井[①]。怕听啼鴂出帘迟[②]，恰到年年今日两相思。

凄凉满地红心草[③]，此恨谁知道？待将幽忆寄新词，分付芭蕉风定月斜时。

注释

①玉虎：井上的辘轳。金井：栏上有雕饰的水井，一般用以指宫庭园林里的井。

②啼鴂：啼鸣的杜鹃鸟。

③红心草：草名，一说为红心灰之俗称。相传唐王炎梦侍吴王，久之，闻宫中出辇，鸣箫击鼓，言葬西施。吴王悲悼不已，立诏词客作挽歌。炎应教作了《西施挽歌》，有“满地红心草，三层碧玉阶”之句。后以“红心草”作为美人遗恨的典故。

赏析

提到虞美人，脑海中总躲不过后主的绝笔，“春花秋月何时了，往事知多少”；才忆起故国月明，便有项王一曲悲歌回响耳畔，“虞兮虞兮奈若何”。战场上的争斗虞美人无奈，却愿为连理枝再续前缘。传说一战后受到战争蹂躏的土地遍开虞美人，那如鲜血般浓艳的色彩是地下安眠人的呓语。后主也罢，虞姬也罢，那些长眠的精魂也罢，花开艳丽的虞美人背后站立的竟是无情的决绝与分离。

这应是作于春末夏初的一首词。

帘外树已成荫，不似那只得遥看的朦胧草色。若是糊上松绿色的软烟罗作窗纱，应更是春意盎然。说到这号称“百树之王”的梧桐，民间盛传其知时令，“梧桐一叶落，天下皆知秋”便是知秋的写照。《魏书·王勰传》中曾有言“凤凰非梧桐不栖”，说的便是这百鸟避之的青桐。不同于人们印象中的法国梧桐——那些在张爱玲笔下于秋风中簌簌的梧桐，那些遍布衡山路淮海路的老树——这绿阴帘外的梧桐，正是“一株青玉立，千叶绿云委”的青桐。而法国梧桐只是叶与梧桐相似，确切地说，应该唤作悬铃木。

玉虎金井，极尽巴洛克式的奢华，可再精美的雕饰也不过是深井和缠于深井之上用以汲水的辘轳。“玉虎牵金井”的描摹下，仍可见“雕栏玉砌应犹在”的背影，只为等待那宿命般的“朱颜改”。抑或可以换一个角度思量：纳兰日思夜想的那人今已栖于梧桐枝上，她的命运犹如那看似繁华的辘轳，被紧紧系于皇家金井之上。今生能让纳兰作此隐晦叹息的，除了他的表妹还能有谁呢？“虞美人”之曲不负其名。

“郎骑竹马来，绕床弄青梅”，纳兰当时或许并不知他的人生中相思相望不相亲的人，不只是他的表妹。梧桐雨，长恨歌，纳兰短暂的生命中几度春秋，“春风桃李花开日，秋雨梧桐叶落时”，竟像是偈语一般，划过他的人生。纳兰与表妹此时亦是生离，难言再见。思之而不得，纳兰的周遭似有着一层离情别怨。连那窗外杜鹃之声，似也在诉说着，预言着，让人不忍听闻。

杜鹃，亦花亦鸟，传说是望帝杜宇所化。相传岷江恶龙为害人间，当地的少女龙妹为了解救百姓迎战恶龙，却被恶龙囚禁于五虎山铁笼中。有一个英雄美人的开端，结果也是顺理成章。少年杜宇得仙翁相助救出龙妹，打败恶龙，受拥戴为蜀地王。然而传说到了这里却峰回路转。杜宇被篡位贼臣囚禁，龙妹因不愿为贼人妻也被锁入牢笼。传说杜宇惨死山中，化作一只小鸟，飞到龙妹身边，啼叫：“归汶阳！归汶阳！”龙妹知丈夫已去，芳魂化作杜鹃鸟，从此同丈夫比翼于天地间。

鸟鸣无心，听者有意。听不得杜鹃的啼血声声，最勾人伤怀。“山无棱，天地合，才敢与君绝”，纵然没有鸟鸣，年年今日，两人异地相对同相思。

此恨谁知？天知，空中划过啼血杜鹃；地知，便开出了似红泪般的红心草。那红心草开于飘过淡淡柳絮的湖畔，开于光影错落的月下荷塘，开于花径绿篱之间。它吐露着新叶，新叶也泛着红晕；它羞涩地绽开小花，小花也羞赧地顶着深红的小帽。低头，不语，晴空过处，只那么寂静地婷婷而立，微叹“凄恨不胜怀”。

即使是这样凉薄的一叹也难容于尘世。易安对芭蕉，叹“阴满中庭，叶叶心心，舒卷有舍情”。这无端的情愫郁于胸中，剪不断，亦载不动；不能大声哭，也不能放声笑。“何处合成愁？离人心上秋。”梦窗以芭蕉说文解字，“不雨也飕飕”。红樱桃，绿芭蕉，云破月来的良宵，漏断人静的春夜，这纠缠于胸的悠悠往事只得寄存于诗行中。风飘飘，雨萧萧，月子弯弯千年同照九州；离人魂，昨夜梦，年年今日，但见流光无情把人抛。

虞美人（曲阑深处重相见）

曲阑深处重相见，匀泪偎人颤。凄凉别后两应同，最是不胜清怨月明中①。

半生已分孤眠过，山枕檀痕涴②。忆来何事最销魂，第一折枝花样画罗裙③。

注释

①不胜：受不住，承担不了。清怨：凄清幽怨。

②山枕：枕头，古代枕头多用木、瓷等制作，中凹两端突起，其形如山，故名。檀痕：带有香粉的泪痕。涴：浸渍、染上。

③折枝：中国花卉画的画法之一，不画全株，只画连枝折下的部分。花样：供仿制的式样。罗裙：丝罗织成的裙子，多泛指妇女衣裙。

赏析

词本为“艳科”，以婉约为主，多写艳情，这是人们对早期词作品的印象。翻开古代词集，男女情爱、风花雪月乃是其中最重要的主题之一，这其中又不乏着重描写妇女的妖娆容貌、娇羞情态、华美服饰的作品。我国文学史上第一部文人词总集《花间词》中便有很多这样的词，后人常将其作为“艳词”的早期标本。

词是为了表达文人心中那些诗歌所不能承载的细腻情愫而创，内容上自然会打上情感化的烙印，再加上早期词多与乐曲相伴而生，其音乐基础即为艳乐，多数都是由歌姬、妓女在倚红偎翠的环境下吟唱，因而免不了绵软之气、柔靡之风，所以清代的刘熙载曾在《艺概·词曲概》里将词（尤其是五代时期的词）的特点概括为“风云气少，儿女情多”。

由于作者的气质与秉性不同，即使内容同为艳情，不同的词作也往往呈现出迥异的风格。早期花间词不仅内容空虚、意境贫乏，而且多追求辞藻的雕琢与色彩的艳丽，虽然词人多为男子，但其文字却带有极浓重的脂粉气；纳兰容若这一首《虞美人》虽然也写男女幽会，却在暧昧、风流之外多了几分清朗与凉薄。

发端两句“曲阑深处重相见，匀泪偎人颤”很明显出自后主李煜《菩萨蛮》中的“画堂南畔见，一向偎人颤”一句。小周后背着姐姐与后主在画堂南畔幽会，见面便相依相偎在一起，紧张、激动、兴奋之余难免娇躯微颤；容若词中的女子与情郎私会于“曲阑深处”，见面也拭泪啼哭。但是细细品味，后主所用的“颤”字更多展现的是小周后的娇态万种、俏皮可人，而容若着一“颤”字，更多是描绘女子的用情之深、悲戚之切，同用一字而欲表之情相异，不可谓不妙。

安意如在比较李煜的《菩萨蛮》与容若的《虞美人》时曾说道：“同样是和伊人相处相偎相依，后主于清新中写出情人间的冶艳，而容若写出的感觉是一份静美婉约，恋人间的温柔爱怜。”

李煜前期词作多写宫廷享乐生活，其“冶艳”风格在多首词中都可窥见，比如他的《一斛珠》：“晓妆初过，沈檀轻注些儿个。向人微露丁香颗。一曲清歌，暂引樱桃破。罗袖裛残殷色可，杯深旋被香醪涴。绣床斜凭娇无那，烂嚼红绒，笑向檀郎唾。”这首词上阕写女子之美，下阕写女子与“檀郎”的调笑，几乎用一种白描的手法来写男女的嬉戏、玩笑，但用词的精准和情状描摹之细腻却令整首词都笼罩着一股美艳之色。

与很多花间词相比，李煜的艳词大多做到了艳而不俗，能将男女偷情幽会之景写得生动而不放荡。纳兰容若的这一首《虞美人》又在李煜之上。

曲阑深处终于见到恋人，二人相偎而颤，四目相对竟不由得“执手相看泪眼”，用安意如的话说，这一派春光令人读来“摇心动魄”，但接下来纳兰笔锋一转，这一幕原来只是回忆中的景象，现实中两个人早已“凄凉”作别，如今只能在月夜中彼此思念，忍受难耐的凄清与幽怨。夜里孤枕难眠，暗自垂泪，忆往昔，最令人销魂心荡的莫属相伴之时，以折枝之法，依娇花之姿容，画罗裙之情事。

这首词首尾两句都是追忆，首句写相会之景，尾句借物（罗裙）映人，中间皆作情语，如此有情有景有物，又有尽而不尽之意，于凄凉清怨的氛围中叹流水落花易逝，孤清岁月无情，真是含婉动人，情真意切。

从五代到两宋，又及清朝，“花间词”的传统虽有所保留，但那些风花雪月的事，还是被时光这支画笔涂抹上了不同的色彩，或妖艳，或清新，都是词海中的一朵浪花，各具风情。

虞美人（峰高独石当头起）

峰高独石当头起，影落双溪水①。马嘶人语各西东，行到断崖无路小桥通。

朔鸿过尽归期杳②，人向征鞍老。又将丝泪湿斜阳③，回首十三陵树暮云黄④。

注释

①双溪：此处指北京昌平境内的一条小溪。

②朔鸿：从北方向南飞的大雁。

③丝泪：微细如丝的眼泪。

④十三陵：明代十三个皇帝陵墓的总称。陵名为长陵（成祖）、献陵（仁宗）、景陵（宣宗）、裕陵（英宗）、茂陵（宪宗）、泰陵（孝宗）、康陵（武宗）、永陵（世宗）、昭陵（穆宗）、定陵（神宗）、庆陵（光宗）、德陵（熹宗）、思陵（思宗）。位于北京昌平天寿山麓。

赏析

康熙十五年（1676 年），22 岁的纳兰容若随圣上巡视昌平，这首词就是在此间完成。此时的容若是康熙皇帝的御前侍卫，并常以武官身份参与风流斯文的诗文之事，其过人的文才武略备受康熙赏识，所以皇帝无论南巡北狩，还是四方游历，纳兰都常伴左右。

作为屡受皇帝恩赏、人人羡慕不已的年少英才，纳兰理应得意才对，况且此时他与妻子卢氏伉俪情深，感情甚笃，这段岁月当是他一生中最明媚、最快乐的时光。但是我们几乎很难从《饮水词》中找到写于这段时期的明朗快活的作品。

古人有“发愤著书”“不平则鸣”等说法，这似乎是文艺创作中最为普遍的心理规律。一般来说，人在困境中会更加敏感，忧思郁积时不吐不快，唯有诉诸文字才能在现实和梦想间寻到平衡。韩愈就曾说过，诸多古代先贤和文学奇才的经历都是“不平则鸣说”的例证，如屈原、司马迁、杜甫、孟郊等人；若是居安，人们在舒适闲逸的生活中就很难思危，无愁苦之思、愤懑之情，写出来的东西就少了岁月的积淀和时光的镀色。

显然，我们无法用这个普遍规律来解释纳兰容若的一生。卢氏夭亡后，或许我们可以把亡妻之痛作为纳兰一系列悼亡词的源头，但纳兰早期词作中巨大的痛苦与难以名状的哀伤又是从何而来?

作为叶赫那拉氏的后人，他一出生就在天皇贵胄的家庭，注定富贵荣华一生，但他偏偏不爱锦衣玉食，更是从内心深处厌倦官场的庸碌与俗气，无心功名利禄。“身在高门广厦，常有山泽鱼鸟之思”，这或许也是他常感悲伤的原因之一。

这一首写于1676年的《虞美人》中尽是萧索之景、悲戚之情，而当时纳兰容若的仕途情路无不平顺，强烈的反差与对比在无形中印证着命运的乖张与无常，这也是纳兰悲剧性格中浓重的一笔。

双溪是北京昌平境内的一条小溪，天寒地冻的时节，眼前尽是肃杀之景，高峰兀立，巨石挡路。骏马在空旷的原野中嘶鸣，行人相遇来不及说上几句话就又各奔东西。正感叹旅途的艰辛与孤独，偏偏又行到了断崖处，只有小桥为路。天空中有鸿雁飞过，却不能代为传书，这一番遭遇令人心生感慨，思归之情油然而生。行走在异乡，最好的年华已如逝水般悄然没了踪迹，想着想着，就不知不觉淌下了眼泪，泪眼模糊中回首眺望，只望见十三陵附近亭亭如盖的大树和被夕阳染黄的暮云。

这首词所写的本是一个常见的题材，无非人在行役途中的一番感慨长叹，但纳兰却展现出一种更加情深意远的境界。以羁旅行役为主题的词并不少见，“移舟泊烟渚，日暮客愁新”（孟浩然《宿建德江》）所展现的是一种清愁，“夕阳西下，断肠人在天涯”（马致远《天净沙·秋思》）更多的是一种惆怅，纳兰的《虞美人》则是一股锥心的悲切之感。这种痛不是歇斯底里的，而是绵长蕴藉的。

一个人心中要有多少悲伤，才能将文字浸染上眼泪的苦涩？人们常说“触景伤情”，当纳兰“伤情”的原因再无从考证时，我们也唯有把那一腔化不开的愁绪归咎于萧瑟斑驳的秋景了。

采桑子（彤云久绝飞琼字）

彤云久绝飞琼字[①]，人在谁边？人在谁边，今夜玉清眠不眠[②]。
香销被冷残灯灭，静数秋天。静数秋天，又误心期到下弦[③]。

注释

①飞琼：指许飞琼，传说中的仙女，西王母身边的侍女，后泛指仙女。

②玉清：原指仙人。陈士元《名疑》卷四引唐李冗《独异志》谓："梁玉清，织女星侍儿也。秦始皇时，太白星窃玉清逃入衙城小仙洞，十六日不出，天帝怒谪玉清于北斗下。"这里指所思念的人。

③心期：心愿、心意。

赏析

这首《采桑子》，看似写景，实则写心。讲的是容若思念表妹，夜深难寐的凄苦心境。史书上对这位表妹并未做过多记载，只在一些清人笔记和小说中略有提及。容若与表妹青梅竹马，两小无猜，想来二人之间的那份情谊堪比青天绿湖，清澈可鉴。

但世间之事往往难以圆满，就在容若准备迎娶表妹之时，表妹却依照满族人的规矩，被选入宫中做了秀女。人皆道一入侯门深似海，岂不知宫门更是有进无回。从此后，表妹便与容若一墙之隔，天长地久地离别开来。

即便容若再爱表妹，这个悲剧也已注定无法挽回，自古天子大于天，容若的爱再多，也无法与天子的权力抗衡。仔细想来，这个悲剧似乎是一开始就注定的，容若出身豪门，表妹应当也是名门闺秀，属于优雅贤德的女子。这样的女子，如何能够逃脱帝王的涉猎？优渥的家世，帝王的恩宠，这样相得益彰的好机会，表妹的家族自然不愿错过。

只是苦了容若，一番痴心从此后皆付诸流水，本来只想与爱人恩爱长久，岂料却宫墙永隔，正如他词中开篇所写："彤云久绝飞琼字。"一句话便营选出了仙家的况味。古时候有个传说，神仙居住的地方有彩云环绕，于是"彤云"便成了仙家天府的代称。而容若也正是以此来隐喻表妹身居后宫，犹如身处仙境，令他无从相见。

而飞琼则指仙女，本指西王母的侍女许飞琼，她在某个人神相通的梦境中不小心泄露了自己的姓名，那个与她梦中相遇的凡人醒来之后便在墙上题诗一首：

晓入瑶台露气清，座中唯有许飞琼。

尘心未尽俗缘在，十里下山空月明。

写完后，许飞琼再次托梦于他，让他将自己的名字改掉，于是，第二天，这个人醒来之后，将第二句诗改为了"天风飞下步虚声"。许飞琼的典故就此流传下来，代可望而不可即的人，容若在此用典，代指自己所爱的女子。

"字"指书信，这里是说他已经很久没有收到表妹的来信了。接下来便很自然地过渡到了下文的猜测：人在谁边？人在谁边？叠句充分展露了容若内心的不安与焦躁，还淋漓尽致地表现出了他无可包藏的忧伤。

至于这个表妹后来如何，历史上再也找不到确切的记载，有人说她成了贵妃，也有人说她做了公主之师，直至孤独一生，病死宫中。无论如何，这都是一个凄婉的悲剧，也难怪容若在上片最后一句哀婉地抒情道："今夜玉清眠不眠？"

"玉清"也是仙家语，指仙人居住的仙境。玉清由大罗而来，大罗天生出玄、元、始三气，分别化为三清天。《宝太乙经》载，"四人天外曰三清境，玉清、太清、上清，亦名三天。"这里的"玉清"则是指代皇宫，在无言的深夜，夜不能寐的容若披衣于浓重的夜色中，捂心相问：很久没有收到你从宫中的来信了，没有我在身边，你在宫中过得还好吗？是否如同我思念你一样，也在思念我呢？

悠悠岁月，情思难断，容若这首词充分将这种剪不断理还乱的情感抒发出来，在上片的天上描写，可以看出一片虚无的空虚之感，让人在读这首词时，无时无刻不在为容若为情所困的愁绪所感染。

而到了下片，容若也从天上落到了人间，“香销被冷残灯灭”引起开篇，烧完的香，冰冷的被子，还有那即将熄灭的灯火，这一切都是真实的身边事。而这一切也都在提醒着容若，梦已经过去，现实依然凄冷，所爱的人早已远离这里，你在这里思念她的一颦一笑，而她说不定正在宫中，躺在另一个男人的怀抱里，强颜欢笑。

“静数秋天，静数秋天”，在这清冷的秋日，容若能看到的只有自己无尽而又无望的思念，回转头去，屋里那番清冷的景象，更是提醒他，誓言已去，美好的往昔早已随着夏日而去，在这个秋日，留下的除了揪心的疼痛，别无其他。

所以，容若只能最后感慨：“又误心期到下弦。”再也不能同心爱的表妹在一起，再也不能见到表妹温婉的笑容。即便拥着回忆入睡，醒来时，身边还是秋水般清冷的空气，令人禁不住泪流满面。

“心期”是指心愿、愿望，而“下弦”是指下弦月的时光，容若认为相聚的期限总会到来，但日子一天天过去，相聚始终遥遥无期。看来人生相逢这件事情，就如同月圆月缺一样，自古难全。

人生总是有着无数的期盼，渴望与爱人团圆，但如同月亮有圆有缺一样，有些事情，一旦错过，就不可能再拥有。那曾经的盟誓，此生注定是无法相守了，所爱的人就像天上的仙女，一去仙宫，再无返期。从此只能想着那曾经翩跹的身影，形单影只地过着春夏秋冬；看不到曾经熟悉的脸庞，只能靠着回忆，用心思念，梦想着相聚团圆。但其实自己也清楚，什么也没有，什么都抓不住。

容若这首词，写尽了思念之苦，相爱之苦，相守之苦，离别之苦。

采桑子（谁翻乐府凄凉曲）

谁翻乐府凄凉曲[①]，风也萧萧，雨也萧萧，瘦尽灯花又一宵。
不知何事萦怀抱[②]，醒也无聊，醉也无聊，梦也何曾到谢桥[③]。

注释

①翻：演唱或演奏之意。乐府：诗体名，初指乐府官署所采制的诗歌，后将魏晋至唐可以入乐的诗歌以及仿乐府古题的作品统称乐府，宋以后的词、散曲、剧曲因配乐，有时也称之为乐府。

②怀抱：心胸。

③谢桥：谢娘桥，古时称所爱的女子（或妓女）为“谢娘”，称其居所为“谢桥”。

赏析

这是一首爱情词，抒写了对情人的深深怀念：是谁在翻唱着那凄凉幽怨的乐曲，伴着这萧萧雨夜，听着这风声、雨声，望着灯花一点点地燃尽，让人寂寞难耐、彻夜难眠？在这不眠之夜，不知道是什么事情萦绕在心头，让人是睡是醒都诸般无聊，梦中追求的欢乐也完全幻灭了。

容若的词有个特点，读起来平淡无奇，但回味心头时，却又百味杂陈。正如梁启超所说的那样，纳兰容若的词是“眼界大而感慨深”。的确如此，纳兰深谙词之大义，他把一个个汉字巧妙地串成最美丽的篇章。

“谁翻乐府凄凉曲？”算是纳兰词中的名句，看似平白易懂，却于深处暗含波涛汹涌的愁绪，句中的“翻”字，是演奏、演唱的意思。谁在唱着那些凄美的歌曲，歌声萧索，居然令“风也萧萧，雨也萧萧”，而且还凄凉到彻夜无眠，“瘦尽灯花又一宵”。古人的烛火一般是用羊油做成的，烛芯烧着的时候会发出小小的爆裂声，像烟火一样。

所以，在这里容若会用“灯花”来描写，美丽的词汇既能增加词的美感，又能写出意境。相思亦有分类，容若的相思就如同燃烧的灯芯，模模糊糊，看上去并不那么真切，却是持持续续，相思烧不尽。

上片写完相思的凄凉，下片转而写无聊的现状。“不知何事萦怀抱”，思念到深处，依然觉察不出什么事情才是牵绊自己思绪的“罪魁祸首”。凄凉的心境令自己整夜无眠，而无眠之夜和无谓的相思，更是令自己“醒也无聊，醉也无聊”。

词写到这里，意境接近尾声，只是读词的人或许还不甚明了，令容若凄苦而无聊的女子究竟为何人。可能是为了解答读者心中的疑惑，或者是为了回答自己这一整夜无聊的思索，容若最后一句便交代为“梦也何曾到谢桥”。收笔之句似乎在字里行间悄悄透露了这位不知名的女子。

夜阑更深，夜晚的静谧代替了白日的喧嚣，相思便也蠢蠢欲动，从心底涌上脑海，整首词看不出任何山盟海誓、海枯石烂的决绝，反倒是处处透着几分聚散无妨，由他去吧的淡然。容若的心在词句中若隐若现，似乎在对这份感情喃喃自语：随风去吧，相思本无期，但凡有一日我不再想起你，那么我们就无需再痛苦了。

戛然而止的诗词并没有隔断容若多情多思的思恋，曾几何昔，晏小山“梦魂惯得无拘检，又踏杨花过谢桥”，道出了相思的轻薄与随意。而相同的词境，在容若的词里，却是透着几分清爽的纯情与率真。这是一种无法言说的情愫，思念中带着自嘲，冷淡中带着自责，想说爱一个人真的不容易，但停止思念已经远去的爱人更难。

一场古时的思念，一个谢娘的故事，或许相思真的是从一座谢桥走向另一座谢桥，在不经意间品味思念似醉非醉的感觉。容若的词，无人能够真正诠释，但这也正是容若词的魅力所在，因为不懂，所以悲悯。

因为每个人的梦境深处，都有一份曾经得到却又失去的美丽。

采桑子（土花曾染湘娥黛）

土花曾染湘娥黛[①]，铅泪难消[②]。清韵谁敲[③]，不是犀椎是凤翘[④]。
只应长伴端溪紫[⑤]，割取秋潮[⑥]。鹦鹉偷教，方响前头见玉箫[⑦]。

注释

①土花：苔藓。

②铅泪：晶莹凝聚的眼泪。语本唐李贺《金铜仙人辞汉歌》："空将汉月出宫门，忆君清泪如铅水。"

③清韵：清雅和谐的声音或韵味，指竹林风动之声。

④犀椎：即犀槌，古代打击乐器方响中的犀角制小槌。凤翘：古代妇女的凤形首饰。

⑤端溪：溪名，在广东高要东南，产砚石，制成者称端溪砚或端砚，为砚中上品，即以"端溪"称砚台。端溪紫，指紫色的端溪砚。

⑥秋潮：秋季的潮水、情怀等。

⑦方响：古磬类打击乐器，由十六枚大小相同、厚薄不一的长方形铁片组成，分两排悬于架上。用小铁槌击奏，声音清浊不等，始创于南朝梁，为隋唐宴乐中的常用乐器。

赏析

这首词写的是一段深隐的恋情，用苔藓遍布的竹子和晶莹凝聚的泪水来打开全词，意欲告诉读者，这段恋情的苦楚，真的是如泪如疤。

斑痕累累的湘妃竹，青青如黛，竹身长满苔藓，晶莹的泪水难以消除。就如同词中所写的那样："土花曾染湘娥黛，铅泪难消。"这也实在就是容若的心性，其一生的心境悲苦凄凉，无人能懂。

正如那斑痕累累的湘妃竹一样，虽然青青如黛，竹身上却是苔藓满布，就如容若虽是人人羡慕的相爷公子，皇帝身边的大红人，满腹文采的大才子，但其内心深处所结满的疤痕，又有几个人能看到呢？只有容若自己能够感受到，他虽出身富贵，地位显赫，仕途顺利，相貌俊秀，就连妻子也是门当户对。这一切都是一般男子可望而不可即的，却被他集于一身，他却依然惆怅满怀。

"清韵谁敲，不是犀椎是凤翘。"所谓"犀椎"是指犀槌，古代打击乐器方响中的犀角制成的小锤子。而"凤翘"则是古代妇女佩戴的凤形首饰。这句话的意思是清韵声声，那不是谁在用犀槌敲击乐器，而是她头上的凤翅触碰到了青竹发出的清雅和谐的响声。

是何人的发簪碰到了青竹，这个人是容若的情人还是红颜知己，词中并未提及，但可以得知的是，这个女子最终未能和容若厮守一生。

这样，也就可以理解容若开篇的悲情词句了，或者可以说是事出有因，却也应了那句情何以堪。而在下片里，容若将写景转为抒情，尽情抒发了一番相思之苦。"只应长伴端溪紫，割取秋潮。鹦鹉偷教，方响前头见玉箫。"意思是：秋色多么撩人、秋意无限，应该将这些用端砚写成诗篇。将相思之语偷偷教给鹦鹉，当与她相逢又难以相亲时，鹦鹉或可传递心声。

总体来说，这首词的写作风格清新淡雅，虽然不能算是容若作品中的上乘之作，但能将相思之苦刻画得淋漓尽致，也算是一阙别致的小词。

采桑子（而今才道当时错）

而今才道当时错，心绪凄迷。红泪偷垂，满眼春风百事非。
情知此后来无计[①]，强说欢期[②]。一别如斯，落尽梨花月又西。

注释

①无计：无法。

②欢期：佳期，欢聚的日子。

赏析

词人作词，多是有感而发，意由心生，容若的词总是那么精致，读后你说不清楚他想要表达的具体感情是什么，也说不清楚这首词究竟想要写什么，但每个词，每个字都能让你体会到灵魂深处的战栗，那是一种幸福的忧伤。

在容若的词里，这种幸福与忧伤相得益彰的表现形式十分多见，而这首《采桑子》更是将这种形式运用得出神入化。几个词语的铺陈，看上去犹如一幅水墨丹青，清爽宜人，但细细品味，却又能品出其中意向堆砌出的情怀。

正如容若的另一名句“人生若只如初见”一样。直抒胸臆却不让人感到唐突，脱口而出也不让人觉得造作，不加雕饰，反而更显得纯真无邪，平淡之中透着几分灵性。

“而今才道当时错，心绪凄迷。”开篇道来，犹如当头一棒，让人灵台一片清明，但细细想来，这句话平淡无奇，现在才知道自己错了，心里迷惘万分。这样的话语实在没有什么值得推敲的地方，如果这句话用在别处，可能就如同脚下的鹅卵石，被人们忽视了，但放在容若的词里，却又是如此不同。

有些诗词是要经过岁月淘洗，历久弥新，反复吟诵才能琢磨出其中味道的，就像最好的菜肴往往是那些最简单的菜式一样，平淡出真章，容若的平淡，往往是在看第一眼就把人打动，从此让人欲罢不能。

词如人生，“当时错”，现在才明白、才后悔，可是，当时究竟错在哪里？古诗有云：“人生自是有情痴，此恨不关风与月。”爱情最难讲究是非对错，爱了就是爱了，没有对错之别。

容若在探究当初是不该爱，还是不该走得太近。总之那段得到又失去的爱情令容若的内心忐忑不安。一个“错”字，令人百转千回，牵肠挂肚。正因为有了之前的“错”，才有了下面的“泪”——“红泪偷垂，满眼春风百事非。”

前文我们已经讲过“红泪”这个典故，它一般是指女子伤心，容若将典故用于此，不知道是否有更加具象的所指。有情人无奈离别，这里的有情人是指他入宫的表妹，还是指江南的沈宛，后人不得而知，也说不清楚。

不过这已经不重要了，下一句“满眼春风百事非”，在春意盎然的时刻，有着悲伤的心绪，实在是更令人感到凄凉。容若之所以受到人们的喜爱与推崇，就是因为他总是能明明白白地直指人心，轻易地说中每个在情场中辗转的心事。

这首词抒写词人凄迷的心绪：如今才知道当时自己是错了，不觉心绪凄迷。春光灿烂，人事全非，怎不叫人暗自垂泪？明知道以后的事情难以预料，却偏偏硬说可以再次欢聚。一别之后果然遥遥无期，如今梨花又落尽，月亮也已偏西，相思的人却只能在这痛苦中饱受煎熬。

在上片的凄迷心情之后，下片则开始写无可奈何的心境，在不知所以中还希望能够再相见。“情知此后来无计，强说欢期。”回想当时的分别，就已经知道了今生无缘，无法再见，但偏偏还要告诉自己，来日方长，或许他日能够重逢。

这里的“欢期”是相见、欢聚的意思，而“强说”一词让这份期待中的欢期变得难以预见。明知道不能相见，却偏偏想要相见的矛盾心情，令这首词充满欲哭无泪、欲诉无言的悲凉。

容若自己或许也感觉到了自己的悲怆，他转笔结尾，写道“一别如斯，落尽梨花月又西”。人生或许就是这样，月圆月缺，都是无可避免的，或许这就应了那句“无限愁怀说不得，却道天凉好个秋”。

容若几笔淡淡的勾勒，令整首词跃然纸上，令人读罢不忍释手，这些千古名句如同一轮圆月，在漆黑的夜空闪着清冷的光芒。

采桑子（严霜拥絮频惊起）

严霜拥絮频惊起[①]，扑面霜空[②]。斜汉朦胧[③]，冷逼毡帷火不红。
香篝翠被浑闲事[④]，回首西风。何处疏钟[⑤]，一穗灯花似梦中。

注释

①严霜：凛冽的霜，浓霜。霜起而使百草衰萎，故称。

②霜空：秋冬的晴空。

③斜汉：指秋天向西南方偏斜的银河。

④香篝：熏笼。古代室内焚香所用之器。

⑤疏钟：稀疏的钟声。

赏析

纳兰容若的才华肆意绽放，无法遮掩，就连康熙皇帝也忍不住欣赏，这个男子的华丽文采在清朝的时空中开出艳丽的花朵。他二十二岁便开始担任三等侍卫，守在康熙身边，已经过去了好几个年头，康熙之所以欣赏身边的这个男子，并非因为他是忠臣纳兰明珠的爱子，也不是因为他王公大臣的身份，而是看重纳兰性德身上这份独一无二的气度与谈吐。

容若做人，进退有度，从不逾越，作为侍卫的他无论是在宫里值勤还是陪伴皇帝出游，始终举止得体，谈吐不凡，吃苦耐劳，无任何怨言。这份与他身份不符的谦卑低调为他赢得了君王的赏识。

但随着恩宠的越来越浓，容若却越来越不开心，他似乎并不满意眼前的生活，在所填的词中，常有丝丝的抑郁流露出来。那份孤独不为世人所解，容若在偌大的人世间越发显得孤寂，无人能懂的心情只能寄于诗词之中，聊表慰藉。

这首词作于何年何月何地，已经无从考究，从词中所描写的情景来看，大约是写于扈驾巡幸途中，还有一种说法是这首词写于容若妻子卢氏病殁之后，本就心情孤寂，偏又逢爱妻离去，来到塞外，看着那片苦寒之地，自然是有感而发。

这片孤苦之词的背景已经无从推断，但从词的内容可以看出，容若当时作这首词的心境并不平静。

这首词写塞外的苦寒、孤寂：霜气卷扬着雪花阵阵飞起，扑面而来的是冬日的寒冷。银河迷蒙昏惑、模糊不清，寒气袭来，连帐篷中的炉火都不再暖和。在家中时那熏香缭绕枕衾温暖的往事，真是让人不堪回首。面对“一穗灯花”，耳边几许“疏钟”，一切都好似在梦中一般。

整阙词围绕着边塞的寒夜进行描写，上片用的全是景语，“严宵”“拥絮”透露出塞上寒夜的凄冷，也透露出自己的凄苦心境。频频惊起，拥着被子，能感受到的除了满面的寒气，也只有塞外无际的空寂了。

这里的“絮”也做两个解释，一个就是上文中所写到的棉被，意思便是半夜用被子裹着身体，还有一个是指柳絮般的雪花。整句话的意思便是严寒的霜气卷起雪花，令其如柳絮般飞舞在空中。不过从“频惊起”这三个字来推敲，这里的絮当是做棉被来解的。

因为夜里太过寒冷，几次从睡梦中被冻醒，屋内尚且如此，屋外的旷野中更是不用说了，“扑面霜空。斜汉朦胧，冷逼毡帷火不红”。天空寒雾迷漫，银河仿佛横亘在夜空上的河流，被寒气所笼罩，在这样的天气下，军营里的炉火，再怎么添加柴火，也是烧不旺的。

既然在清冷的夜里醒过来，想要再睡着也不是那么容易的事情，万籁俱寂，一人独行，这样的时刻最容易胡思乱想。于是容若的下片便峰回路转，从景转心，开始了联想、回忆、幻境相结合的心理描写。

“香篝翠被浑闲事”，一段似梦非梦的描述，仿佛让读词的人与他一同回到了温暖的家中，守着暖炉，怀拥翠被，温暖舒适。这里的描述并非完全是身体上向往的舒适，更多的则是表达心理上的一种向往，向往轻松自由、宽松舒适的环境。

“香篝”是古人在室内焚香所用的器具，而“翠被”则是被面艳丽柔软的被子，这两样事物看似是容若对家的渴望，实则是容若在思念家中的某个人，很可能就是他的妻子。不过身在塞外毕竟是现实，容若也知道这一切都是“浑闲事”，“回首西风”，一切不过是想象中的美梦一场罢了。

在寒冷的毡帐里，词人听到稀疏的钟声，而此时毡帐里那一点微弱的灯光提醒他，家在很远的地方，自己现在身处的是不知何处的塞外，一时之间，孤凄情怀，不免难以忍耐。只能以词写心，托物言志。

采桑子（冷香萦遍红桥梦）

冷香萦遍红桥梦[①]，梦觉城笳。月上桃花，雨歇春寒燕子家。
箜篌别后谁能鼓[②]，肠断天涯[③]。暗损韶华[④]，一缕茶烟透碧纱[⑤]。

注释

①冷香：清香。红桥：红色栏杆的桥。

②箜篌：古代拨弦乐器名，有竖式和卧式两种。

③肠断：形容极度悲痛。

④韶华：美好的光阴，比喻青年时期。

⑤碧纱：绿纱灯罩。

赏析

那一夜，你宿在红桥。梦中开满了清香四溢的花朵，这本是一场完美的约会。却在梦外，听到孤寂的胡笳声。醒来时，身边一片成空。

月光洒向花枝，桃花如画，人更如画。

风雨过后，春寒料峭。

离别之后，万物皆空，天地悠悠，佳人离去，从此断肠人在天涯。

韶华不再，芳踪难觅，岁月如同一缕茶烟，就这样飘然远去。

这首词叙述的是所爱女子离去后的苦闷心情。情景交融，时而虚，时而实，现实与梦境交汇，描绘出一幅脱离于现实的画面。

上景下情，抒情之中带有景物的唯美描写，写景之中又直中见曲，写出情思的黯然神伤。全词的宗旨在伤离念远，如同上文所写到的那样，梦中与她相会在红桥之上，那时清香弥漫，忽而梦醒，听到的却是城头传来的胡笳呜咽的悲鸣。家中月光照在桃花枝上，洒下一片疏影，犹是风雨初歇，春寒料峭。自从离别之后，断肠人如今已在天涯之外，谁还会再来弹奏箜篌呢？美好的青春年华就这样暗暗地消耗，就像那一缕轻烟透过碧纱一般让人难以觉察。

“冷香萦遍红桥梦，梦觉城笳。”上片一开始就从描写春天的夜晚入手，“冷香”“萦遍”，销魂动人。值得一提的是，这里所说的红桥并非指扬州的红桥，这里的红桥指红色栏杆的桥。容若虽然伴随康熙去过江南，但时间是在康熙二十三年（1684 年）十月至十一月间，与这首词写的时令不相吻合，所以，可以推断出，这里所提到的红桥并非扬州的红桥，作为夜宿地点的红桥，容若在那里做了一个冷香四溢的美梦。

在这里之所以用“冷香”，与下面的“雨歇春寒”有关。雨水一向是词人们热衷的事物，用以表达黯然的哀愁最为妥帖。容若也不例外，他钟情于一切能够让内心潮湿的事物，虽然梦中有着一个芬芳的天地，但梦外却是春寒料峭，景象的描绘由虚到实，虽然没有言愁但愁却能自见；虽然没有抒情，但其情又在景语中显露无遗。

月色最是伤人，月下桃花，雨后春寒，容若所选取的这些意境更是令人伤怀，他用“萦遍”二字描写桃花的香气浓郁，在梦中也能闻到，而在下片则用“箜篌别后谁能鼓，肠断天涯”一句，承接扭转，从景色过渡到怀念。

一别之后，箜篌空悬，看着无人弹奏的乐器，不免睹物思人，令人肠断。辛弃疾在《满江红》中也写道：“人去后，吹箫声断，倚楼人独。”失去了知己，就算能够弹奏出再美妙的音乐，也是无人欣赏，更显内心空荡罢了。

在等待中度日，最是劳神伤心，所以韶华不再，岁月已经如同一缕轻烟，飘散在时空浩瀚中。

容若用白描的手法，写春夜的景色，简练不失贴切，又用直抒胸臆的手法，写出夜色正浓时，无法逃避的怀念，烘托出春夜寂寥，人心寂寥的词意。

王国维在《人间词话》中说：“大家之作，其言情也，必沁人心脾。其写景也，必豁人耳目。其辞脱口而出，无矫揉妆束之态，以其所见者真，所知者深也。”此番话用于容若身上，真是再恰当不过了。

采桑子 咏春雨（嫩烟分染鹅儿柳）

嫩烟分染鹅儿柳①，一样风丝。似整如欹，才着春寒瘦不支②。
凉侵晓梦轻蝉腻③，约略红肥④。不惜葳蕤⑤，碾取名香作地衣⑥。

注释

①鹅儿柳：泛起鹅黄色的柳枝。

②不支：不能支撑，谓力量不够。

③轻蝉：指蝉鬓。此处指闺中人。

④约略：略微、轻微。

⑤葳蕤：形容枝叶繁盛的样子。

⑥地衣：地毯。

赏析

忧伤，是纳兰词的主要基调。这首词写春雨，借雨中物象去吟咏，但整首词却无法剥离那忧伤的基调：春雨落在泛起鹅黄色的柳枝上，弱柳似烟若雾，仿佛是空中飘洒着游丝一般。春雨蒙蒙中，它的枝条又好像是吹斜的雨丝，时正时偏。春雨凉意袭人，堪破晓梦，令人懊恼，雨后的鲜花应该更加娇俏明艳了吧？又或者雨落残花满地，好似用花瓣铺成了地毯。

容若曾言说："电急流光，天生薄命，有泪如潮。勉为欢谑，到底总聊！"忧伤是容若生命中无法剔除的一部分，他虽然生活无忧，仕途平坦，但他却为此而感到焦躁，在这样一个金项圈套住的生活里，感到压抑甚至愤怒，他无法忍受贵族生活的腐朽和糜烂，他的精神一直处于挣扎的状态，但却无计可施，只能在词章上化解。

他有着旷世的才华，并将才华全部用来吟诗写词，他的词里有着悲苦之音，无关生活，直入灵魂。在他痛苦的倾诉，凄怆的呻吟中，我们仿佛可以看到慢慢渗透出的浓郁的忧伤。

这首《采桑子》，看上去只是一首泛泛的伤春自怜的小令，其实细究之下，内涵其他。“嫩烟分染鹅儿柳”，柳树，柳枝，是春日里很好的意向，容若虽然用到柳条，却只是说在那春雨下，似有似无的、刚泛起鹅黄色的柳枝，就好像空中的游丝一般，让人一时之间看不清楚。

顿时，春天雨景跃然眼中，在春天的雨日里，天空下细密的雨丝织成一道自然的垂帘，而雨中的柳条随风摇摆，时而翩跹。灰蒙蒙的空气中，已看不清哪些是雨丝，哪些是柳条，二者浑然一体，融合在一起，好一幅春雨图。

在这里的“似整如欹”用得恰当至极，“欹”是歪斜的意思，柳枝在风雨中时而偏斜，时而工整。容若的词句在这里仿佛是一幅工笔画，令春雨图赫然出现在人们眼前，清晰得如同亲眼所见一般。

就是在这样的一幅画里，他越发记得曾经那个似有若无的梦，只是可惜，春雨凉意袭人，堪破晓梦，令人懊恼。“才着春寒瘦不支”，这句将上片结束，道出了春雨带给自己的惆怅心情，同时也是承启下片，讲出梦如薄烟，被凉意浸透的凄苦之感。

“凉侵晓梦轻蝉腻”，这里的“轻蝉”并非是说蝉虫，而是指待字闺中的人，在春日逐渐明媚的时候，花朵变得更加娇俏，但一场大雨过后，那些花朵大部分被打落在地，洒落一地的残花就好像给大地铺上了一层地毯。

这伤感之景被待字闺中的人看到，更容易感伤红颜易老、岁月无情。容若借闺中之人感伤春雨之情，写出自己惜怀往日、感慨今朝之意。他在词章中营造出了一个凄美的意境，堪比南唐后主李煜的功力，在容若的笔下，世界美得令人窒息，他可以控制这个世界，让整个空间里充盈着他想要的气息。

时间过得漫长，他无法忘记过去，也无法看到未来，在他的眼中，春日里除了明媚的阳光和鲜艳的花朵之外，还有那雨后残花和无法抵御的时光洪流。

采桑子（非关癖爱轻模样）

非关癖爱轻模样[①]，冷处偏佳。别有根芽[②]，不是人间富贵花。
谢娘别后谁能惜[③]？飘泊天涯。寒月悲笳[④]，万里西风瀚海沙。

注释

①癖爱：癖好，特别喜爱。

②根芽：比喻事物的根源、根由。

③谢娘：晋王凝之妻谢道韫有文才，后人称才女为“谢娘”。她曾因咏雪的名句“未若柳絮因风起”而享有盛名。

④悲笳：悲凉的笳声。笳，古代军中号角，其声悲壮。

赏析

雪一直都是文人骚客笔下的常客，他们将雪看做灵性、高洁之物，竭尽所能去描绘、赞美。而容若却不是这样，他爱雪的圣洁高雅，但却只是捧于掌心，用满目的爱怜看这朵朵雪花飘然而落，有些情感，淡淡地记忆，远甚于轰轰烈烈地记录。

当然，容若也为雪写过词，他从1678年到1684年每年有很长时间随康熙出巡或奉使在外，这首词便是他陪同康熙出巡塞外时所作，内容便是咏雪。在康熙十七年十月，纳兰容若扈驾北巡塞上之时，惊讶于这里的雪居然如此凛冽。

大雪飞扬犹如一场暴雨遮天蔽日，塞外的风雪有着不同于中原的气势，让容若为之倾倒，于是他写下了这首词。

这首《采桑子》原有小题“塞上咏雪花”，这首词不同于容若那些江南词作，有着北方塞外的风情，读起来格外激昂人心：我并不是偏爱雪花轻舞飞扬的姿态，也不是因为它越寒冷越美丽。而是因为它有人间富贵之花不可比拟的高洁之姿。谢娘故去之后还有谁真的了解它、怜惜它呢？它在天涯飘荡，看尽冷月，听遍胡笳，感受到的是西风遍吹黄沙的悲凉。

宦海生涯使他深谙皇室内幕，多次出巡又使他得以体察民情。所以虽然出身于富贵之家，生活在朱邸红楼中，作为贵胄公子、皇帝近臣的八旗子弟，身上却没有纨绔习气，视势利似尘埃，视功名如糟粕。他借咏雪道出自己“不是人间富贵花”的向往，道出了卓尔不群的高洁情操，同时抒发了不慕人世间荣华富贵，厌弃仕宦生涯的心情。

“谢娘别后谁能惜，飘泊天涯。”下片的词句透着沉沉的分量，仿佛可以想象出一幅黄沙漫天、雪飘万里的画面，寒冷的塞外，一个衣着华贵的青年，神情忧郁地立于寒风之中，雪花飘满他的肩头，他却浑然不觉，只是一心在想，此情此景，他之外，还有谁在远方一同关注。

容若的词如同冬日里的一盆炭火，散发着暖暖的气息，令寒冷刹那间化成水滴，滴落心间。那份不属于尘嚣的清净与洒脱，一向是容若的特色，而也正是这份脱离于尘世之外的心境，让容若并不迷恋权贵。他虽然生于富贵之家，父亲位高权重，自己又是皇帝最宠爱的侍卫。他却并不认为这是无上的荣耀，反而感到为此所累。

作为一个词人，容若无法去过自己想要的自由自在的生活，反而要禁锢在紫禁城内，终日与君为伴。虽然这些年里，他扈从皇帝四处出巡，又算是康熙皇帝最看好的侍卫，人人都称他备受恩宠，就连他的父亲也认为他大有前途。

不过这一切在容若看来不过是过眼烟云，再多的富贵也比不上他那颗向往自由的心，只有他看得透彻——难道做一个保镖，真的就是前途无量吗？容若始终落落寡欢，皇帝的恩宠对自己到底有多重要？难道这份恩宠就能填补自己内心的空洞吗？

答案都是否定的。容若的手能感觉到雪花落入掌心的冰凉，那大片大片的雪花瞬间融化成水珠，就好像容若那颗高贵的心，如果硬要去承受世间的纠缠，那么它宁愿化作水来结束自己。

官场的倾轧与尔虞我诈，是容若厌恶那里的原因；做一个可有可无的御前侍卫，容若的壮志蜷曲难伸。于是，在容若的内心渐渐有了弃绝富贵的念头，这一点从他的诗词中就能看出，他不爱牡丹这样的富贵之花，却独独赞赏雪花这样凛冽的清冷矜贵之物。

看到雪花尚能如此干脆而洁烈，而自己却做不到，忍不住黯然神伤。容若问道："谢娘别后谁能惜？"似在问天，其实是在问自己，谢娘是指谢道韫，这里引的是《世说新语·言语》中谢道韫咏柳絮的故事。

当时谢安看到风雪交加，一时兴起，就问子侄辈，"此物何物可比之？"有人回答道："撒盐空中差可拟。"谢安认为差强人意，直到谢道韫吟出："未若柳絮因风起。"谢安大加赞赏，谢道韫也因为吟出这样的诗句，被看做旷世才女。

而在此刻，容若将自己与谢道韫相提并论，也是表明自己自有风骨，不同于凡夫俗子。容若渴望在这万里狂沙中洗净灵魂，走过后半生。当然这只是他的一厢情愿，世间还有太多束缚他的东西，令他无法脱身。

故而最后"万里西风瀚海沙"的结句，更是显得悲凉壮阔。瀚海是指沙漠，容若取自唐朝高适《燕歌行》的诗句："校尉羽书飞瀚海，单于猎火照狼山。"将古人的意境化简，却更甚古人一筹，让人感叹他作词技术高超的同时，也看到他精神的至清至洁。

这样一个拥有不羁灵魂的才子，想在天与地的尽头瞬间融入，渴望被上天怜惜，但上天却始终没能给他机会。容若一生的追求，也如同那片片雪花，不经意被瞥见，而后，随着雪花落地，一同被埋入到这塞外的土地之下。

采桑子（桃花羞作无情死）

桃花羞作无情死，感激东风。吹落娇红[1]，飞入窗间伴懊侬[2]。
谁怜辛苦东阳瘦[3]，也为春慵[4]。不及芙蓉，一片幽情冷处浓。

注释

①娇红：嫩红，鲜艳的红色。这里指花。

②懊侬：烦闷。这里指烦闷的人。

③东阳：指南朝梁沈约。因其曾为东阳太守，故称。

④春慵：春天的懒散情绪。

赏析

容若的心，时刻都像晶莹剔透的水晶，迎着阳光，透着忧郁的光芒。在这首小令中，容若淡淡地写出了伤春自怜的哀伤。从表面上看是一首伤春伤离之作：桃花并非无情地死去，在这春阑花残之际，艳丽的桃花被东风吹落，飞入窗棂，陪伴着伤情的人共度残留的春光。有谁来怜惜我这沈约般飘零殆尽、日渐消瘦的身影，为春残而懊恼，感到慵懒无聊。虽比不上芙蓉花，但它的一片幽香在清冷处却显得更加浓重。

但事实上是借伤春书写伤怀之情，黄天骥曾在《纳兰性德和他的词》中这样评价道：“这词表现一种莫名其妙的心情，诗人在风雨中听到凄凉的曲调，不知怎的，变得坐立不安，寂寞、凄凉、失望、空虚的情绪，笼罩着他的心头。他患的是时代的忧郁症。”

有时上天真的很无情，容若在写这首词的时候年纪尚轻，早先他拜在名师门下，熟读四书五经，中了举人后一直积极备考，科考最后一关的殿试时，却突然得了风寒，失去了参加由皇帝亲自主持的考试机会。

躺在床榻上倍感无聊的容若有感而发，写下了这首《采桑子》，他想如果桃花是有情的，在春天过去的时候，就这样被东风无情地吹落，实在是悲凉。正如同自己，要想等到下一次的殿试，便是三年之后了，在别的学子与皇帝侃侃而谈的时候，踌躇满志的他却只能守着病榻，看着飘零的桃花，与这残春一起度过。

所以，容若在词的上片写到的“懊侬”，正是为了这件事情。花开花落有时，但零落总是让人不甘心，桃花本是要零落成泥碾作尘的，却正巧一阵东风，吹入了容若的小窗，为这个陷入烦闷的才子，聊做慰藉。

看到桃花无可奈何的命运，容若也感伤起了自己，从下片开始，“谁怜辛苦东阳瘦”，便是容若的自况。

所谓“东阳瘦”说的是南朝沈约的典故，纳兰性德以沈约自况，形容自己像沈约一样病容憔悴、抑郁多疾。

沈约，字休文，吴兴武康人，南朝齐、梁时期著名的诗人，他对近体诗谐韵的发展做出了巨大贡献，和当时著名诗人谢开开创了诗歌发展历史上值得一书的著名诗体——“永明体”，是近体诗派的先声。

公元503年，萧衍逼迫齐和帝禅位，改国号为梁，这就是历史上著名的僧侣皇帝梁武帝，沈约在灭齐的过程中立功，被任命为尚书仆射，受到武帝的宠信。公元513年，这位诗坛的一代宗师忧惧辞世。死后，被武帝谥为“隐”，世称沈隐侯。

沈约在一次书信中谈到自己日渐清减，腰围瘦损，此事便成为了一个典故，习见的用法是“沈腰”或“沈郎腰”。

唐朝初期，著名的史学家姚思廉和他的父亲姚察在所著史籍《梁书·沈约传》中，高度赞誉了其人品和文品，评价他“高才博洽、一代英伟”。姚思廉在《梁书·沈约传》中记载：“沈约，永明末出守东阳……百日数旬革带常应移孔，以手握臂率计月小半分。”沈约操劳过度，日渐消瘦，被世人以“东阳销瘦”“东阳瘦体”称之，形容其体瘦。

沈约和容若是一样的美男子，有才有德，容若以沈约自比，即是说自己风流才俊，更是感伤自己身体单薄。这个典故用得十分贴切自然，交代了心境，也写出了实情。而后所接之句“也为春慵”，更是说出自己的身心之所以如此慵懒，并非是为其他闲杂之事所累，只是春天就要结束了。

为了一个季节的逝去，为了一片桃花的凋零，甚至为了一阵风、一场雨就感伤，这是容若词中一贯喜于表达的情绪。这个俊雅的男子用他一颗敏锐多情的心，无时无刻不在感受着这个世界美好的事物。

“不及芙蓉，一片幽情冷处浓。”虽然容若认为桃花妖艳，却还是比不上芙蓉的清幽芬芳。芙蓉究竟是指的何花？世人有着不同的说法，但一般而言，都被看做是指荷花，荷花在诗词中被用到的次数最多，名字也很有韵味，比如菡萏，李璟的名句有“菡萏香销翠叶残”；而苏曼殊的诗中则写道“笑指芙蕖寂寞红”，荷花亦被称作芙蕖。

不过，容若这里所指的芙蓉并非荷花，传说唐朝李固在考试落第之后游览蜀地，遇见一名老妇人，这位老妇人对他说，他明年会在芙蓉镜下科举及第，再过二十年还有拜相之命。于是心灰意冷的李固再次去参加考试，果然中第，而且榜上正好有“人镜芙蓉”一语，正应了那老妇的预言。

容若也是因病失去殿试的机会，和落第等同，所以，在这个背景下，他所说的芙蓉应当是指“芙蓉镜”的典故。于是，自然而然地，接下去的一句“一片幽情冷处浓”，正是写了自己懊恼的“幽情”。

最重要的机会就这样因命运捉弄而白白错过，容若的内心苦闷可想而知，但上苍似乎也是眷顾这个才华横溢的年轻人。在他病好之后，翌年便让他拥有了自己人生中的第二个红颜知己——卢氏。

大概这就是命运的奇妙之处吧！

采桑子（拨灯书尽红笺也）

拨灯书尽红笺也①，依旧无聊。玉漏迢迢②，梦里寒花隔玉箫③。
几竿修竹三更雨④，叶叶萧萧。分付秋潮⑤，莫误双鱼到谢桥⑥。

注释

①红笺：红色笺纸，多用以题写诗词或做名片等。

②玉漏：古代计时漏壶的美称。

③寒花：寒冷时节开放的花，多指菊花。玉箫：人名。传说唐韦皋未仕时，寓江夏姜使君门馆，与其侍婢玉箫有情，约为夫妇。韦归省，愆期不至，箫绝食而卒，玉箫转世，终为韦侍妾。事见唐范摅《云溪友议》卷三，多借指姬妾。后人以此为情人订盟之典。亦称玉箫侣约。

④修竹：长长的竹子。

⑤秋潮：秋季的潮水。

⑥双鱼：指书信。谢桥：这里指情人所居之处。

赏析

在灯下给她写信，即使写满了信纸仍意犹未尽，心里依旧惆怅无聊。偏又漏声迢迢相伴，不但添加愁绪，而且令人如醉如痴，仿佛在梦中与她相见，却又朦朦胧胧不甚明了。室外秋雨敲竹，滴在树叶上，点点声声，淅淅沥沥。将这孤独寂寞的苦情都付与此时的秋声秋雨中，不要忘了将书信寄给她才好。

世界之大，悠悠众生，能够有一个远方的人付诸思念，也是幸福的事情吧。在昏黄的灯光下，将满腹的思恋都填于纸上，让飞鸿送去，虽然我们天各一方，但却无法阻挡我对你无尽的想念。这种悲伤无望，却又充满想象的爱情，看似无聊，但却是持久永恒的。

容若将一首小词写得情意融融，求而不得的爱情让他感到为难与痛苦的同时，也令他的心中充盈着忽明忽暗的希望。

这首《采桑子》，一开篇便是无聊，写过信后，依旧无聊，虽然词中并未提及信的内容，是写给谁的，但从“依旧无聊”这四个字中，就已经可以猜到一二了。容若总是有这样的本事，看似在自说自话，抑或讲着不着边际的胡话，却总能营造出引人入胜的氛围，令读词的人不知不觉地沉沦其中。

容若将自己日常生活中的小事变为一台表演，读者成了观众，与他一起沉思爱恋。词中的“红笺”二字透露出容若所记挂的人定是令他着迷的女子，红笺是美女亲手制作，专门用来让文人雅客们吟诗作对用的。

不过，诗词中的红笺多用来指相思之情，只要写出红笺，一切便都在不言中了。下接一句“玉漏迢迢，梦里寒花隔玉箫”，引自秦观的词句“玉漏迢迢尽，银河淡淡横”。漏是古时计时的一种器具，不过用到古诗词中，为了美观，常被叫做玉漏、银漏、春漏、寒漏等。

诗词中，“漏”一向代表了寂寥、落寞、时间漫长的意思。在这里也不例外，以“玉漏”表达长夜漫漫、时空横亘的无奈之情，时间是相思最大的敌人，容若大概在这首词中是想表达自己爱着一个人，却无法接近的苦楚。在接下来一句“梦里寒花隔玉箫”中，揭晓了容若感慨时光的缘由。

“玉箫”并非是指乐器，而是一个典故，是一个人名，宋词里有“算玉箫、犹逢韦郎”，玉箫和韦郎并称，讲的是一段郎情妾意的凄美爱情。玉箫是唐代韦皋友人的侍女，二人日久生情，定下终生。后来韦皋因事离开，和玉箫约定：少则五年，多则七年，一定会回来将玉箫接走，却不料他一走之后便杳无音信。

苦等了七年的玉箫想着情郎是不会回来了，便绝食而死，为这段无疾而终的情感殉葬。旁人可怜这个女子，便将韦皋留下的玉指环戴在了玉箫的中指上，然后下葬。在玉箫死后不久，当了大官的韦皋回来了，看到玉箫的坟墓，十分悲痛。

其情感动了一位方士，方士施法术让玉箫的魂魄重新投胎，二十年后，一名女子来找韦皋，看她的中指，隐隐有一个环形的凸起，正是当年那个玉指环的形状。这名女子便做了韦皋的侍妾，弥补前世的遗憾。

这个故事从此也令“玉箫”一词成为了情人誓言的典故，在容若这首词里，“玉箫”一词为心头所思念的情人。而“寒花”又为何物？

顾名思义，寒花就是寒冷季节里开放的花，寒冷季节里开放的花有梅花、菊花，在这里到底是指什么呢？其实根据上面的分析已经可以知晓，容若是在思念一位女子，这女子必然是他所钟爱的人，此刻他们距离两地，容若在梦中想要与她相见，但梦境毕竟不是现实，所以，就算再怎么思念，二人还是无法牵手相望。

所以，容若所谓的“寒花”大概也不过是借了一个“寒”字，来表达内心凄冷的感觉吧？下片不再写心情，转而写窗外的景色，既然无法入睡，那干脆看着外面的景色，来缓解内心的惆怅吧！

“几竿修竹三更雨，叶叶萧萧”，雨后的夜景，树木萧萧，好比自己的心情，无奈之中透着几分茫然。最后结尾“分付秋潮，莫误双鱼到谢桥”，呼应了开篇的那一句“拨灯书尽红笺也”，也算是一种心意的表达，希望凡事都能有完满结局。

要交代一下的是“分付秋潮”中的“秋潮”是有来历的，秋潮的意向表示“有信”。潮水涨落是有一定时期和规律的，人们便将潮水涨落的时期定为约定之期限，在潮水涨落几番之后，要回来的人便要如约回归。

这是诗词中的一个主要意象，诸如唐诗名句“早知潮有信，嫁与弄潮儿”。“秋潮”在这里也是如此意境，上片一开始便说词人正在写信，在词的结尾，词人写的这句“分付秋潮，莫误双鱼到谢桥”，便是说信要寄出去了。要将信托付给秋潮，告诉那个收信的人，自己的心意是怎样的。

整首词全是词人的比喻和典故，基本上没有真实场景的出现，但通读全词，每一句都是浑然天成，与下一句连接得十分巧妙。一首爱情小词能够写出如此的境界，容若的手笔，不愧为才子之法。

采桑子（凉生露气湘弦润）

凉生露气湘弦润①，暗滴花梢。帘影谁摇，燕蹴风丝上柳条。
舞鹍镜匣开频掩②，檀粉慵调③。朝泪如潮，昨夜香衾觉梦遥。

注释

①湘弦：即湘瑟，湘妃所弹之瑟。亦指代瑟。瑟，弦乐器。

②鹍：形似鹤，黄白色。

③檀粉：化妆用的香粉。

赏析

容若虽为男子，却有一颗独属女儿家的细腻心思，所以他写的词才能够动人心弦、催人泪下。单看容若那些闺中词，就可以想象得出，这个男人的心思有多么细腻独到。所以说，容若爱人，必然爱得仔细温柔，一颦一笑，他都爱得刻入心扉，这首小词是写女子闺中的神态，但也可以理解为是容若为心爱女子所写的爱情词。

夜来凉生，露气浸润了琴瑟，露珠滴在了花梢上。帘外疏影摇摇，原来是小燕子乘着微微细风飞上了柳枝。对镜理妆，自怜自伤，镜匣频开频掩。倦于梳妆，连香粉都懒得调匀。清晨醒来，想起昨夜美梦成空，怎能不叫人伤情，不觉泪水就如潮般袭来。

更深露重，夜空寂寥，夜色最是让人神伤。是谁家的小女子，神色清冷地斜倚闺房中，眉目紧锁，为的是情，还是恨？

整首词有种小资的情调。其实在《饮水词》中，某些爱情词的意境迷离，都有种让人说不清道不明的感觉，也说不出这词到底是写给谁的。但词总是妙句迭出，引人深思，不论这首词是写给少年时期的恋人，还是过早离世的妻子，或是未能携手的知己，都不重要，重要的是赏词的时候，能够从中读出别样的味道。

“此情可待成追忆，只是当时已惘然。”情爱虽深，却只能追忆，李商隐的无题诗将情爱之痛刻画得恰到好处。而在容若的这首《采桑子》中，词旨的风格更是鲜明亮丽，朦胧中的暧昧让人心生暖暖的情愫。

比起李商隐来，容若的怅然若失更胜一筹，更有现实的痛楚。“凉生露气湘弦润，暗滴花梢。”直接铺陈，这是容若词的一个特点，“凉”“露气”“花梢”，这些词织成了一个梦幻般的梦境。在清冷的夜色下，露气沾湿了花蕊，也浸润了琴弦，这些小细节，将女儿家细腻的心思展露无疑。

限于篇幅，词总是充满想象的叙述，若干看似毫不相干的词语组合，便能够营造出一幅完美的图画。在这里，容若将这种功力运用到了极致。女儿家细心地发现露水滴落花蕊之上，而后又注意到帘影重重，门外的柳条在风中摇摆，小燕子停在上面，自顾嬉戏。

这真是好一副春景图，既将春夜的景象写出，又融入了女儿家羞涩的心思。如梦醒时分，抬头望月的惘然，世间的情爱之事总是这样，相爱时并不觉得可贵，但分开后一定会觉得痛心。

下片承接上片，“舞鹍镜匣开频掩，檀粉慵调”。既然相思无意，不如对镜打扮一番，也好对得起这番春光。只是打开梳妆盒，看着镜子，却没有心思调配脂粉。这里要提到的一个典故是“舞鹍”。

《艺苑》曰：“山鸡爱其羽毛，映水则舞。魏武（曹操）时，南方献之。帝欲其鸣舞而无由。公子苍舒（曹冲）令置大镜其前，鸡鉴形而舞，不知止，遂至死。”以鹍入词，也是暗示女子犹如鹍一般，对镜贴花黄，却是无人欣赏，只能形单影只地顾影自怜，所以，一时之间，女子泪水涌出，觉出现实多么残酷了。

“朝泪如潮，昨夜香衾觉梦遥。”以现实开篇，以现实结尾，整首词让人有种恍若梦中的感觉，但词人又无时无刻不在提醒，这不是梦，而是冷冰冰的现状。梦醒时，蓦然回首，早已找不到当初灯火阑珊处的那个人了。

采桑子（谢家庭院残更立）

谢家庭院残更立[①]，燕宿雕梁[②]。月度银墙[③]，不辨花丛那辨香。
此情已自成追忆，零落鸳鸯。雨歇微凉，十一年前梦一场。

注释

①谢家庭院：指南朝宋谢灵运家，灵运于会稽始宁县有依山傍水的庄园，后因用以代称贵族家园，亦指闺房。晋谢奕之女谢道蕴及唐李德裕之妾谢秋娘等都负有盛名，故后人多以“谢家”代指闺中女子。残更：旧时将一夜分为五更，第五更时称残更。

②雕梁：刻绘文采的屋梁。

③银墙：月光下泛着银白颜色的墙壁。

赏析

在纳兰容若的词中，这首《采桑子》的写作背景是最难考究的，有人说这首词是容若在凭吊一个知己，也有人说这是容若为追忆往昔所写，议论种种，难有定论，但不管如何，这难解的词虽然扑朔迷离，却还是让后人沉浸在其美好情境中。

开篇所写到的谢家庭院，是在隐喻这是在写当下的实景，谢家庭院指南朝宋谢灵运家。谢灵运在会稽始宁县有依山傍水的庄园，后来常用谢家庭院代称贵族家园，也指闺房。所以可以看出，这是容若在怀念一段情缘。

下片开始的那句“此情已自成追忆”更是证明了上片是在追忆往昔的情

感，而最后一句更是点明了这段感情的时间，是发生在十一年前，如梦一场的时光令这段感情逐渐模糊，但并没有被遗忘。容若的这首《采桑子》虽然没有指明他所怀念的女子为何人，但从词的字面意思来看，应当不是他的妻子，就是他的表妹。

不管是谁，“谢家庭院残更立，燕宿雕梁”，开篇这句的意象，是容若常用的，尤其是“谢家”，所以，后人推断容若爱恋的这名女子一定是姓谢。不过真相是否果真如此，也只能留待猜测了。

这首词写得十分华美动人，有种浓郁之美，在华丽的雕梁上，燕子熟睡着。夜深人静之时，无论是人还是动物，都已进入梦想，只有月光悄悄安抚着大地。而此时，却还有一个人无法入眠，任凭月光洒落一身，他只是独立中庭，孑然影孤。

短短十数字，就将思念者孤独寂寥的心态刻画出来，而且还让人分辨不出这个月光下的人到底是被相思所苦的容若，还是偶尔神伤的自己。王维开创了“诗中有画，画中有诗”的一例，而容若的词中更是将诗画艺术发挥到了一个极致，对一个具体情境的描摹已经到了入木三分的境地。

而后一句“月度银墙，不辨花丛那辨香”，则是容若从元稹的《杂忆》中所改出的一句，虽然只是简单改了一个字，但整首词还是相得益彰的。元稹的诗是这样的：

寒轻夜浅绕回廊，不辨花丛暗辨香。

忆得双文胧月下，小楼前后捉迷藏。

元稹是悼亡诗的高手，他的悼亡诗成就不在容若之下，而元稹本人也是多情之人，他在婚前和一个女子有过一段热恋，虽然没有结果，但元稹对那名女子很是看重。这首词便是为那名女子所做。

上片先是写景色，后又引用前人怀念的旧文，无非是要烘托自己内心的怀念。而到了下片，第一句便是“此情已自成追忆”，容若自己也明白，这份感情只可追忆，无法挽回，所以这句词既道出了容若的悲伤，也道出了世事的无常。这句话化自李商隐的名句“此情可待成追忆”，而后接着一句“零落鸳鸯”，则是引出了最后的结局“雨歇微凉，十一年前梦一场”。

往事已如烟散去，回忆空空，容若沉吟至此，才忽然觉出了雨夜后的微凉，他也觉察出，这十一年前的梦，早就该醒了吧。

作为一首爱情词，这首《采桑子》的意境有些清冷：残更冷夜独自伫立在你家的庭院里，看着燕子双宿双栖在画梁之上。月光洒下来，照在白色的墙壁上，清辉之下分辨不清园中的鲜花。物是人非，此情此景也只能成为回忆，你我从此劳燕分飞、天各一方。这新雨过后的夜里透着丝丝凉意，你我之间的相依相恋如同十一年前的一场梦一样，不堪回首。

张任政的《饮水词·丛录》中写道："后之读此词者，无不疑及与悼亡有关，并引以推证其悼亡年月。余近读梁汾《弹指词》有和前韵一首，词云：'分明抹丽开时候，琴静东厢。天样红墙，只隔花枝不隔香。檀痕约枕双心字，睡损鸳鸯。孤负新凉，淡月疏棂梦一场。'观上二首，咏事则一，句意又多相似，如谓容若词为悼亡妻作，则闺阁中事，岂梁汾所得而言之。"

采桑子（明月多情应笑我）

明月多情应笑我，笑我如今。辜负春心[①]，独自闲行独自吟。
近来怕说当时事，结遍兰襟[②]。月浅灯深，梦里云归何处寻。

注释

①春心：春景所引发的意兴或情怀。

②兰襟：芬芳的衣襟。比喻知己。《易·系辞上》：“二人同心，其利断金；同心之言，其臭如兰。”襟，连襟，彼此心连心。

赏析

这首词的写作背景有两种，一是怀友之作，纳兰容若是极重友情的人，他的座师徐乾学之弟徐元文在《挽诗》中对他赞美道：“子之亲师，服善不倦。子之求友，照古有烂。寒暑则移，金石无变。非俗是循，繁义是恋。”

这番赞美绝非虚假奉承之意，容若之友确是“在贵不骄，处富能贫”。容若喜欢交朋友，他也善于交朋友，在容若短暂的一生中，他有许多志同道合的朋友，所以，词中所写的“结遍兰襟”，并不是夸张的修饰之语。

容若本人的爱交友，善交友，体现出了他性格中多情重义的一面。不过，重情又往往成了他的负担。正如词中所写，“近来怕说当时事”，在而今的事是人非面前，容若害怕回忆起往昔美好的一切。他将头埋进沙子里，犹如鸵鸟一般，自欺欺人地躲避着一切，但终是无法逃脱的。

容若在词中感伤：明月如果有感情，一定会笑我，笑我到现在都春心未结，独自在这春色中徘徊沉吟。最近很怕说起当年的那些往事，当时高朋满座，彼此惺惺相惜。如今月夜幽独寂寞，只有在梦里寻找往日的美好时光！

他希望不美好的尽快过去，往日的朋友依然能够惺惺相惜，如同他在词中所写的最后一句："梦里云归何处寻？"这一切仿佛都是梦一般，难以寻觅，难道，真的只有在云归深处，才能找到当日的美好？

还有一说是，这首词是容若为沈宛而写，当日容若娶江南艺妓沈宛为妾侍，后来因为家庭的压力，二人被迫分离。这首词就是容若在离别之后，思念沈宛的佳作。

容若曾在一方闲章里刻有"自伤多情"四字，可见他自己也在为自己的多情而苦恼，在容若看来，就连天上的那一轮明月，也在嘲笑他的多情，嘲笑他在如此美好的春光下，却暗自苦恼，不解风情。

这首《采桑子》做得非常细腻，上片写出容若低沉黯然的心情，同时还烘托出容若怅然若失的心态。"辜负""闲行""独自"，从这些词语中，能够体会到容若内心的寂寞和无聊，只有自己吟唱自己的孤独，因为他人无人能懂。

而到了下片的时候，他便解释自己为什么会有如此沉郁的心情，首先是害怕回首往昔，他害怕提起当日的事情。因为往事不堪回首，一切过去的都将不再重来，容若面对的回忆不过是空城一座，而他，只能在城外兴叹。

这也就是为何容若会在月光下愁苦，在灯光下午夜梦回，温习往日岁月的原因。不论这首词是容若作给朋友的，还是给沈宛的，都是他发自内心的感慨，细腻单纯，干净得几近透明。

谒金门（风丝袅）

风丝袅，水浸碧天清晓。一镜湿云青未了[①]，雨晴春草草[②]。
梦里轻螺谁扫[③]，帘外落花红小。独睡起来情悄悄，寄愁何处好。

注释

①一镜：指像一面明镜的平水。青未了：青色一望无际。

②草草：忧虑劳神的样子。

③轻螺：指黛眉。螺，螺黛，古人用以画眉的青黑色颜料。扫：描画。

赏析

这首词以乐景写哀情，凸显了伤春意绪：柔风细细，水面上映出一望无际的云朵。雨过天晴后这春色反而令人增添愁怨。梦中曾与伊人相守，轻轻地为你画眉。梦醒则唯见帘外落花，这一怀愁绪该向何处排解呢？

了解容若生平的人，定然会疑惑，这样一个公子哥，为什么整日愁云惨淡，难道也是为了“为赋新词强说愁”？其实，容若的心境与自身的富贵并无太大关系。他的出身，在这里稍作提示。

纳兰性德，字容若，号楞伽山人，明珠的长子，他生于顺治十一年十二月十二日（1655 年 1 月 19 日），满州正黄旗。原名成德，因为要避皇太子胤礽（小名保成）之讳，后改名性德。容若生于腊月，小时称冬郎。

他自小便表现出过人的天赋，读书识字都很厉害，过目不忘。不但如此，他很小年纪就能够习骑射，17 岁入太学读书，为国子监祭酒徐文元赏识，将容若推荐给了内阁学士，礼部侍郎徐乾学。

一路上都顺风顺水的容若，按说应该是意气风发，却总是写词来抒发自己抑郁的情绪。以乐景写哀情是容若一贯常用的手法，这首词虽然写春景，却处处透露出愁绪难以化解的气息。

“风丝袅，水浸碧天清晓。”寥寥数字便写出了春日的美好景色，容若写景，一向如同淡淡的山水画，柔风阵阵，水面上倒映出天空的云朵，水清云淡，风和日丽，这是多么美好的春日，容若也沉浸在这春日中，格外享受。

但接下来，容若便从这景色中看到了愁绪，他写道：“一镜湿云青未了，雨晴春草草。”所谓“一镜”就是指像一面明镜的平水。水波静止无痕，仿佛一面透亮的镜子，折射出天空美丽的云彩。

“湿云”是一个很好的意象，这要与后面一句联系起来，“雨晴春草草。”刚下过雨的晴天显得湿润怡人，容若将仿佛还没干透的天气写入词中，令人读后别有韵味。而这里的“草草”二字，则是忧虑劳神的样子。

虽然这美好的雨后春日令人神清气爽，但是容若依然感到疲惫怠倦，这是因为春思扰人，容若在思念中，自然无法做到一心去欣赏春日的美景。上片独独写景，写出春日的景物，与别的写景不同，容若写景，只是简单几笔，便能刻画得深入人心。

而在下片，容若则开始写心，既然春光无心欣赏，那便是心中藏着事情，“梦里轻螺谁扫？”一句疑问打开下片的开端，也写出容若为何事而烦忧——他在担忧一个人，或者说在惦念着一位佳人。

词中所写的“轻螺”指黛眉。梦里谁为佳人描眉？当外面落红开始，梦境醒来便飘逝而去，现实依然是孤独一人，这真是让人忧伤的事情，一腔的闲情该如何排遣，只能赋予诗词之中，聊以慰藉。

“帘外落花红小。独睡起来情悄悄，寄愁何处好？”容若以疑问结束整首词，他自己也不知道，这一腔的幽思该如何化解，提笔像是自问，又像是寻求答案。这种矛盾的心情让人看后不由得心疼，爱一个人，真的就如此纠结吗？

这百年前的情感，已经由不得后人去妄自揣测了，只能从词的字里行间，去体会词人当时的心境，共同玩味。

菩萨蛮　寄顾梁汾[①]苕中（知君此际情萧索）

知君此际情萧索[②]，黄芦苦竹孤舟泊[③]。烟白酒旗青，水村鱼市晴[④]。
柁楼今夕梦[⑤]，脉脉春寒送。直过画眉桥[⑥]，钱塘江上潮。

注释

①顾梁汾：顾贞观，字华峰（一作“封”），号梁汾。江苏无锡人，康熙十一年举人，著有《积书岩集》及《弹指词》。苕中：一名苕水，有二源，一曰东苕，出浙江天目山之阳，东流经临安、余杭、杭县，又东北经德清县为余石溪，北至吴兴县为溪，一曰西苕，出天目山之阴，东北流经孝丰县，又北经安吉县，又东经长兴县，至吴兴县城中，两溪合流，由小梅、大浅两湖口入于太湖，相传夹岸多苕花，秋时飘散水上如飞雪，故名。顾梁汾南归后曾寓居苏州此地。

②萧索：萧条，凄凉。

③黄芦：落叶灌木，叶子秋季变红。苦竹：又名伞柄竹，笋有苦味，不能食用。

④水村：水边的村落。鱼市：卖鱼的市场。

⑤柁楼：船上操舵之室，亦指后舱室。因高起如楼，故称，这里借指乘船之人。

⑥画眉：指汉张敞为妻子画眉之故事，喻夫妻和美。

赏析

细看古来情缘，这缘分千百种，伯牙和子期的高山流水是一种，霸王别姬的生死情缘是一种，嵇康与山涛的挚友决裂是一种，甄妃与曹植的相思相望不相亲是一种，秦叔宝与朋友的两肋插刀又是一种。

古人形容知己，以高山流水喻之。纳兰一生重情，也重知音。容若的知己之求，一种神交于千里的相知相悯。顾贞观则是纳兰此生不得不提的知己挚友。中国文化中的知己之情，往往体现于患难之时，离别之际。此词作于顾贞观回无锡为母亲丁忧之时。容若全词词眼即在一个“知”字。无此“知”，何以容若仿佛随顾贞观一路同行？无此“知”，何以字字写景，却句句入情呢？“知君此际情萧索”，容若与顾贞观的交契之深，便在这一句——“我知你”最最平易的一句，却最是显得情之难能可贵……“黄芦苦竹孤舟泊”一句，化用白居易《琵琶行》的“黄芦苦竹绕宅生”之句。一语双关，既是写顾贞观于孤舟之景，亦有暗指他同白居易一样是千古的伤心人，如《琵琶行》中所说：“同是天涯沦落人。”

转笔一写“烟白酒旗青，水村鱼市晴”。陈廷焯在《云韶集》中评此句：“画景”明明是纳兰所幻想的景物，却最是真实可信，最是云淡风轻。那是一幅淡泊明朗的风景，一处祥和安宁的停泊之所。名为写景，却是在以安宁的景物安抚挚友的情绪。在你失意的时候，却可停泊在此温柔宁静之所。这一番平抚挚友的心意不言自明。

纳兰全词以所幻想之景入句，然而所包含的一路相随慰藉之情，却是字里行间流动的华彩。“柁楼今夕梦，脉脉春寒送。”柁楼乃船尾舵工敝身之楼。今夕夜里，我身处柁楼之中，我就是那舵工，为你掌舵护航，为你送走这春季寒冷的风。这一具有幻境色彩的叙述之下，不言而喻的深情便是：你我知己，一旦倾心认可，便为你千寻万顾……

“直为画眉桥，钱塘江上潮。”意谓顾梁汾归去心切，得享和美的家庭快乐和安闲隐居钱塘江畔的生活。“直为”，犹言“只为”。“画眉桥”，梁汾有咏六桥之自度曲《踏莎美人》，谓自删后所留“其二”中有句云：“双鱼好记夜来潮，此信拆看，应傍画眉桥。”自注：“桥在平望，俗传画眉鸟过其下即不能巧啭，舟人至此，必携以登陆云。”

但平望在湖州东北，并不与苕溪相通，而此处却用了画眉桥，则其暗含用汉张敞为妻画眉之故事喻其家庭美满之意。其中那风趣的宽解和祝愿，最能让人感到朋友之间那肆意而轻松的相互打趣。心愿是美好而纯净的，心意是坚定而明确的，念出来亦是掷地有声的——“直为画眉桥，钱塘江上潮。”有什么比得上那即将到来的宁静生活更为美好呢？过去的终会过去，大悲过后，终究是一片祥和宁静，犹如那水村鱼市，犹如那孤舟夜泊，犹如那钱塘江上。

饮水词中的唱和之作，常常与顾贞观有关。纳兰容若对友情的真挚，对此的执着与追求，是一种心灵的相契。可见此词虽以幻想而作，却如此亲切，如此真实。没有心灵的相通，又怎能做到这样的心相知，就如容若在《金缕曲·寄梁汾》中写道：“一日心期千劫在。”这也体现了容若与友人相交于“慧业”，慧业是佛教的词汇，意为灵魂方面的事业。他确定地告诉梁汾，我们的心灵与我们所追求的是一样的、不可分割的。既有神交，也有事业。因为我们的灵魂在一起，我们的追求是一致的，我懂你的心意，也明白你的心绪，就如你明白我赠予你此词时所表达的慰藉与祝福。求取知音，珍惜知音，那种精神相伴的快乐和恬然到头来还只是一个“知”字。“知君此际情萧索”，再回头细细读来，便是恍若叹息的庄重。

就是这一种清澈干净、不舍不弃的千秋情怀，以性命相托、寄身于自然天地的文化内质，成为文海之中泛着光芒的恒久宝藏。

忆江南（昏鸦尽）

昏鸦尽[①]，小立恨因谁？急雪乍翻香阁絮[②]，轻风吹到胆瓶梅[③]。心字已成灰[④]。

注释

①昏鸦：黄昏时天空飞过的乌鸦群。

②香阁：古代青年女子居住的内室。

③胆瓶：长颈大腹的花瓶，因形如悬胆而得名。

④心字：即心字香，一种炉香名。明杨慎《词品·心字香》："范石湖《骖鸾录》云：'番禺人作心字香，用素馨茉莉半开者着净器中，以沉香薄劈层层相间，密封之，日一易，不待花蔫，花过香成。'所谓心字香者，以香末萦篆成心字也。"

赏析

彤云密布的冬日黄昏，隐约一只瘦小的乌鸦越飞越远，身影也越来越小，直到融进那一望无垠、萧瑟的旷野尽头。旷野中，是谁惆怅无尽、若有所思？天地间，是谁独立寒秋、无言有思？又是何事令她难更思量？又是何人令她爱恨交加？罢了罢了，"往事休堪惆怅，前欢休要思量"。罢了罢了，"人心情绪自无端，莫思量，休退悔"。

熏香如心，飘起袅袅的青烟，暖香熏透她的闺阁；急雪翻飞，缕缕纷纷，柳絮般地飘飞而起。雪白色的胆瓶中刚插上梅花，冬风吹进暖暖的闺房，化作清风，卷起阵阵幽香。这本闲极雅极的适意景致，奈何在她的心中竟再也卷不起一丝涟漪。冬风益发强劲，心形的盘香燃烧殆尽，地上只留下一道心形的香灰。周体转凉，心中的凄凉寂寞，此际已如燃尽的熏香一般，化作了死灰。

这首词营造了两种不同却又互相联系的场景。“昏鸦尽，小立恨因谁？”是第一个场景；“急雪乍翻香阁絮，轻风吹到胆瓶梅。心字已成灰。”是第二个场景。前一个场景是在冬天黄昏的野外，从意象上看，“昏鸦尽”和情感主体“小立恨因谁”都能够看出来。第二个场景则在少女的闺房中。也可从意象上看出来，如天气情况是“急雪”，所在地方是“香阁”，感觉上为“轻风吹到胆瓶梅”。当然，情感上也有明显变化，且与环境的变化一致。开始是“小立恨因谁”，后来变为“心字已成灰”，明显感觉情感在承接前面的同时，变得深多了。回头来看，从旷野到香阁，从大环境到小空间，从“小立恨因谁”到“心字已成灰”，在各个层面都能看到这一种变化。而这中间也有一个转变的标志，就是“急雪乍翻”，这交代了词中情感变化的时空转换点。前面或许是“秋凉”罢了，而后面明显可以感觉到“凄冷”。

诗词中有种不成文的划分规定，便是依据字数多少进行划分。长篇且不必多说，即便是一篇名篇，也未必不允许其中有些败笔赘言。但是所谓的“短篇”“小制”就不行了，若是名篇，是绝不会允许的，且不论败笔赘言，就算平庸的句子也是不允许出现的，因为这样一来，就浪费了诗歌给人营造惊奇的“可能性”。诗歌之所以能给人以美好的感觉，是离不开这种“可能性”的。这首《忆江南》字数极少，是小令中的单调，在诸多词牌名中，也是字数最少的之一。这一词牌写得好的有温庭筠的“梳洗罢，独倚望江楼。过尽千帆皆不是，斜晖脉脉水悠悠，肠断白苹洲”。用字上讲求自然少造作，无赘言败笔。

纳兰这首词中“心字已成灰”巧妙而自然地用了双关的修辞手法。一方面在意象上指的是心形的熏香燃尽后在地面上留下的心形灰烬；另一方面又可以指词中人物情感上的“心如死灰”。在黄天骥的《纳兰性德和他的词》中说这首词“语带双关，耐人寻味，但情调过于灰暗”，似乎觉得不合先贤的“哀而不伤”，可这样真挚的情感表现方式，也正是纳兰性德的词令人感动的根本。

事实上这里还透露了词人的另一重心境。纳兰性德出身贵胄，然而却受到十分鲜明的汉族文化熏陶，具有极强的归隐意识。他自己是帝王身边的三等侍卫，父亲是当朝宰相。这些高贵的身份几乎就是被命运安排的，不可更改。一方面有遁世淡薄，另一方面身在魏阙，处在与自己性格极不协调的名利场中，内心的痛苦与努力的挣扎是多么的惨烈。纳兰一语双关的“心字已成灰“一语，是对他所描绘的女子情感的完结，也无意间透露出了自己的心态。

忆江南（江南好，建业旧长安）

江南好，建业旧长安①。紫盖忽临双鹢渡②，翠华争拥六龙看③。雄丽却高寒④。

注释

①建业：古县名。东汉建安十七年孙权改秣陵县设置，治所在今南京市，南京曾为东吴、东晋、宋、齐、梁、陈、南唐、明等八代王朝的都城，故称“旧长安”。

②紫盖：紫色车盖，帝王仪仗之一，借指帝王车驾。双鹢渡：即船头绘有鸟图像的船，此处指皇帝的游船。

③翠华：天子仪仗中以翠羽为饰的旗帜或车盖，为御车或帝王的代称。六龙：古代天子的车驾为六匹马，马八尺称龙，为天子车驾的代称。

④高寒：地势高而寒冷，或指清高。

赏析

《忆江南》这一题，最有名的应属白居易的一句“日出江花红胜火，春来江水绿如蓝”，写尽了江南之美，着尽了江南之色。当年，康熙帝巡行江南，纳兰扈驾前往，头一次来到此地，见到了白居易口中之景，便忍不住挥笔描绘。

也难怪纳兰如此喜爱江南，小桥流水人家的生活随处可见；四季不同的景致，也各有其不同的雅致。江南潮湿，冬天是冷到骨子里的湿凉，夏天是热到汗流浃背——可它却总是叫人觉得精致而心生怜爱。“万柳堤边行处乐，百花洲上醉时吟。”若是没有那样的景致，大概也不会有那么多的书卷中人行处而乐，醉时而吟了。也正是有那婉约清丽的江南，才有纳兰如此的赞叹。纳兰于此，风拂其心，柳醉其情。江南温婉柔美，纳兰细腻婉约；江南水汽氤氲，纳兰雾眼迷离；江南和风絮语，纳兰文墨写意。才子江南，气质相合，相见恨晚，很快就人景相融了。

景有致，城也是个厚重的城，这“旧长安”，本是八代王朝的都城，历史风尘，留下厚重的城墙，是个卓有雅韵的地方。对于南京古城，个人十分喜爱，那沿途的树木，即使是秃了树干的，都有意味，更别说当年的旧长安了。古城，文人大都是喜爱的。

然而在这城中，忽然迎来了皇帝的驾临，紫盖双鹢渡，可见，车队船队十分壮观，百姓围凑在四周看热闹，看这难得一见的壮观车队，或者还想目睹一回龙颜。此时的纳兰身处仪仗之中，也是这热闹之中的“幸福者”，却唯独他一番热闹的描述之后，会觉得“寒”。雄丽之景，却觉高寒，众人皆醉我独醒，应当算是幸运还是不幸？

不由得想起东坡的“高处不胜寒，起舞弄清影，何似在人间”，高处起舞的寒凉，怎比得上人间的平凡生活？也不知纳兰这一声“高寒”，是替自己悲哀还是为康熙而觉得悲哀。也许是为自己那始终被限制的人生而觉得拘谨不安，也许是为了生活毫无选择、毫无空间的喘息颇为难耐，也许是为着迟迟不能如愿的抱负而深感无奈，也许是为着感情无法自已的愁苦而心有凄凉。而康熙呢，高高在上的帝王，他享尽了荣华富贵、权力欲望，一切都不会受到阻挠，无人压迫他的理想，也没有人夺走他的爱人，这样的出行，翠华六龙，百姓围观人声鼎沸。他坐在华盖下身着龙袍，被保护、簇拥，可是却从没有可能享受百姓平凡生活的欢愉，这样的高处，他不觉得寒冷吗？

康熙怎样想，又何从知晓呢？纳兰这“高寒”一叹，又悲凉、又无奈。喧闹的人声之中，也难得有个纳兰，由衷地觉得悲凉。

即便家家都争唱《饮水词》，这纳兰的心事，又有几人知呢？

忆江南（江南好，城阙尚嵯峨）

江南好，城阙尚嵯峨[①]。故物陵前惟石马[②]，遗踪陌上有铜驼[③]。玉树夜深歌[④]。

注释

①城阙：城市，特指京城的城郭宫阙。嵯峨：形容山势高峻。

②故物：旧物，前人遗物。石马：石雕的马，古时多列于帝王及贵官墓前，这里指前代帝王陵墓前的石刻。

③遗踪：旧址，陈迹。陌上：路上。铜驼：铜铸的骆驼，多置于宫门寝殿之前。这里指铜驼街，在今河南洛阳古洛阳城中，以道旁曾有汉铸铜驼两尊相对而得名，为古代著名的繁华区域，后以之代指游冶之地或繁华之地。

④玉树：乐府吴声歌曲名，南朝陈后主所作歌曲《玉树后庭花》的简称，被视做亡国之音，这里泛指柔美的曲调。

赏析

历史古城自有它的风韵。

纳兰这一次江南游历，看到南京城这一派的繁华，自然会有些许感叹，却又不由得担忧惆怅起来。纳兰就是纳兰，心思太过细腻敏感，才使他活得那样苦痛，却也只有那样一颗愁肠万千的心，才能酝酿出让人读来也倍感痛心的千古词章。

看看南京城，城墙巍峨，历史沧桑变化万千，不禁让人怀念起故物。

杜甫在《玉华宫》有道："当时侍金舆，故物独石马。"这石马，指的便是前代陵墓前的石刻。传说唐太宗嗜马如命，善驾驭善识别，因而其死后便有了"昭陵六骏"，即六块浮雕石刻。多年后高宗为其修建纪念祠堂，神道两旁石雕之一，便是那杜诗之中的"石马"。

又有晋陆机于《洛阳记》中道："洛阳有铜驼街，汉铸铜驼三枚，在宫西，四会道相对。俗语云：'金马门外集众贤，铜驼陌上集少年。'言人物之盛也。"这洛阳铜驼陌（街）原是繁华的地方，风流少年多会于此，故后以之代指游冶之地或繁华之地。

前人的遗物石马仍在，前人繁华的遗踪旧址也还似在眼前，只可惜当下之景已非当年之景了，当下的王朝已非当年的王朝。江山易主，当下的时代已不再是从前的时代。一番对旧物的怀念，可见王朝的兴盛衰落，回头凭吊，实在是太过迅疾的事情。"人们面前拥有一切，人们面前一无所有"（狄更斯）这样的惆怅迷茫，大概是不会少的。谁知何时一个动荡的年代会随着新城池的产生而消逝，谁知何时一个兴盛的王朝会随着城墙的倒塌而沉沦，谁知何时我们亦会成为今后这里人们眼中之故物，谁又知当下拥有的一切景致是由何衍生而来？"雕栏玉砌应犹在，只是朱颜改"，历史兴亡，各有各自的注脚，只是回头望去觉得尤其迅疾。这"恰似一江春水向东流"的愁绪，便是触景而伤情之作。

游着看着想着，夜深之时竟也许是深陷其中，好似听见了那陈后主所作的《玉树后庭花》，那宫女们不断吟唱：

丽宇芳林对高阁，新装艳质本倾城；
映户凝娇乍不进，出帷含态笑相迎。
妖姬脸似花含露，玉树流光照后庭；
花开花落不长久，落红满地归寂中！

花开花落不长久，落红满地都归于乐寂中，陈后主沉醉在他温柔的美梦里，听着听着，最后果真是归于沉寂，一朝盛世因这一阕好曲有了声名，同时也因这一阕好曲丢了盛世本可继续延续的命运。这落红如此之美，只可惜花开一现，并不长久，落地无声。花开易见，花落难寻。可惜，可叹，可悲啊！

不知纳兰写这《玉树》，是否也怀有“商女不知亡国恨，隔江犹唱后庭花”的心情呢？是否有那感时伤怀的痛楚呢？是否有那无边的忧虑呢？

反复吟这词，便不再觉得这“尚”字有些许别扭了。城阙尚在，故物已不见踪迹，令人想起刘梦得的“山围故国周遭在，潮打空城寂寞回”。这石头城，也不过是目睹了时代变化万千，一轮一轮都是让人感叹物是人非的惆怅之处。故国周遭仍在，空城啊，从前已不过只是从前了。在人们的笑靥中，在喧嚣的集市里，在那巍峨的城墙下，原本昌盛的城池，在热闹繁华的景象后，早已没落不见痕迹了。此时的盛景与没落的年代对比，顿时令人产生了想要逃遁这思潮暗涌的沉重之感。此时“尚在”的城池，谁知何时就会成为“惟有”的旧物？

也难怪易安会感叹：“物是人非事事休，欲语泪先流。”纳兰亦如是罢。

忆江南（江南好，怀古意谁传）

江南好，怀古意谁传。燕子矶头红蓼月[①]，乌衣巷口绿杨烟[②]。风景忆当年。

注释

①燕子矶：地名，在江苏南京东北郊观音门外，突出的岩石屹立长江边，三面悬绝，宛如飞燕，故名。红蓼：蓼的一种，多生水边，花呈淡红色。

②乌衣巷：地名，在今江苏南京，是东晋士族名门的聚居区。晋宋时期王、谢等名门望族住于此。

赏析

这首词还是作于南京。纳兰随康熙帝南巡，十唱江南好，而南京独占三成，足见南京的不凡气度。

南京不是寂寞的，那里有夫子庙的琅琅书声，秦淮河上的莺歌燕舞，帝王将相麾下的金戈铁马，文人墨客胸中的家国情怀。当书卷气、脂粉气、东来紫气在一起汇聚撞击，便融合成这座古老的新城。或许正因为它古老，漫长到坐看千百年来风雨楼台依旧，几代江山易主，一双浊眼洞悉人世间的沧桑，恍然一梦后幡然醒悟。前世今生不过虚幻，旧时金陵方孕育了《红楼梦》这样的奇书。

“四百年来成一梦”，临川先生在这一片蓊蓊郁郁中的帝王州建晋代时的衣冠冢，蓦然回首，那些尘封在泥土中的往事早已随长江东逝了吧？只是记忆的影子微晃一下，便令人叹息一地。只有台城柳最是无情，十里堤上依旧烟笼。

南京，千年文化古城，一砖一瓦都凝聚着流动的岁月无声的歌。正如余秋雨先生所言，鸡鸣寺的钟声，夫子庙的深处，至今可探；栖霞山的秋叶，紫金山的架势，连同秦淮河的流水，年年依旧。南京，值得纳兰感叹的地方远不止于今人所见。可纳兰没有将笔端流连于这些地方，只是将这一番感慨洒在了燕子矶头。

燕子矶与岳阳城陵矶、马鞍山采石矶，并称“长江三矶”，自古便是登临怀古的去所。燕子矶坐落于南京城郊直渎山上，山石兀立江面，三面临空，如燕子展翅一般，因此得名燕子矶。康熙、乾隆两帝下江南时都曾在燕子矶泊舟览景，特别是乾隆帝六下江南五登燕子矶，并留下了诗文墨宝，更是使燕子矶名满大江两岸。

只是，纳兰坐在燕子矶头所思为何呢？陈子昂登幽州台定是忆起战国时的燕昭王作此台招贤士的旧典故吧？不过此时此地，不见古人，不见来者，空余一孤人怆然。可就在这悠悠天地间，相信陈子昂是看见了过去的天下兴亡之事循着历史缓缓前行的轨迹，像被安排好剧本的演员，按部就班地一幕幕上演。

纳兰或许也是有此忧思的吧？纳兰身前有明太祖朱元璋将燕子矶比一秤砣，数江山几多，不知是燕子矶的哪块山石引得这位开国皇帝作此豪迈语。更近的，有明末抗清名将史可法矶头所作血泪之书：

来家不面母，咫尺犹千里。

矶头洒孤泪，滴滴沉江底。

这首《燕子矶口占》至今仍流传在燕子矶头。或许史可法滴滴孤泪已随着岁月东去，但它们滴入历史的那一瞬，就被长久地沉淀保存于那些尘埃落定的日子中。

“白云悠悠矶头月涌千骢过，往事渺渺江上风清一燕来”，这副楹联不知何时起便刻在燕子矶头。六朝古都，不知染了多少斑斓色彩。最不耐心的便是时光，任凭时人时物如春花般明媚，日历一页页翻过后，纵然有踪迹也便是干花几片。早已凋落的枯黄的颜色，薄薄的似泛黄的古书，却又沉甸甸地隐着多少千古事。那些泛凉的低叹、微凉的浅唱、悲凉的吟啸徐歌，盘桓在长江雾笼的水汽中。披沐阳光，它们便蒸腾不见，如云消雾散后的清澈，是清丽雄壮的南京。浸在月光下，那些旧事又笼上心头，聚在眉峰，流转于眼波间，默数心下事，不觉夜已阑珊。

现在的乌衣巷又立起了王谢故居，这是后话。三国时乌衣巷本是吴国驻南京队伍的营房所在地。因为那时的军装都是黑色，故称驻军之地为“乌衣巷”。人们熟悉的王谢堂前燕，想来也是在这里的微风细雨中双双飞过的吧？

纳兰应当也曾想过刘禹锡的《乌衣巷》。当年刘禹锡作《金陵五题》时，也曾于夕下之时踱过巷口野花。只是，千年过去，秦淮河上的桨声灯影明明灭灭间，燕子依旧似曾相识，却已物是人非。

纳兰说的“风景忆当年”，不知是何年风物。是否正如现在我们看到燕子矶时便会想起 1937 年的血染长江，他看到的可也恰是史可法那滴滴沉江泪？我轻松地说东道西，衣巷前绿飞烟，而藏在言语中的思绪应已替代了他的形骸，应是游弋于心系的他方了吧？

忆江南（江南好，虎阜晚秋天）

江南好，虎阜晚秋天①。山水总归诗格秀②，笙箫恰称语音圆③。谁在木兰船④？

注释

①虎阜：即虎丘，山名。在江苏苏州市西北，亦名海涌山，唐时因避讳曾改称武丘或兽丘，后复旧称，相传吴王阖闾葬于此。汉袁康《越绝书·外传记·吴地传》："阖闾冢在阊门外，名虎丘……筑三日而白虎居上，故号为虎丘。"其上有虎丘塔、云岩寺、剑池、千人石等名胜古迹。

②诗格：诗的风格，此处指山水极富诗情画意。

③笙箫：笙和箫，泛指管乐器。

④木兰船：木兰舟。南朝梁刘孝威《采莲曲》："金桨木兰船，戏采江南莲。"

赏析

秋天，到了苏州水边的柔美之地。山山水水，总归要比热闹的城市去得更多。离自然愈近，愈是能够感受到江南独有的水汽氤氲和秀美如画。更有江南之地的吴侬软语和那江上雾里的笙箫之声，应和得别有情趣，煞是动听。

对于纳兰这样的词人来说，诗情画意大概是形容柔美风景最恰当的词。山水秀丽，铺陈在眼前，水墨画无法画出它立体环绕的惬意，墨汁也书写不出那淋漓尽致的洒脱。人在这山水之中，只想要吟诗作赋一番，淋漓地念它几阕。江南之秀，果然与这词人的气质契合得恰到好处。许是命里注定会与那山水有千丝万缕的联系吧！

此时一叶轻舟划过，纳兰自问：那木兰船里渐行渐远的不知是何人呢？是被沈宛一并带走的江南风韵，还是自己对这江南女子惆怅的思念？景致柔美，一叶小舟就让纤细之心又敏感起来。江南之景，总少不了些感情之事，历朝历代的诗文里总有所体现。人与自然本就为一体，两者互相影响牵动。因而有了纤细柔和的景色，也便有了柔软细致的心绪。

关于沈宛和纳兰的相遇，典故传说甚多，各有不一，可以肯定的是江南女子确实曾攫取了纳兰之心之情。为这女子，纳兰苦苦思念，为了那两情可以久长时的深情守候。可因他生于名家的身世，不得不接受很多无可奈何的条规限制，满汉之恋，如何能被接受？大概从爱上她的那一刻起，他就预料到想要执其手会背负很多的艰辛了吧？不断地错过时间空间，不知道下一秒两人会处在何地、分别多远。“自古多情伤离别”，更何况是朝朝暮暮都难以相见。在思念之中维持的爱恋，也不知道会不会随这木兰船远去。

惆怅之中，纳兰望着水上小舟，轻诵刘孝威的采莲之曲：

金桨木兰船，戏采江南莲。

莲香隔浦渡，荷叶满江鲜。

房垂易入手，柄曲自临盘。

露花时湿钏，风茎乍拂钿。

木兰船要将你带往哪里去呢？

惆怅虽能读出几分，但总的还是欢愉之感。纳兰描写的所有景致，措辞融情，都让人感觉到他的欢喜和洒脱。面对江南美景，那时的纳兰对官场已然厌倦无力、疲惫不堪，还是年轻才俊就如看破红尘的隐士一般确实是有违常情。但想必纳兰注定与官场抵触，功名利禄的追求之心为他所厌倦；人际上淡薄相交，也不至于树敌。可是他对官场生活那般抵触，已演变为无法抑制的逃离之心。决心退离官场隐归田园的纳兰，此时应是充满着期待和向往之心，向往着在山水之间尽享着人间的自然之乐。只需在那茶楼酒水之中笑看世间百态，只需在那石桥小屋里静听小桥流水，如此足矣，又何必追求无尽的繁华富贵呢？无尽欲望吞噬了人间乐事，仕途再平坦，对于纳兰而言，那仍旧是让他感受到压抑的、不属于他的另一个人间。

终究还是下定了决心，重返京城后，辞官隐退，迎娶沈宛，同心爱之人共同安宁生活，享受人间最淳朴诚挚的烟火，木屋、石凳、竹椅、诗书、茶酒、佳人，足矣。想想都会觉得有所期盼。也就带着这么一个美好的念想，游历江南的景色，规划着未来平淡的新生活，难怪那些景色都着上了欢愉的色彩！只是那一叶小舟，却禁不住勾起了淡淡的忧虑和遐思。

木兰船上渐远的娇媚，是否会同这江南的风一样转瞬即逝？爱人，是否仍在那里？皇命难违，只得再次与那纤细娇柔的身影错过，小舟或许带去他无边的相思之苦和勾勒出的小桥流水人家，又或许带来他对未来的期许，但他沉醉着，无边地深思着，不禁想唤它，可否慢一些驶离？

忆江南（江南好，真个到梁溪）

江南好，真个到梁溪[①]。一幅云林高士画[②]，数行泉石故人题[③]。还似梦游非？

注释

①真个：的确、真的。梁溪：水名，在江苏无锡西，源出惠山，流入太湖。古时此水极窄，梁时疏浚，故名。

②云林：元代画家倪瓒的别号。纳兰性德好友严绳孙擅长画山水，此处借指严绳孙。高士：品行高尚的人，超脱世俗的人，多指隐士。

③泉石：指山水。

赏析

纳兰的词，有两个最为人称道的主题，一为爱情，二为友情。一世才子，纳兰是个极重友情之人。这词便是他到了好友顾贞观的故乡无锡所作。

见到了梁溪，就知无锡宝地已抵达，环顾四周，江南水乡果真像是倪瓒的山水画一般，浓淡动静，结合得天衣无缝。高傲隐逸的气概，也的确像是再见好友一般亲切。行走此间，见泉石之上所作之诗，所题之字都是好友的笔迹，纳兰此时是悲喜交加——故友难遇一回，如今竟以这种方式再聚，还似梦游！

纳兰其人，生于名门身份显贵，却是个温婉谦和之人，官场中不显棱角，但却是“冠盖满京华，斯人独憔悴”，连连感叹知己难求、倍感无奈。直至读到顾贞观两阕《金缕曲》，顿时为此人的情谊所动，遂与这位江南君子结为终生友人。两人感情深厚，患难共当，多年来是有关友情这一主题盛传的佳话之一。只是纳兰与贞观，因地域和地位、脾性的关系，总是离多聚少，难于会面。顾贞观生性风流倜傥，洒脱淡泊，广交朋友，恣意享受人生。而纳兰却是个忙忙碌碌的三等侍卫，在官场上奔波操劳，少有享受生活的闲暇。每每二人道别分离，纳兰都忍不住伤怀一阵，宫中都是为功名利禄勾心斗角之人，少有志趣相投的知己，能坐下饮酒填词，好好谈天说地之人，甚是寥寥。而这敏感细腻的词人之心，是那样希望与投缘的友人诉诉衷肠，聊聊心事。顾贞观在一定程度上，应该是纳兰那痛断柔肠的心事中一个坚定的支柱。如何叫他不想念这般淡如水的君子挚交？

好不容易到了江南又见梁溪，纳兰想要与朋友相聚的念头尤其热切，却只能见到泉石的题字，这样的相见、重聚，不知是什么样的心情。欣喜、遗憾、熟悉、失落、亲切、无奈？罢了，罢了，多少算是于此重逢了，见词如见人，字在如人在，也当做是已见过。即便是没能执手互相问候关怀几句，也似能够触到友人身上带着的水汽，闻到友人指尖流淌的清香了。就在这里，那样的水汽那样的清香，就在这梁溪边上，如此缭绕全身，对故友的怀念和深厚情谊，都是能够让人心里安定的。

然而“别时容易见时难”(李煜《浪淘沙》)，遗憾的是终究是没能见上一面，不知友人面容如何，身体是否安好？亦可惜没有机会谈天说地，学识可否又有长进？京城的纳兰没有挚交交心，心有如浮萍飘摇，没有归属之处。而来到此处，山水之间到处可见熟悉知己的题词，归属感油然萌生，梁溪便显得尤其生动可爱。是梦游么？即便是梦，也是个美梦吧！

这般情谊，难怪初见梁溪，纳兰惊道：“真个到梁溪！”故人故乡就如自己的故乡一般，这深厚情谊，真是让人钦佩和艳羡。实际上纳兰是发自内心喜爱这个地方的，他每每描写江南之景，都用尽典故和褒赞之辞，丝毫不吝惜任何的措辞，好似要把江南的美景写成最深情的赞歌。他渴望闲适的田园生活，而顾贞观这个好友，除去志趣相投、惺惺相惜，对纳兰来说，他应该同样是自己向往的一个角色。生在官僚之家，没有机会享受普通文人倜傥潇洒的淡泊生活，也能看出这也是纳兰向往的生活状态——没有官僚等级，没有俸禄之别，没有服从和不服从。生活倘若可以这样自由支配，该是多好。

如此投缘，不无道理。

忆江南（江南好，水是二泉清）

江南好，水是二泉清[①]。味永出山那得浊，名高有锡更谁争[②]，何必让中泠[③]？

注释

①二泉：指无锡惠山泉，又名“陆子泉”，因其有天下第二泉之称，故名。

②名高：崇高的声誉，名声显赫。

③中泠：泉名，即中泠泉。在今江苏镇江西北金山下的长江中。今江岸沙涨，泉已没沙中。相传其水烹茶最佳，有“天下第一泉”之称。

赏析

说到二泉，不得不想到《二泉映月》一曲，也就不得不想到盲人琴师阿炳，好似见他右胁夹着小竹竿，背上背着一把琵琶，二胡挂在左肩，就这么咿咿呜呜地拉着，在满天飘扬的飞雪中，发出凄厉欲绝的袅袅之音。二泉边上的这支曲子，便是这样来的。好曲有映衬之景，也不难想象二泉动人的景致，这才使得可怜可敬的身残者日夜演奏不止。

这二泉，便是如今无锡的惠山泉，又被叫做“陆子泉”，被唐人称作“天下第二泉”，在那个时候，二泉在无锡被人熟知，也因其泉水清澈适宜煎茶而远近闻名。而无锡之所以为“有锡”，也是有典故的。当年无锡近处有一座山峰，在周秦时代盛产铅锡，因此得名锡山。到汉代，锡山之锡渐渐被采尽，山边之县于是得名为无锡。待到新莽时代，锡山锡矿复出，传为奇迹，故此县名改为有锡。后至东汉，光武年间锡矿再次枯竭，有锡自此又被唤作“无锡”。

纳兰对二泉心怀眷恋，咏起杜甫的“在山泉水清，出山泉水浊”，引的是反意，说二泉之水，不论在山抑或出山，都是清澈的，不受污染不变浑浊。纳兰以为，二泉之水已然天下无双，更有谁与争锋？又何必让给中泠“天下第一泉”的称号呢？不服气的一个“让”字，巧而不显地作了一个隐藏的对比。

“天下第一泉”“中泠”一名出自苏轼诗句：“中泠南畔石盘，古来出没随涛波。”江岸沙涨，如此天下第一，已然埋没于沙中留下永久的遗憾。出水而浊，难怪纳兰要不服气。

看似只是写泉的第一第二之别，实则是将人和物再次巧妙地结合起来了。“出淤泥而不染，濯清涟而不妖”，实际上与“在山泉水清，出山泉水浊”探讨的是同一个问题。两者反意行之，纳兰的心思确实明显。在山水清，出山亦如是。

身浮宦海，纳兰写这阙小词，写的是自己不愿被俗世之欲吞噬的决心和意愿。如此顽固的“不服气”，真是其不服从于俗世条框的唠叨之言。听上去，反倒让这才子显得颇为可爱。“举世皆浊我独清，众人皆醉我独醒”的人一定是寂寥的。毕竟身在其中，身不由己，看着众人醉，唯独自己不醉，痛楚难耐但就是不愿与人们一同醉去，因这尘世也需清醒之人啊！此时的纳兰已经下了辞官隐退的决心，官场清浊，古往今来论述甚多，文人辞官的亦有不少。不愿与人同醉，只能放下金樽，不与人共饮便罢。

从另一个方面也有不同的理解。此时欣然期待回京娶得佳人归的纳兰日夜思念着南方的沈宛，这个江南的女子已将他的心牢牢俘获，却奈何总是离多聚少，心怀亏欠。“相见时难别亦难”，这时的纳兰急切地想要对爱人表明他坚定的决心和被距离阻隔的思念。不知她可能听见？缱绻之情，金石可鉴。任凭时空如何变幻，这思念都是连绵不可断的。

在山水清，出水如是。

忆江南（江南好，佳丽数维扬）

江南好，佳丽数维扬①。自是琼花偏得月②，那应金粉不兼香③。谁与话清凉④？

注释

①佳丽：美丽。维扬：扬州的别称。《尚书·禹贡》谓“淮海惟扬州”，《毛诗》将“惟”字作“维”，后因截取二字以为名。

②琼花：一种珍贵的花，扬州琼花为绝世之珍，叶柔而莹泽，花色微黄而有香味，有“维扬一枝花，四海无同类”一说。宋宋敏求《春明退朝录》卷下：“扬州后土庙有琼花一株，或云自唐所植，即李卫公所谓玉蕊花也。”宋淳熙以后，多为聚八仙（八仙花）接木移植。此花虽无古琼花异香芳郁，但树姿与花形皆似当年之琼花。

③金粉：黄色的花粉，这里指琼花。

④清凉：凉而使人清爽。

赏析

江南之美品鉴了不少，终于来到了其精华之地——扬州。这块宝地，历代总少不了被文人墨客当作吟诗作赋的背景之一，因其清雅不俗的景色和温润宜人的气候，似乎总能令人遐想万千。正是纳兰念道：佳丽数维扬——美中之美，还数扬州。

扬州的景物，最为人称道的一是琼花，二是月色。琼花为扬州市花，自古有许多名流之士对它爱不释手。相传隋炀帝开凿大运河，其因之一正是为了到扬州赏琼花。琼花有“举世无双”之称，欧阳修任太守时在琼花观中曾为之题下“无双亭”，更是证明了这花坚实的地位。到宋代，仁宗皇帝和孝宗皇帝不忍释手，尝试移栽琼花，但都无法使它成活，大概琼花与扬州自是不可分离的吧？可惜今天琼花已不存在，元兵攻入扬州的时候，琼花便消失了。但扬州人对琼花的喜爱不减，因而便有了我们现在见到的“琼花”，但此“琼花”实际应该唤作“聚八仙”。琼花之独特和不乏风韵，总会引得诸多文人驻足称颂一番。扬州的琼花也就自然地与这个城市紧密相连在一起了。既下扬州，必寻琼花。

月这一景物，在诗词中应属最为常见了，扬州之月，亦是尤负盛名。有杜牧之词“二十四桥明月夜，玉人何处教吹箫”，亦有徐凝的“天下三分明月夜，二分无赖是扬州”，更有陈羽的“霜落寒空月上楼，月中歌吹满扬州”。月中扬州，优雅动人。如今人们熟知的《春江花月夜》，其诗的灵感正是来自扬州月夜。由此足以可见扬州月光的特别。也许是雾色的关系，也许是花花草草的映衬，夜间芳香使得月光更令人陶醉。古城之月，将纳兰的心柔化了。

此时，有花有月，“竹西亭边花留倩影，月明桥下柳拂清波”（竹西亭楹联），好似万事无缺，舒适惬意。

可在这金粉兼香之地，纳兰却不禁问道：谁与话清凉？一个人的景致再美再雅，也无人共赋几曲、对吟几句。寂寥之中，他的思念愈加浓烈。自己在此赏花观月，不知远方佳人，是否垂颜叹息着爱人总无法相伴呢？沈宛这个女子，善于诗词，颇有才气，善解人意，也因此能让纳兰对她真心爱怜。江南女子如何，汉人如何，对纳兰来说，世俗的阻碍无法隔断感情的维系。即便远隔千里，思念相携，总能等到与心爱女子重逢的一日。“若有情，天涯也咫尺。若无情，咫尺也天涯。”可睹物思人，才下眉头，又上心头。

花月历来与美人脱不了关系，加上江南烟雾缭绕，不难由景及人。“人有悲欢离合，月有阴晴圆缺”，蓦然回首，灯火阑珊处，你还伫立在窗前，倚楼看月明。可惜只是相思无数，隔了南北之遥，享受着江南的景致，心却在远方爱人之处，无心再赏和风、细雨、柳絮、琼花。再美之景，只能一人独赏，无处话凄凉。一人的欢愉，哪能称得上是欢愉？

对着一番好景，却只能感叹：花前月下，美人何处？

忆江南（江南好，铁瓮古南徐）

江南好，铁瓮古南徐[①]。立马江山千里目[②]，射蛟风雨百灵趋[③]。北顾更踌躇[④]。

注释

①铁瓮：即铁瓮城，江苏镇江古城名，三国时孙权所建。宋王令《忆润州葛使君》云："金山寺近尘埃绝，铁瓮城深气象雄。"南徐：古州名。东晋置徐州于京口城，南朝宋改称南徐，即今江苏镇江，历齐梁陈至隋开皇年间废。

②立马：骑在站立不动的马上，驻马。

③射蛟：指汉武帝射获江蛟之事，《汉书·武帝纪》："（元封）五年冬，行南巡狩……自浔阳浮江，亲射蛟江中，获之。"唐李白《永王东巡歌》之九："祖龙浮海不成桥，汉武浔阳空射蛟。"后诗文中作为颂扬帝王勇武的典故。百灵：各种神灵。《文选·班固〈东都赋〉》："礼神，怀百灵。"李善注："《毛诗》曰：'怀柔百神。'"

④北顾：山名，即北固山，在江苏镇江市区东北江滨。有南、中、北三峰，三面临长江，形势险固，故称"北固"。有"京口第一山"之称。梁武帝曾登此山，挥笔写下"此乃天下第一江山也"的题词。后改名"北顾"。

赏析

古城所及，都是厚重的历史。

看到了铁瓮城，亦是看到了北固山。古城气势恢宏，有"半面烟岚雄北固，一方形势控东吴"之形容，可见其规模之大，已是王城的格局。但当时纳兰所见的铁瓮城，已是褪去繁华的古城之墟。旧日的热闹景象已然远去，已是面目全非。它在著名的北固山，成为文人伤史的感叹对象。

说到北固山，必然要说到辛弃疾的《京口北固亭怀古》：

千古江山，英雄无觅孙仲谋处，舞榭歌台，风流总被雨打风吹去。斜阳草树，寻常巷陌，人道寄奴曾住。想当年，金戈铁马，气吞万里如虎。

元嘉草草，封狼居胥，赢得仓皇北顾。四十三年，望中犹记，烽火扬州路。可堪回首，佛狸祠下，一片神鸦社鼓！凭谁问：廉颇老矣，尚能饭否？

“英雄无觅孙仲谋处！”像孙权这样的英雄，已经在历史中难以复得，舞榭歌台还在，英雄却一去不复返。想当年他金戈铁马，领军北伐收复失地的身姿何等威武，如今只得在此故地怀念英雄。

纳兰所见的铁瓮城，大抵就是辛弃疾词中的“舞榭歌台”。它是孙权所建，是有着“铁瓮城深气象雄”气势的古物。一派恢宏的北固山，如今驻马望去，苍茫间还有一个铁瓮城，依稀可以想象它当年的繁华，然现在不过是任后人观赏，任文人缅怀之物了。北固山由此便成了触发纳兰感慨的媒介之一。

另一媒介，则是射蛟台。

史书记载汉武帝射蛟者有：“元封五年冬，行南巡狩，至于盛唐，望祀虞舜于九嶷。登潜天柱山，自浔阳浮江，亲射蛟江中，获之。舳舻千里，薄枞阳而出，作《盛唐枞阳之歌》。”远远望去，射蛟台依旧繁华热闹，然今昔有别，史上之事，终究只能是历史。

不得不佩服纳兰用典的精湛，看似随意挥笔，描述那情境之中的景物，实则精当地化用历史，以史抒情，足见他功力的深厚和表达的生动。古今之比，寥寥数语，已将那时的心情淋漓抒发。沉郁含蓄之词，说尽了吊古伤今的感慨。北固山啊北固山，真叫人踌躇万千。

可这故国之思和伤今之情从何而来呢？纳兰生于优越的权贵之家，却频频伤时吊古。传说纳兰“性喜作诗余，禁之难止”，尤其推崇李后主，他曾有言，“花间之词如古玉器，贵重而不适用，宋词适用而少贵重，李后主兼有其美，更饶烟水迷离之致。”可见纳兰受《花间词》影响之深。后主此中的兴亡之叹，自然融入到纳兰的细腻情感之中。这也成就了才子与常人之别，更增添了《饮水词》的清丽和哀愁。

忆江南（江南好，一片妙高云）

江南好，一片妙高云①。砚北峰峦米外史，屏间楼阁李将军②，金碧矗斜曛③。

注释

①妙高：妙高峰，在江苏镇江金山的最高处，顶上有坪如台，名妙高台，一名晒台。

②米外史：宋代书画家米芾别号海岳外史，故称。李将军：李思训，唐宗室，人称大李将军，善画山水树石，笔力遒劲，后人画着色山水多取其法。

③斜曛：落日的余晖。

赏析

妙高山地处镇江境内，即是我们如今熟知的天柱峰。峰顶上有坪如台，名妙高台。三面峭壁，近峦远岗，松涛盈耳。最为有名的当属四周缭绕的云雾，据说终年不散，如同仙境，似能见天上宫阙、玉宇楼阁。台下湖嵌峰间，楼阁坠设，纳兰立于妙高台之上，静看山下江南俯视之景，内心充满愉悦。夕阳西下，余晖斜照，光线映衬水雾和风，落于楼宇亭台，江南大地好似泛了金光。

“砚北”则是那砚山园之北，米外史即有名的书画家米芾。传说南唐后主李煜曾得过一方名砚，因其四周刻有三十六座手指大小的峰峦，故称砚山。

南唐灭于北宋以后，国宝飘零，那砚最后流转到米芾手中。可惜这书画巨匠更热衷于屋瓦古宅，用这块砚台在镇江甘露寺临江之处换得一块地皮作建宅之用。至南宋绍兴年间，米芾用这座砚台换来的宅子又归了岳飞的孙子岳珂。岳珂在这片地上建了一所园林，想到此地几番易主的辗转经历，便溯其源头，以李后主的那方名砚为园林命名，唤作砚山园。

这阕词，纳兰写到两位卓有成就的画家，应是关键。米芾此人，是一个有真才实学的人，一生官阶不高，不善官场逢迎，为人有些清高，但这反而为他挣得了很多时间和精力来玩石赏砚、钻研书画艺术，他对书画艺术的追求到了如痴如醉的境地。米芾在他人眼中是个怪人、狂人，不入凡俗的个性和怪癖并不为世人所理解，但这也正是他有如此艺术造诣的根源。这与纳兰是极其相似的。看起来，纳兰写米外史，实际上也是在反思自己。但显然，他并不希望变成变通圆滑之人。米芾曾作诗一首："柴几延毛子，明窗馆墨卿。功名皆一戏，未觉负平生。"恃才傲物如此，的确是个颇有个性的人。米外史在山水画上成就最大，他尤其欣赏南方瞬息万变的"烟云雾景""天真平淡""不装巧趣"的风貌，因而"米氏云山"大都是烟云掩映、迷雾缭绕的江南景色。

另一个人，李将军，即唐代绘画大家李思训，善画山水、楼阁、佛道、花木、鸟兽，尤以金碧山水著称。除了取材实景，多描绘富丽堂皇的宫殿楼阁和奇异秀丽的自然山川外，还结合神仙题材，创造出理想的山水画境界。题材上多表现幽居之所，反映了贵族阶层的审美趣味和生活理想，因当时社会的各种矛盾和佛道思想及文人隐居习尚的影响，也使他在作品中时常流露出一种出世情调。

通过这两个颇有特色之"君子"，实际上就能看到纳兰的影子，米芾即是另一个纳兰，李将军的画作也大多能够表达纳兰的意愿。打从心底就对宦海沉浮无法接受甚至心怀抵触的纳兰，虽处在一个官僚围绕的环境里，但一直保持为人清净、不融于世俗、不跟从父亲攀权附贵，只沉溺在自己的填词作赋之中，与友人相伴、与爱人相知，从来向往"小桥流水人家"的闲适，早已想要"采菊东篱下"，归隐不再过问人世纷杂之事了。

因而当彼时面对清丽的江南之景，想起自己万分欣赏的君子，禁不住看到夕阳的光，都觉得是有碧光，尤其美好。又忍不住开始在心里描绘起辞官之后恬淡闲适的生活，男耕女织即可，至少笑容是发自真心的。想想米芾为人，自己也该有这般的勇气和决心，去追求内心真正想要的生活。想想古人，看看美景，伴着水汽夹杂的树木的清香，眼前顿时开阔了。夕阳之光，对他来讲本是一日终结，该有几分伤悲的光线，此时却被他绘成了金光灿烂。

他该是如何地渴望平凡的人间之情、人生之乐啊！

忆江南（江南好，何处异京华）

江南好，何处异京华[①]。香散翠帘多在水[②]，绿残红叶胜于花。无事避风沙[③]。

注释

①京华：国都，京城。

②翠帘：绿色的帘幕。

③无事：无须，没有必要。

赏析

看惯了京城之景，江南婉约就更显得雅致有序。一口气写下江南各地的山水，伫立湖边，自问到底是什么与京城如此不同，如此使人留恋。这阕词写得清丽欣喜，欢愉洒脱，好似少了点纳兰的惆怅在其中，又是何故？

纳兰的官途，因了父亲的缘故，虽然不升不降，也还算是平坦。但即便填得一手好词，作得一手好诗，也不过是康熙身前的一个侍卫，负责保护皇上的安危，才子之心岂能安于现状？

史上有言说，纳兰的仕途实际是康熙防患其父的牺牲。贵族势力多为历代君王所惧，明珠家族如此繁盛，皇家不得不防。容若这侍卫之官，到底是皇上的赏识还是刻意的安排，史上说法不一，也难下定论。但显然，这一切跟纳兰向往汉文化、爱好诗词的心境是不符的。壮志未酬、怀才不遇的纳兰，无意苦争春，却“零落成泥碾作尘”，只有香如故。他目睹险恶官场的真实面目，远观朝中朋党倾轧、小人得志、英才落魄，甚是凄凉。淡泊名利的纳兰最终失望至极，坚决抵触弄权敛财，事亲至孝又不愿效法父亲，只得守着自己安稳的官职，冷眼看官场沉浮之事，内心却早已厌倦不堪了。

在这样的心境之下，随君王出行，本也不见得能让他如此豁达，却看红藕香残，水上徒留翠叶。满眼残绿，满山红叶，掩映一处胜于二月之花。清清朗朗的江南是无须躲避风沙的。

纳兰是生性喜近自然之人，相对于那毫无自由、处处围绕君主安危的侍卫生活，江南的小情趣着实俘获了他一颗感性的心。醉心于泉石的志趣，随着好景一声轻唤，霎时于禁锢的思绪中涌动起来。那一腔对官场的不满和厌倦，化为对闲适田园的无限渴望。

再说在此地，江南水雾里，纳兰遇见了今生第一挚交顾贞观，遇见了红颜爱人沈宛，牵念之景中亦有牵念之人，挚爱之景中又遇挚爱之人，冥冥之中他与烟雨江南的情缘已不可分割。忆了十阕江南，看了十个纳兰，每一个都充满温柔的深情，于人于景，都念念不舍。

对着此景忆起故人，纳兰最终执起笔来，落笔坚定，笑容平和。信件将及之人是知己顾贞观：

恒抱影于林泉，遂忘情于轩冕，是吾愿也，然而不敢必也。悠悠此心，惟子知之。

这“吾愿”，总算是下了决心，悠悠此心，知己定之。

难得在纳兰的词中看到了欢愉的字句，不难品味他虽“身在高门广厦”却常有的“山泽鱼鸟之思”。连看到府前湖水南岸的两棵卫矛树都能咏出“阶前双夜合，枝叶敷华荣。疏密共晴雨，卷舒因晦明。影随筠箔乱，香杂水沉生。对此能销忿，旋移迎小楹”这样的诗句，可见他对自然界山水花草的眷恋，也确实十分应和他的细腻柔和。

最后所有的喜欢都融在这“无事避风沙”之中，又别有一层意味。读来五个字的力量，远比这北方的风沙更让人想要逃避。纳兰欲避之风沙，是那官场之中的尔虞我诈、是非纠葛，扯不清的含混的人情关系，事权贵的无可奈何。

恰只在这江南，即纳兰心中暗指的隐居生活，才是清清丽丽，没有沾染这些尘埃的空气。

“无事避风沙”，可轻婉地念，亦可洒脱地诵，既是纳兰内心窃窃的期盼，亦是其面对江山如画渴望着解脱，淤积已久的渴望，何时能破茧，从此安定于没有风沙拂面的轻柔风中呢？

忆江南（新来好，唱得虎头词）

新来好，唱得虎头词①。一片冷香惟有梦②，十分清瘦更无诗②。标格早梅知③。

注释

①新来：新近，近来。虎头词：指好友顾贞观客居苏州时所填之词。虎头，晋代画家顾恺之小字虎头，顾贞观与之同姓，这里借指顾贞观。

②冷香：指清香的花，这里指梅花的清香。

③标格：风范，品格。

赏析

古时文人互通书信，留下不少传世佳作。这词便是纳兰与顾梁汾惺惺相惜的最好证明。

纳兰这阕词，答的是顾贞观的《浣溪沙·梅》：

物外幽情世外姿，冻云深护最高枝。小楼风月独醒时。

一片冷香惟有梦，十分清瘦更无诗。待他移影说相思。

写的是梅，咏的是品格，思的是人。

贞观赞梅是那最高枝，赞梅的冷艳不俗，也是写人要出尘而不染、高洁正直。小楼风月，一人独醒时，更是一语双关，不知独醒于风月的，是梅还是人。待他说尽相思，思的又是谁呢？有人疑问，这相思二字，不是从来就是为爱人所作的吗？其实这词更像是为友人而写。

纳兰读懂了此中深意，因而立即回复好友，告知近来甚好。所谓“虎头词”，指的便是顾贞观之词，虎头实为晋代画家顾恺之的小字，由于顾贞观与其同姓，因而借虎头指代贞观。一句话开门见山表达收到故友诗词的新来之好，足见纳兰下笔时的满心欢愉。常年难见几回，知己诉诉衷肠只有纸笔相助，读到熟悉的文风句法，不禁觉得尤其窝心。

“一片冷香惟有梦，十分清瘦更无诗”是贞观词里的精华，“标格早梅知”是纳兰答词之中的点睛。挚交之间，默契最是令人感动，所谓知己，是知其所思，晓其所虑者。纳兰读出了顾词梅之深意，知晓那顽强盎然的植物，并非仅仅是“疏影横斜水清浅，暗香浮动月黄昏”的赞叹，意会那短句之中所说的相思也并非和靖以梅为妻的暧昧。

冷香喻梅，恰能写尽梅的冷艳高洁，好似唯有梦中才可亲历那撩人的芳香。清瘦的世外之态，更是没有诗词能够轻易言说那清雅脱俗的姿色。如此描述，对梅的挚爱，事实上正是对高洁脱俗的坚持。寄予友人，要将那清雅的姿态与其共勉，于是纳兰写道：“标格早梅知。”知己之高风亮节、超凡脱俗的秉性，不正是这梅散发的清香缕缕吗？这五个字的精妙，全在这两人的默契，不得不令人感叹：挚交，应是如此。周颐在《蕙风词话》中道：“以梁汾咏梅句喻梁汾词。赏会若斯，岂易得之并世。”这一阕答词，情深意重，心意相通。

尘世缘来缘去，如鲁迅先生赠予瞿秋白的对联所言：“人生得一知己足矣，斯世当以同怀视之。”纳兰虽命途寂寥，能遇此挚交，也属幸运之至。

顾贞观有一好友吴兆骞，含冤流放黑龙江十多年，顾贞观悲痛仗义，为好友作《金缕曲》两首，纳兰偶然读到，感动不已，不惜一切代价营救吴兆骞。日后两人相识，深觉相见恨晚，从此亦成知己。关于其情谊，还有一首纳兰所作的《金缕曲》为证：

“德也狂生耳。偶然间、缁尘京国，乌衣门第。有酒惟浇赵州土，谁会成生此意。不信道，竟逢知己。痛饮狂歌俱未老，向樽前、拭尽英雄泪。君不见，月如水。与君些夜须沉醉。且由他、蛾眉谣诼，古今同忌。身世悠悠何足问，冷笑置之而已。寻思起、从头翻悔。一日心期千劫在，身后缘、恐结他生里。然诺重，群须记。”

这阕词是为跨越两人之间因身份悬殊造成的困扰所作，一句“诺重君须记”，读得贞观清泪涟涟，感动不已，更是笃定了二人今生的情谊，不可分割。

不得不感叹，果真是缘分至此。

看那顾贞观以相思来思纳兰，友情同似爱情需要等待和磨合，缘起缘灭，都是默契，相知相携，才得以延续。有知己若此，夫复何求。

赤枣子（惊晓漏）

惊晓漏，护春眠。格外娇慵只自怜。寄语酿花风日好[①]，绿窗来与上琴弦。

注释

①酿花：催花绽放。

赏析

这是一首从少女的角度来描写春日心绪的词作。

才是微微破晓天，漏壶却已滴答作响将好梦惊扰。古代没有钟表，只能以漏壶来计时。唐·李肇《国史补》："初，惠远以山中不知更漏，乃取铜叶制器，状如莲花，置盆水之上，底孔漏水，半之则沉。每昼夜十二沉，为行道之节，虽冬夏短长，云阴月黑，亦无差也。"漏壶是中国最古老的计时器。根据史书记载，周代时已有漏壶，到春秋时期，漏壶的使用已相当普遍。初期的漏壶只有一只壶，人们在壶中装上一支有刻度的木箭。当水从壶底的小孔漏出时，壶中水位下降，木箭会随之下沉，观测刻箭上的水位，便知道是什么时间了。因此，数更漏就是计数水下降到漏壶中箭所指的哪一个刻度，也就是计数夜晚时刻的意思，以滴水的多少来判断时辰。

"惊晓漏，护春眠。"开端一个"惊"字，巧妙地把少女酣睡正香时被扰醒的嗔怒刻画了出来，民间有一说法"下床气"指的就是好梦正香时被无端吵醒抑或刚刚睡醒的人情绪总是不稳定且容易发脾气。此刻被惊醒的少女正好将怒未怒、似嗔未嗔，却被那浓浓的睡意压了下去，辗转翻了几个身，一心想将自己无比眷恋的好梦继续。此处“护”字婉约写出了少女对这场春眠的珍惜与依恋，是为“护春眠”。

俗话说“春困秋乏冬无力，夏日炎炎正好眠”。也刚好是早春这个让人感到疲乏的季节，怎料那一声更漏滴答，思绪便在心中缠绵缱绻，愈辗转愈清醒，少女才起得身来，眼前就邂逅了一幅早春之色，王昌龄《闺怨》:“闺中少妇不知愁，春日凝妆上翠楼。忽见陌头杨柳色，悔教夫婿觅封侯。”如此看来，女子总是由骨子里带了些伤春悲秋、触景伤情的情愫的。虽然少女不比少妇，却也感叹于自己只身无人怜惜，于是只得“格外娇慵只自怜”。

唐·李贺《美人梳头歌》中就有“春风烂熳恼娇慵，十八鬟多无气力”的句子。娇慵，即柔弱倦怠的样子，想来这两位女子也有几分相似，都被那春日暖阳熏软了骨头，抵挡不住浓浓睡意，辗转反侧，反而别有一番风韵。而此处“格外”一词，更是把这位少女的慵懒模样渲染得楚楚动人，仿若千种风情，尽在此中。诚然，春日恰逢万物复苏、百废待兴之时，也正是女子们春愁暗滋、风情难抑的时候，少女们面对着春日美景而暗自生怜，也是十分自然的事情。林黛玉亦有诗作 :“瘦影正临春水照，卿须怜我我怜卿。”也表达了形影相吊、自怜自惜之情。

道是少女情怀总是诗，词作的最后两句“寄语酿花风日好，绿窗来与上琴弦”为点睛之句。少女醒来后看到满园鲜花含苞待放，于是便“寄语酿花”，此处“酿花”意指催花开放，就是指少女对着那满园的花蕾幽幽地调侃 : 你们怎么还眷恋梦境旖旎，却不知再不醒来就要错过这大好的天日了么？阳光如此明媚，要知春日渐短，休要错过之后方才后悔不迭，醒来吧，都开放吧，让这春天也领略一番“草树知春不久归，百般红紫斗芳菲”的明艳。

这一句便将女子年少的姿态描写得灵动起来，一个怀愁又不懂愁，盼美又不遇美，对好事好物好景充满期待的少女形象跃然纸上。下一句转而写少女回身抚琴，纱窗轻启，琴声悠扬而去，云青青处似环佩微鸣，水澹澹时若绿稠初展，总是将一片情怀托付琴弦。词到此处，已转得悠远朦胧，一切零碎的小思绪随着琴声长长地漫开了去，便是她如孩童般催花开放的姿态也沾染了些许愁思，似雾非雾，亦真亦幻，可谓言尽意不尽，留白深广，让人生起遐思无限。

这首词简短耐读，字斟句酌，以少女的口吻写春愁春感，写其春晓护眠，娇慵倦怠，又暗生自怜的情态与心理。整首词意境悠长，画面清秀灵动，将少女的一片春愁情怀渲染得婉约而又真切，那种淡愁缠绕，将散未散的意境就这么萦绕在心，使得整首词亲切自然，早春之景、怀愁少女宛然在目。

玉连环影（何处）

（按此调谱律不载，或亦自度曲[①]）

何处[②]？几叶萧萧雨。湿尽檐花[③]，花底人无语。掩屏山[④]，玉炉寒。谁见两眉愁聚，倚阑干[⑤]。

注释

① 自度曲：谓在旧有曲调外，自行谱制新曲，或指在旧词调之外自己新创作的词调。

② 何处：何时。古诗文中表示询问时间的用语。

③ 檐花：屋檐之下的鲜花。

④ 屏山：屏风，因屏风曲折若重山叠嶂，或屏风上绘有山水图画等而得名。

⑤ 阑干：同“栏干”。

赏析

据考证，纳兰这首《玉连环影》是其自度所作，自姜夔之后，词人自度词作已属平常，姜白石留下的自度曲谱则成为重要的历史文献。想必后人自度词作，大都不再以歌咏为重，较多自由了。

这首小词的写作手法是纳兰一贯擅长的，比如景深跨度，都是“一山遮过一山”。此作景物搭配，从屋外写起，直至屋内，再写到屋内之人，显出十分明显的层次感。

这首词，开篇即无端发问：何处？这是古诗文中表示询问时间的常用语句。如李白《秋浦歌》中的“不知明镜里，何处得秋霜”、晏几道《醉落魂》中的“若问相思何处歇？相逢便是相思彻”等都有此种表达。何时，下起萧萧细雨。此处“几叶”想必是以后面的“檐花”联想得来。再加上落叶飘飘的神态类似于细雨飘零之状，故有此语。

纳兰本是多情而又痴情之人，往往对所爱之人用情很深。“何处？几叶萧萧雨。湿尽檐花，花底人无语”，寥寥数笔，就勾勒出一幅凄清哀怨的外景，雨无端下起，打湿檐花。雨不过是花的泪，打湿自己而已。思想到此处，纳兰自然就把笔触转到了伊人身上。“花底人无语”，伊人默默望着细雨捶打的檐下之花，檐花也是默默无语地接受着这被雨打的命运，表现出极凄苦寒凉的意味。

纳兰与妻子卢氏恩爱情深，可惜天妒红颜，卢氏双十年华便香消玉殒。此作想必是纳兰描摹回忆之作。写女子其实也是自况其身。

接下来便描述屋内之境，“掩屏山，玉炉寒”。此二句，意思是将屏风掩紧，玉炉中所焚之香也已燃尽。张元干《兰陵王》有“屏山掩，沉水倦熏，中酒心情怯杯勺”之句，李贺《神弦》则有“女巫浇酒云满空，玉炉炭火香咚咚”之语。纳兰自幼读书颇多，信手拈来，意象纷呈，不费半点功夫。写完屏山、玉炉，最后安排了一个倦妇之形“谁见两眉愁聚，倚阑干”，愁聚眉梢，独自凭栏，显现出一片寂寞无助之态。黄天骥在其《纳兰性德和他的词》中说：“这词描写的是一个人孤独无聊的神态。在零星细雨中，屋内炉香燃尽，他也懒得再点，默默地靠着栏杆，不知所想为何？”

黄天骥自然深知纳兰行年轶事，想必是作文严谨故才不一语道破。想必此处纳兰感境怀人，凑巧遇上雨打檐花，想起了与妻子卢氏那种“曾经沧海难为水，除却巫山不是云”的深厚情感，情发怎会无端？但又有谁能理解他这满怀的凄楚与旷世的寂寞呢？

遐方怨（欹角枕）

欹角枕[1]，掩红窗。梦到江南，伊家博山沉水香[2]。浣裙归、晚坐思量[3]。轻烟笼浅黛[4]，月茫茫。

注释

①欹角枕：斜靠着枕头。欹，通“倚”，斜倚、斜靠。角枕，角制或用角装饰的枕头。

②博山：博山炉的简称，一种香炉。因炉盖上的造型似传闻中的海中名山博山而得名。一说像华山，因秦昭王与天神博于此，故名。通常作为名贵香炉的代称。沉水香：即沉香，指以沉香制作的香。

③浣裙：即浣衣，洗衣。

④浅黛：用青黛淡画的眉毛。黛，古代女子用于画眉的青黑色颜料。

赏析

夜已阑珊，人犹未眠，青灯已灭，斜倚角枕，红窗紧闭，无限思量，无限怅惘：刚令我醒来的梦啊，又让我去了江南，去了那我爱的江南女子的家中，她家中一派暖融融的气氛，香炉中袅袅升起沉水香燃出的烟，幽香迷人。天色已晚，暮色袭来，她到河边洗裙祈求消灾，现在才回来。回来以后闲坐窗前，若有所思，她的心中此刻正思量着我么？沉水香飘起的青烟，缕缕盘旋，缭绕在她浅黛色的蛾眉上，将她衬得如此美丽——忽而一阵凉风起，遍体生寒，我从梦中惊起，梦中的一切已烟消云散不复存在了，唯有惨淡的一轮圆月，洒下一层薄薄的白色月光。

《遐方怨》属于唐教坊曲名。这种词牌有两体式，单调者始于温庭筠，双调者始于顾敻、孙光宪，只有《花间集》有这种词调，宋代词人没有用过此调填词。

这首词写梦，有一种凭吊的色彩，在基本的布局上和苏东坡的《江城子·乙卯正月二十日夜记梦》有相同的地方：

十年生死两茫茫，不思量，自难忘。千里孤坟，无处话凄凉。纵使相逢应不识，尘满面，鬓如霜。

夜来幽梦忽还乡，小轩窗，正梳妆。相顾无言，惟有泪千行。料得年年肠断处，明月夜，短松冈。

两首词都是写梦然后梦回，主题基本具有相似性。然而两首词的情感却轨迹却不相同，苏东坡的词是透透彻彻的凄凉，不仅现实生活中形单影只、孤独凄凉，甚至在梦中仍旧“纵使相逢应不识”“小轩窗，正梳妆。相顾无言，惟有泪千行”。而纳兰性德的写法则倾向于利用现实与梦境的对比，来突出身处现实中独自痛苦的强烈。王国维所谓“以乐景写哀，倍增其哀”。

这首词写到江南和女子，很容易让人想起纳兰性德和汉族的江南才女沈宛之间的传言。纳兰性德一生的婚姻也是极为不幸的。他在二十岁时就娶了两广总督卢光祖之女卢氏为妻，贤惠的卢氏却在三年后病故，红颜薄命，这给纳兰性德极大的打击，他在日后短短的六七年中，写下了大量怀念妻子的词章。后纳兰性德又娶妻关氏。也有人说纳兰性德在三十岁时，经好友顾贞观介绍，又娶了江南才女沈宛。沈宛著有《选梦词》集，王国维在谈纳兰性德时也曾谈到过这个女子。因为二人都爱诗词，如此一来，二人既为夫妻又为诗友，只可惜纳兰性德一年后就病故了。沈宛字御蝉，浙江乌程人，《众香词》录其五首，今摘录二首，以管窥其风格：

惆怅凄凄秋暮天。萧条离别后，已经年。乌丝旧咏细生怜。梦魂飞故国、不能前。无穷幽怨类啼鹃。总教多血泪，亦徒然。枝分连理绝姻缘。独窥天上月、几回圆。

——《朝玉阶·秋月有感》

难驻青皇归去驾，飘零粉白脂红。今朝不比锦香丛。画梁双燕子，应也恨匆匆。迟日纱窗人自静，檐前铁马丁冬。无情芳草唤愁浓，闲吟佳句，怪杀雨兼风。

——《临江仙·春去》

也有资料说纳兰死后，沈宛诞下遗腹子之后就不知去向。也有说沈宛只是纳兰的红颜知己，二人虽互相爱慕，却并未结为伉俪。因为沈宛是汉女，且不在旗，那时的法律是反对满汉通婚的，所以沈宛要和纳兰性德结合，必然会受到许多封建礼教的干涉，且纳兰性德本是显贵，更会注重自家“清誉”，家里自然也很难同意，所以沈宛的确与纳兰分离了，但到底是在纳兰生前就离开了，还是在其死后才离开，也有不同说法，世人似乎认为纳兰死后沈宛离开的说法更多一些。也有人认为纳兰性德的三个儿子中，最小的富森就是沈宛生的，因史载其为“遗腹子”，所以才有这样的论断，但这一切都为后人猜测，也为纳兰性德词的解读留下了更为广阔的想象空间。

《纳兰性德词新释辑评》上说：“小词而能婉而深，自是妙品。”这倒可以当成是对纳兰性德绝大多数短词的评价。就这一首来说，虽较为清新自然，读来也颇为动人，却并非纳兰性德词中最为绝妙的。文学上有所谓历史阻拒，也就是说由于历史向前走，社会不断的变化，导致原来社会条件下的产物变得陌生了，这些陌生多产生于词自身使用的意象上。如“博山”“浣裙”，这些在后代的读者看来，就颇为费解。这种阻拒一定程度上伤害了古代艺术作品的自然感。

浪淘沙 望海（蜃阕半模糊）

蜃阕半模糊[①]，踏浪惊呼。任将蠡测笑江湖[②]。沐日光华还浴月，我欲乘桴[③]。

钓得六鳌无[④]？竿拂珊瑚[⑤]。桑田清浅问麻姑[⑥]。水气浮天天接水，那是蓬壶[⑦]？

注释

①蜃阕：即蜃楼。古人谓蜃气变幻成的楼阁。

②蠡测：即蠡酌，以瓠瓢测量海水。比喻见识短浅，以浅见量度人，“以蠡测海”的略语。笑江湖：《庄子·秋水》中，“秋水时至，百川灌河。河伯欣然自喜，以天下之美为尽在己”，后见到大海，则望洋兴叹云：“吾长见笑于大方之家。”

③乘桴：乘坐竹木小筏。《论语》云：“道不行，乘桴浮于海。”

④六鳌：神话中负载五座仙山的六只大龟。相传渤海之东，有一深壑，中有岱舆、员峤、方壶、瀛洲、蓬莱五山，乃仙圣所居之地。然五山皆浮于海，常随潮波上下往还。《列子·汤问》：“帝恐流于西极，失群仙圣之居，乃命禺强使巨鳌十五，举首而戴之。迭为三番，六万岁一交焉。五山始峙而不动。而龙伯之国有大人，举足不盈数步而暨五山之所，一钓而连六鳌，合负而趣归其国，灼其骨以数焉。于是岱舆、员峤二山流于北极，沉于大海，仙圣之播迁者巨亿计。”

⑤珊瑚：许多珊瑚虫的骨骼聚集物，树状，可供玩赏。

⑥麻姑：中国神话人物。东汉时应召降临蔡经家，能掷米成珠，相传在绛珠河畔以灵芝酿酒以备蟠桃会上为西王母祝寿，故旧时为妇女祝寿多绘麻姑像以赠，称麻姑献寿。

⑦蓬壶：即蓬莱。古代传说中的海中仙山。晋王嘉《拾遗记·高辛》："三壶则海中三山也。一曰方壶，则方丈也；二曰蓬壶，则蓬莱也；三曰瀛壶，则瀛洲也。形如壶器。"

赏析

望海之雄浑，方能有此遮天的恢宏手笔。

古人云，仁者乐山，智者乐水。然而能与上摩天的五千仞岳相比拟的，不是三万里河，而是纳百川之海。海以其宽广能容劝慰失意人，激励青云子，古往今来不知引多少英雄竞折腰。唐孟浩然凌云壮志未酬，问沧洲何在，意以沧海寄余生。海上云帆直挂，那是飘摇的凌云壮志。

康熙二十一年，纳兰随皇帝东巡，时年二月驻扎于毗山海关。登澄海楼面朝大海，见天之苍茫，海之茫茫，可见纳兰小心翼翼隐匿于胸的豪迈。纳兰作词，向来明白如话。可当他面朝大海时，这些凝结于胸长长短短的诗句竟难抒胸臆。一首浪淘沙，短短54个字，六次用典，这在纳兰毕生的作品中也并不多见。

纳兰这首望海，大约是东临碣石的新篇。建安十二年（207年）秋，曹操彻底消灭了袁绍残部班师途中，曾于此作《观沧海》歌以咏志。千载白云悠然过尽，一千四百多年后的纳兰面对着难得一见的海市蜃楼，那若隐若现的繁华，像极了天上的宫阙，似恍然一梦中误入仙境。

这便是海。波涛汹涌的狂暴过后有海市蜃楼的妩媚，水天无边的缥缈背后总惹人追寻流传千年却无人见过的仙人居处。"以管窥天，以蠡测海"，身后入仙境的东方朔不知在嘲讽武帝不识千里马，还是自讽一介书生妄测天威，都是管窥蠡测之事，终见笑于大方之家。《秋水》中的河伯观天上来的黄河之水自诩尽天下之美，行至北海才明白什么是大方之家。河伯望洋兴叹的感慨犹在耳畔，庄生在一片汪洋不见中闻道神语，转录如许仙人事于人间，方才有了纳兰笑江湖的想象。未免惋惜，本应在仙家击水三千的庄子，却囿于尘世结无情游，似又一谪仙屈生人世。

“日月之行，若出其中；星汉灿烂，若出其里。”孟德慨而慷的感叹，满溢踌躇壮志；纳兰也出英雄略同之语。如众生灵一般，大海“集日月之精华，会天地之灵气”，方能纳百川，生万物。“道不行，乘桴浮于海”，孔子的政治理想偏废后也想过散发弄扁舟吧，连赌气之语都说得诗意盎然。“我欲乘桴”，纳兰以手写心时似也露出了道不行的隐痛。

海上洪波涌起，似有仙山涌动，似闻踏浪高歌。现代人的思维浪漫早已被剥离，那些令古人充满遐思的潮起潮落被理智与科技分析后仅得一句简明而冰冷的“天体引潮力”。“六鳌骨已霜，三山流安在？”从来语出惊人的太白远望沧海时也不禁问三山六鳌踪迹何觅。传说渤海之东的仙山竟以巨鳌为载。巨鳌迭三层，六万年轮岗一次，古人的时空观显然要放松缓慢许多。正如桃花源一般，仙人之所难免有凡人闯入。不知何处的龙伯人士不知以什么作饵，竟钓得修炼成神的六鳌。自此岱舆、员峤两山无所依托，“流于北极，沉于大海”，便剩下传统意义上的蓬莱三山。千年前的《列子·汤问》某种意义上是正宗的中国神话，毫不逊于希腊引以为傲的奥林匹斯山。

斗柄转回，人间寒暑屈指可数的岁月，年华便悄悄离去，不带走一片云彩。文人墨客常感慨岁月蹉跎，言沧海桑田却多为夸大之语。凡夫俗子怎敌得道仙人？古有麻姑亲见东海三为桑田。东汉时麻姑应王方平之邀作客人间，点米成珠，仙酒为乐，宴于蔡经家。麻姑言蓬莱之水已减半，“海中复扬尘”。莫不是沧海桑田之事再现？此问始于东汉，千百年来高悬于明月酒杯间没有答案，直到现在沧海依旧水澹澹。

白浪滔天，一片迷蒙中，哪得见蓬壶？纳兰在这万里一色中岂能仅仅赞叹海之壮阔，望而无思？非也，非也。纳兰那颗敏感的心早已澎湃，只是没有一个淋漓的出口释放那些心底隐藏的言语。“挥手谢人境，吾将从此辞”，千年的穿越也不过一瞬，蓬壶杳然，人间轻换，这真真假假的尘世间，还有什么值得人久久留恋？

浪淘沙（双燕又飞还）

双燕又飞还，好景阑珊①。东风那惜小眉弯②。芳草绿波吹不尽③，只隔遥山。

花雨忆前番④，粉泪偷弹⑤。倚楼谁与话春闲？数到今朝三月二⑥，梦见犹难。

注释

①阑珊：残，将尽。

②那惜：不顾惜，不管。小眉弯：皱眉。

③芳草：香草。

④花雨：落花如雨，形容彩花纷飞。

⑤粉泪：旧称女子之泪。

⑥三月二：古代“上巳”节，汉以前以农历三月上旬巳日为“上巳”，是游春之日，这天人们到水边洗濯、饮酒、欢聚等，以为驱邪避祸，消除不祥。故王季桥《上巳》诗：“曲水湔裙三月二。”魏晋以后把上巳节固定为三月三日，但有时仍以巳日为上巳节，并不固定。

赏析

这是一篇标准的上景下情之作。

双燕又飞还，告诉我们这是在一个静听梁间燕语呢喃的融融春日。燕子斜飞，上下翻覆，嬉戏于杏花烟雨中，如两个不安分的音符，轻掠怀春的心弦，激起一串低语涟漪。又是一年春好处，又是一年伤春时。再明媚的春日，一旦钻入了并不完整的梦境，多少会氤氲些伤春的气息。

梨香院落或红杏枝头，流连戏蝶或自在娇莺，都是好景。春一来，驱散了冬日的瑟缩和阴霾，纵使偶然阴雨，也是沁人心脾的润物细无声。纳兰那些缠绕于心的惋惜太难琢磨，是为着易逝的春光，还是为着轻易把人抛却的韶华？几百年后评说人间词话的王国维似道出了纳兰噙在齿间的叹息，“最是人间留不住，朱颜辞镜花辞树”。无论什么情景，都敌不过这留春不住的决绝。

小眉弯，似面纱遮住了羞涩的容颜，掩住了那挂在唇边的婉转情思。眉展，如远山横，想来应是静花照水的美人图；眉蹙，似山峰聚，眉尖心上惹人怜。花开错，东风不解语，怎惜得那新月般的眉眼？怪只怪，东风太泛泛，撩拨得柳絮轻飏，撩拨得繁花似锦，撩拨得酣梦微醺。

吹皱的不应只是一池春水，还有香山居士于冬日残雪未融时看到的芳草萋萋。除了青青芳草，还有什么能借一缕春风几滴春雨燎原呢？芳草绿波，一路铺遍蜿蜒小路，绿过大江两岸，却不敌遥山难越。遥山，仅仅是物理尺度上的遥远，纵是魂梦相见终须有期；怕只怕，遥山架在两颗离别的心间。“枝上柳绵吹又少，天涯何处无芳草”，东坡作狂放之态，是真正的豁达，还是自欺欺人地慰藉那颗习惯被愚弄的心？

旧地重游，微雨中的双飞燕似曾相识，如今落花下只剩伊人独立。小楼又东风，一片春心却泛着凉凉秋意。高楼望断，花雨纷飞中思忆前世今生——不得相守，便信相遇即是缘尽。还记得那首写在银杏叶上沁着淡淡哀愁的诗行：

如何让你遇见我／在我最美丽的时刻／为这／我已在佛前求了五百年／求佛让我们结一段尘缘

佛于是把我化做一棵树／长在你必经的路旁／阳光下／慎重地开满了花／朵朵都是我前世的盼望

当你走近／请你细听／那颤抖的叶／是我等待的热情／

而当你终于无视地走过／在你身后落了一地的

朋友啊 / 那不是花瓣 / 是我凋零的心

在一棵开花的树下，席慕蓉作此叹息，一如少女心中藏匿的梦。“从别后，忆相逢，几回魂梦与君同”，低吟着小山心曲，轻轻地，那人入梦来，激荡起纳兰颤抖的情绪；那人于梦中无视而过，恍然间梦醒，飘零一地的花瓣竟似碎落一地的心，漫入尘埃。心底不为人知的思念，过往转瞬即逝的温情，曾经的似水柔情催得一人暗泪低垂。客已去，高阁依旧不语，今年落红满径时，惟余葬花人。纳兰，你这番衷情诉与谁人听？

痴儿遥望云中，盼得鸿雁归，却盼不得锦书来。独自倚高楼，去岁离别时的酒香微微可闻，送别时的一曲至今余音绕梁，只是当时离情今已成别怨。

数到三月二，即是古时的上巳节。“二月二，龙抬头；三月三，生轩辕”，上巳节本是纪念轩辕生辰的日子。同是炎黄子孙，九州内各民族都有独特的上巳节习俗。能歌善舞的壮族在这一天蒸五色糯米饭、办歌会；侗族的上巳节又名花炮节，抢花炮、斗牛、对歌，亦是欢乐海洋。而一向矜持的汉族男女也会在上巳节这一天光明正大地相会河畔、互诉衷肠。沉郁顿挫如杜子美亦曾有艳语，“三月三日气象新，长安水边多丽人”，可想上巳节的鲜妍明媚。

只是，一个人的三月二，隐在心底的歌如涓涓溪流淌过时，谁能听到那汩汩呜咽？那是纳兰与她相约的日子吧？决计执手相伴的日子，或是将相忘于江湖的日子？那人负他而去，酒入愁肠后似闻小山言，“梦魂纵有也成虚，那堪和梦无”。

诉衷情（冷落绣衾谁与伴）

冷落绣衾谁与伴，倚香篝[①]。春睡起，斜日照梳头。欲写两眉愁，休休[②]。远山残翠收[③]，莫登楼。

注释

①香篝：古代室内焚香所用的熏笼。

②“欲写”二句：意思是本来想要画眉，然而却双眉愁锁，算了还是不画了。休休，不要、不用，表示禁止或劝阻。

③“远山”句：意为远处山峦的翠色消散了。收，消失、消散。

赏析

世人总说花间词艳丽奢华，透出一股脂粉气。反观纳兰此作，比之花间词却有相似之处。更与温庭筠“梳洗罢，独倚望江楼”有几分相似。

《诉衷情》原为唐教坊曲，为温庭筠所创，后用为词牌名。温庭筠创制此调时取《离骚》诗句“众不可户说兮，孰云察余之中情”之意。后来，毛文锡词有“桃花流水漾纵横”句，故又名为《桃花水》。纳兰这首词秉承温词一脉，描写思妇春日无聊的情状。着墨不多，因此看似清淡，实则蕴藉有致。

“冷落绣衾谁与伴？”首句发问其实也是设问，自问自答。因无人相伴，绣衾衣裳就算华美艳丽，看了也只让人觉得了无思绪。因为无人相伴，此情此景自然易解。后两句：“倚香篝。春睡起，斜日照梳头。”香篝本是古代室内焚香所用的熏笼。一般来说，古代官宦人家或者大家闺秀闺房中才有能力燃此熏笼，因此，“倚香篝”则再次点到女子的身份。“春睡起，斜日照梳头”则点到时间，初日迟迟，已然倾泄满屋，“睡起晚梳头”，毫无心绪，一副慵懒形象已跃然纸上。如果说此处还描写到女子动态特征呈现慵懒姿态的话，“欲写”二句则把这种慵懒之态又向前推进一步，说那女子本想画眉，却看到自己双眉愁锁，算了还是不描了，描了又有谁看呢？“休休”则是这种心语的集中体现。

可想此场景：春日迟迟，少妇因幽枝独依，显得百无聊赖，则赖床度日，迟睡起，斜阳已至，更算是薄暮，因此无心打扮，只有深锁愁眉，无奈中更不知怎么排遣寂寞。便想起温词倚楼断肠之句，更不敢登楼了。

自然，此处“远山残翠收”是实景虚写之笔。由此也可以看出，景色已经极熟悉，不必登楼就已知晓，想那断肠处自然是不宜多去的。

纳兰这首词承袭花间词风，因他温文尔雅，少年风流而又擅长小令，此种词类自是写法娴熟、笔墨点至，形象刻画往往呼之欲出、细腻生动。但比之温飞卿《望江南》则有不足之处。

想来，温飞卿此词中摘取瞬间和纳兰词自有时间延续上的联系，但飞卿词则更契合情感最浓郁的部分，那登高望远思人之境，自然是描写此种风情形象的绝唱。虽都是斜晖残翠，纳兰自然无所突破，况飞卿断肠句一出，已经极其简洁而深刻地写尽了人物内心，纳兰描写的思妇心理之笔却不如这一个词力量深厚。而花间词集更写尽了思妇孤独伤春念远之情。

总体说来，纳兰为清词人，写思妇自然与自身身世之境相连。若非如此，则不过是磨炼前人之笔，亦无创新罢了。

浣溪沙　寄严荪友[①]（藕荡桥边埋钓筒）

藕荡桥边埋钓筒[②]，苎萝西去五湖东[③]，笔床茶灶太从容[④]。
况有短墙银杏雨[⑤]，更兼高阁玉兰风[⑥]。画眉闲了画芙蓉[⑦]。

注释

①严荪友：即严绳孙，字荪友，一字冬荪，号秋水，自称勾吴严四，复号藕荡渔人，江苏无锡人，一作昆山人。康熙己未（一作戊午，误）以布衣举鸿博授检讨，为四布衣之一。

②藕荡桥：严绳孙无锡西洋溪宅第附近的一座桥，严绳孙以此而自号藕荡渔人。钓筒：插在水里捕鱼的竹器。

③苎萝：苎萝山，在浙江诸暨市南，相传西施为此山鬻薪者之女。五湖：即太湖，《国语·越语下》："果兴师而伐吴，战于五湖。"韦昭注："五湖，今太湖。"

④笔床：搁放毛笔的专用器物，南朝徐陵在《玉台新咏序》中说："琉璃砚盒，终日随身；翡翠笔床，无时离手"，如同今天的文具盒。茶灶：烹茶的小炉灶。从容：镇定，不慌张。

⑤短墙：矮墙。银杏：即白果树，又名公孙树、鸭脚等。

⑥高阁：放置书籍、器物的高架子。玉兰：花木名，落叶乔木，花瓣九片，色白，芳香如兰，故名。

⑦画眉：即汉代张敞画眉事。《汉书·张敞传》"（敞）又为妇画眉，长

安中传张京兆眉怃。有司以奏敞。上问之，对曰：‘臣闻闺房之内，夫妇之私，有过于画眉者。’上爱其能，弗备责也。”后用为夫妇或男女相爱的典实。芙蓉：荷花之别称，严绳孙善画，尤工花鸟，故云。

赏析

本篇描写纳兰与汉族文人的交游生活，透过这首词我们可以隐约看到纳兰受儒道文化影响的痕迹。

严绳孙工书画，57岁时因为是“江南名布衣”而被逼应试博学鸿词科。然而他看透清廷只是利用该科做政治工具，仅写了一首诗即托病退场。但康熙笼络心切，于是以“久知其名”破格擢置二等末，授翰林院检讨，让他参与编修《明史》。但是不久后，严绳孙辞官回到江南，隐居在无锡西洋溪藕荡桥畔，过着闲适惬意的生活，顾贞观《离亭燕·藕荡莲》自注云：“地近杨湖，暑月香甚，其旁为埽荡营，盖元明间水战处也。荪友往来湖上，因号藕荡渔人。”著有《秋水集》。故宫藏有禹之鼎画纳兰性德像，严绳孙题诗画上。

容若与严绳孙为好友，话说容若虽贵为满洲贵族，权臣之子，皇帝亲信，然而他本性纯然，完全没有门第观念，与僧道、艺人、失第举子、落职官宦均有交游。他与江南很多文朋词友均为莫逆之交，相互切磋学问、砥砺志节；自己的才情也得到他们的认同，使一位满族贵公子在上层社会中超凡脱俗。容若与严绳孙两人词风相近，故而能成为莫逆之交。

这首词即是严绳孙归隐江南后，容若的怀友之作，可见两人感情深厚。这阕词，艺术上并无太多高超之处，却小有别致，描述的场景全是想象严绳孙在故里的生活。这种反面写法，将荪友隐逸自由的情调描绘得很是深刻。

“藕荡桥边埋钓筒，苎萝西去五湖东”，“藕荡”即指荪友本人，也指荪友居住的藕荡桥畔，“埋”字表现出沉醉垂钓的情景。“藕荡桥边埋钓”意在指荪友过着安逸雅致的生活，桥边垂钓，让人羡慕不已。后一句“苎萝西去五湖东”更是加深了这种闲适的状态，桥边垂钓之余，五湖泛舟，“西”“东”

二字，分明就是东坡“竹杖芒鞋轻胜马”的潇洒飘逸，陶然至极、令人向往。接下来便引出了“笔床茶灶太从容”。

夏日的藕荡桥边，绿水青青，河柳依依，湖面上荷叶亭亭玉立，你坐在湖畔，执一竿钓竿，沉醉于湖底鱼群的自由之态。偶尔抬头，芦萝山就从西边出现，回首，又看见太湖在东边流淌。于是，你执笔研磨，描画江山绿水、飞鸟香荷，更有旁边茶炉白烟袅袅、清香四溢。

这种从容度日、归隐山林的方式，该有多闲适超脱呢？上阕由景入笔，又以景写人，很好地刻画了荪友的山水性情，也透露出容若对荪友这种潇洒悠闲生活的赞赏和向往。

下片“况有短墙银杏雨，更兼高阁玉兰风”二句继续承袭上片的闲适之意。“短墙银杏”“高阁玉兰”有了“雨”和“风”，显得更加动人。“况有”和“更兼”二词更是把这种怡然自得的闲适情怀表露无遗。末句“画眉闲了画芙蓉”。“眉”在这里历来注解引用的是“张敞画眉”的典故，“芙蓉”当做“荷花”解，意指荪友家庭生活和谐，夫妻和美。其实“芙蓉”指无锡的“芙蓉湖”，意指闲暇之余游逛芙蓉湖，寄情山水，妙哉妙哉，更能照应前面的“藕荡桥边埋钓筒，芦萝西去五湖东”的意境。

矮墙边的银杏树，在雨水的滋润下，娇俏可爱地招摇着；书架上的玉兰花也散发出清新芳香，这样闲适而美好的日子，笑看她的容颜，执画笔轻扫蛾眉，然后一起泛舟湖上。

几分闲情，几分安适。

纵览全词，容若满怀深情地描绘了南归故里的荪友的生活情景，整阕词虽然没有用任何关于怀念友人的词语，但是着墨于对方归隐的山水生活，这样更能表达出对友人的思念之情。

如梦令（正是辘轳金井）

正是辘轳金井[①]，满砌落花红冷。蓦地一相逢，心事眼波难定。谁省，谁省，从此簟纹灯影[②]。

注释

①辘轳，古代安置在井上用来汲水的起重装置。

②簟纹：指竹席之纹络，此处借指孤眠幽独之景况。

赏析

清晨睡起，启窗看见清凉的石板水井旁，汲水后一片湿漉漉的地面，井上的辘轳也湿透了；晨风夹杂着微寒吹拂而过。昨夜掉落的红花已经冰冷地铺满树下井旁的砌石地面。正在这时，我与她的眼神蓦然交汇。她的神情立刻紧张起来。“可爱的人儿，你的心事，我岂能从你迷离不定的眼神中猜透呢？”谁又能猜透你这“眼波难定”的心事呢？又有谁知晓我此刻的心事呢？自与你那一刹那的眼神交汇，我心动荡，钟情于你。从今以后，无论独枕席上，抑或静坐灯下，你都会是我思念的那个人。

这首《如梦令》在构思上颇下功夫：介入了基本连贯的叙事。中国传统诗词有一个重要倾向就是重抒情而轻叙事。唐代是诗歌的极盛时期，诗歌写景上蔚为大观，让读者应接不暇、叹为观止。即使如此，唐诗写景也多是为抒情服务，所谓“借景抒情”，并非营造叙事背景；也属继承《诗经》中的比兴传统，即所谓的“诗言情”。一般来说，叙事性诗歌的数量远远少于抒情性诗歌；整体质量上看也是如此。这首词就叙事来说，是如何展开的呢？这一点上，它同《诗经》中的《蒹葭》很是相似：

蒹葭苍苍，白露为霜。所谓伊人，在水一方。溯洄从之，道阻且长；溯游从之，宛在水中央。蒹葭凄凄，白露未晞。所谓伊人，在水之湄。溯洄从之，道阻且跻；溯游从之，宛在水中坻。蒹葭采采，白露未已，所谓伊人，在水之涘。溯洄从之，道阻且右；溯游从之，宛在水中沚。

首先都是写主人公邂逅的一位"伊人"，且与之一见钟情，但由于主观上的"一厢情愿"和客观环境条件的束缚，二人始终没能够结合，朦胧中似乎还有种不可能的决绝似的悲哀。如果没有这情感的真挚深刻与二人结合困难这一重深沉的心理矛盾，就没有《蒹葭》，也就没有纳兰的《如梦令》。抒情主人公正在进行那种求之不得而"寤寐思服""辗转反侧"的咏叹。当然《蒹葭》和《如梦令》抒情原因上是大同小异的，但是两首诗读来，明显可以感觉到其间有很大的差异。这种差异来源于抒情主体的性格。《蒹葭》中的男子并非一个受过很多文化教育的文人，而是一个朴实善良真诚憨厚的"氓"，性格典型就是"蚩蚩"，他表达自己的爱意，看起来很"迂"，他没有许多知识来讨女孩子开心，只是不顾一切地"从之"，无论"伊人"在哪儿，他都只是"从之"，虽也有些害羞，可仍不气不馁地追求所爱。纳兰性德则不一样，他自己学识很广，受了深刻的汉族文化熏陶，具有了传统文人共有的忧郁情结。这样一来，他出现在这种环境中，表现出的行为就和《蒹葭》中那个男子大相径庭了。何况二人所处的时代不同，也必然会有巨大的行为差异。《蒹葭》中的男子受到的礼教束缚并不是特别明显，甚至那时没有十分苛刻的礼教，有的只是羞耻感衍生出的害羞。而清代的纳兰性德则不同，他精通汉族文化，受儒学影响，整个社会也是在儒学笼罩下的，男女之间稍不注意就会"越礼"，招人非议。更何况纳兰性德家族显赫，族内更不允许出现"有辱门楣"的"丑事"。这些也就是两词虽同实异的原因。

这首词的结尾也颇为意味深长，"谁省？谁省？从此簟纹灯影。"问了，却无人来相答，最后自己把一句本想让所思的人知道的话，"从此簟纹灯影"给了自己，让自己去受那无尽的伤痛怅惘，这是怎样的苦闷啊？所以，这句话不仅是词本身的戛然而止，更可以说是词人和词所传达情感的真正开始。盛冬铃《纳兰性德词选》有言："在落花满阶的清晨，作者与他所思的女子蓦然相逢，彼此眉目传情，却无缘交谈。从此，他的心情就再也不能平静了。此作言短意长，结尾颇为含蓄，风格与五代人的小令相似。"

如梦令（木叶纷纷归路）

木叶纷纷归路。残月晓风何处。消息半浮沉，今夜相思几许。秋雨，秋雨。一半西风吹去[①]。

注释

①“秋雨”句：清朱彝尊《转应曲》诗句：“秋雨，秋雨，一半因风吹去。”

赏析

秋风吹落一树黄叶，纷纷扬扬如漫天蝴蝶纷飞，归来的道路上已铺上了厚厚的一层落叶。一层秋意一层凉，晓风残月人独立，今昔又是独对孤影而酌，难料此身何在，所爱又何在？生涯凄苦，人也沉浮，飘零如萍，今夜有多少相思呢？又一场秋雨凉风，天也一日日地冷，心也一日日地凉。过往的一切，相思、伤感、红花、绿叶，都纷纷被这西风吹去了，心中若有所失，难以释怀。

这首词写的是相思之情，词人踏在铺满落叶的归路上，想到曾经与所思一道偕行，散步在这条充满回忆的道路上，如今却只有无尽的怀念，胸中充满惆怅。暮雨潇潇，秋风乍起，“秋风秋雨愁煞人”，吹得去这般情思么？这首词写得细致清新、委婉自然。此外还有另一特点，纳兰性德的词最常用到的字是“愁”，最常表现的情感也是“愁”，正如梁羽生所说：“纳兰容若的词中，‘愁’字用得最多，几乎十首中有七八首都有个‘愁’字。可是他每一句中的愁字，都有一种新鲜的意境，随手拈几句来说，如‘是一般心事，两样愁情。’‘几为愁多翻自笑。’‘倚栏无绪不能愁。’‘唱罢秋坟愁未歇。’‘一种烟波各自愁。’‘天将愁味酿多情。’‘将愁不去，秋色行难住。’或写远方的怀念，或写幽冥的哀悼，或以景入情，或因愁寄意，都是各有不同，而且有新鲜的联想。”这一首就情感来说，是一贯的“愁”，然而在写法上却没有用一个“愁”字，这和他一贯多用“愁”字的写法大不相同。那这首词是如何表现愁的呢？

范成大有词《鹧鸪天》：

休舞银貂小契丹，满堂宾客尽关山。从今嫋嫋盈盈处，谁复端端正正看。

模泪易，写愁难。潇湘江上竹枝斑。碧云日暮无书寄，寥落烟中一雁寒。

这首词虽出现了愁，却有和纳兰性德相同的写法，就是要写愁却不直抒胸臆，而是通过其他意象的状态来体现这种情感。

这首词还有个很重要的地方，也是词本身给人一种熟悉而又清新的重要原因，那就是化用了前人的许多意象以及名句。如“木叶”这一经典意象最早出于屈原的《九歌·湘夫人》“袅袅兮秋风，洞庭波兮木叶下”。曹植的《野田黄雀行》说：“高树多悲风，海水扬其波。”庾信在《哀江南赋》中说：“辞洞庭兮落木，去涔阳兮极浦。”杜甫则在《登高》中说：“无边落木萧萧下，不尽长江滚滚来。”这一意象具有极强的艺术感染力，予人以秋的孤寂悲凉，十分适合抒发悲秋的情绪。“晓风残月何处”则显然化用了柳永《雨霖铃》中的“今宵酒醒何处，杨柳岸，晓风残月”；“一半西风吹去”又和辛弃疾《满江红》中的“被西风吹去，了无痕迹”有异曲同工之妙。

这首词和纳兰性德的其他词相比，本来风格也没什么不同，仍然是婉约细致，但从版本上看却大有可说之处。这首词几乎每句都有不同版本，如“木叶纷纷归路”一作“黄叶青苔归路”，“晓风残月何处”一作“屧粉衣香何处”，“消息半浮沉”又作“消息竟沉沉”。

且不谈哪一句是纳兰性德的原句，这个考据现下还难以确定结果。但这恰好给读者增加了艺术对比的空间。比较各个版本，就“木叶纷纷归路”一作“黄叶青苔归路”两句来看，“黄叶”和“木叶”这两个意象在古诗词中都是常见的，然就两句整体来看“木叶纷纷”与“黄叶青苔”，在感知秋的氛围上显然前者更为强烈一些，后者增加了一个意象“青苔”，反而导致悲秋情氛的减弱。“晓风残月何处”与“屧粉衣香何处”可谓各有千秋，前者化用了柳永的词句，在营造意境上比后者更有亲和力，词中也有悲哀的情感迹象；“屧粉衣香何处”则可以在对比下产生强烈的失落感，也能增强词的情感程度。

浣溪沙（十里湖光载酒游）

十里湖光载酒游，青帘低映白洲[①]。西风听彻采菱讴[②]。
沙岸有时双袖拥[③]，画船何处一竿收[④]。归来无语晚妆楼。

注释

①青帘：旧时酒店门口挂的幌子，多用青布制成。白洲：泛指长满白色花的沙洲。唐李益《柳杨送客》诗："青枫江畔白蘋洲，楚客伤离不待秋。"

②采菱讴：乐府清商曲名，又称《采菱歌》《采菱曲》。

③沙岸：用沙石等筑成的堤岸。双袖：借指美女。

④一竿：宋时京师买妾，一妾需五千钱，每五千钱名为"一竿"。李煜《渔父》："浪花有意千重雪，桃李无言一队春。一壶酒，一竿身，世上如侬有几人。"故此处之"一竿"亦可指渔人。

赏析

史上文人词句各有风格。纳兰之词，可谓情由景生、情景交融。这一阕词，读罢内心充满美好的期待。目光所及，如诗如画。

景是湖边之景，文人素喜以湖景为背景，兴许是由于湖之温和宁静可令人心境平和。甚是喜爱朱自清的《桨声灯影里的秦淮河》，灯火酒家映于湖面之上，悠扬醉心令人留恋不已。携酒游于湖，风是江南的风，水是江南的水，酒家门面上的青布幌子掩映着白色的沙洲，好一幅惬意的佳景。

和着西风在小舟之上饮酒，醉心之趣，好似听见采莲曲悠扬地在湖面上飘过，又有沙岸上美女水袖飘然、翩跹起舞，自是美不胜收。此时纳兰又借李后主《渔夫》中“浪花有意千重雪，桃李无言一队春。一壶酒，一竿身，世上如侬有几人”一句，表达身在舟中，好似渔夫撑杆，尽享自然情趣的美好感触。当年李后主身为君王身不由己，只得写这样一阕词，画饼充饥，以抚慰自己疲惫无奈之心。在美景之中，纳兰是否也如后主一般惆怅地期待。我们并不能身临其境地大胆猜测，但至少从这词看，基调明朗闲适。纳兰对山山水水尤其喜爱，心心念念想要回归自然，成为天地之间的一名酒客。这心愿，从满首词间漫溢的情趣就可窥见。

纳兰这词，写得清新、雅致，写景之词历代文人有不少佳作，纳兰写景却依旧不让人觉得厌倦。勾勒描绘的图景，秦淮河的灯火之夜又于脑中浮现，朱自清轻柔的笔触淡描：“醉不以涩味的酒，以微漾着，轻晕着的夜的风华。不是什么欣悦，不是什么慰藉，只感到一种怪陌生，怪异样的朦胧。朦胧之中似乎胎孕着一个如花的笑——这么淡，那么淡的倩笑。淡到已不可说，已不可拟，且已不可想；但我们终究是眩晕在它离合的神光之下的……”湖面、小舟、酒家、沙堤、美女、灯火都有了，便觉人间万千之美，都已获得。纳兰之心，想必也是这般。田园之趣，之于生活，已然足够，不需更多。

读一阕写景之词，如此欢愉，纳兰之心，了然于世。仔细读罢，好似亲眼目睹其人笑容满面。

浣溪沙（脂粉塘空遍绿苔）

脂粉塘空遍绿苔[①]，掠泥营垒燕相催。妒他飞去却飞回。
一骑近从梅里过，片帆遥自藕溪来[②]。博山香烬未全灰。

注释

①脂粉塘：溪名。传说为春秋时西施沐浴处。《太平御览》卷九八一引南朝梁任《述异记》："吴故宫有香水溪，俗云西施浴处，又呼为脂粉塘。"这里指闺阁之外的溪塘。

②片帆：孤舟，一只船。

赏析

写离愁，往往少不了写闺怨。

尤其温庭筠的词作，常见触及闺怨，以《更漏子》为最：

玉炉香，红蜡泪，偏照画堂秋思。眉翠薄，鬓云残，夜长衾枕寒。梧桐树，三更雨，不道离情正苦。一叶叶，一声声，空阶滴到明。

守望空阶的女子，哀婉凄楚，惹人心碎。

纳兰这阕词，主人公亦是女子。开篇便是景色的渲染，写脂粉塘空旷只剩铺满的绿苔，早已失却了昔时景象。这脂粉塘，相传正是春秋时西施沐浴的溪塘，南朝梁任舫《述异记》有言："吴王宫人濯妆于此溪上源，至今馨香。"纳兰句中的脂粉塘，实为女主人公闺阁之外的溪塘。女子之心细腻敏感，心有戚戚，窗外的溪塘都如同着了凄凉的颜色。还未分别之时，那溪塘都如同脂粉塘那般令人迷醉，可相离许久，溪塘都不似繁华，逐渐萧条。眼中之景，都像蒙了灰一样。

此时又见大地春回，燕子掠泥而飞，好像是相互催促着，一片生机盎然的景象。可伫立至此，等不到思念之人执手相看，净是看燕子双双来去，怎的都高兴不起来。连燕子都有相伴的幸福，为何迟迟等不到你的归来？

离情凄凉。心爱之人不能在这景色中相伴，连那双飞的燕子都要去嫉妒一番。

可嫉妒又有何用？无奈凄凉，只得怨那离别，让人愈发想念。恍惚，思念愈深，好似幻觉中他正轻骑从近处的梅园出现，又像是坐着小舟，从遥远的藕溪归来。晏殊之词浮于脑际："无穷无尽是离愁，天涯地角寻思遍。"弱女子的相思之情全都寄托在那天涯海角的期待上，哪天心爱之人将从那里归来，想象连连，好似梦了一场，醒来之时，甚是凄楚。臆想之辞，尤其感人。痴心人如此，怎能不让人动容？人生自是有情痴。这相思近痴的女子，不知道爱人归来之日是何时，也只得想象重逢之景，一次一次，念了一千遍，痴了一千遍，再见会是怎样的场景……好似要把所有的可能都罗列一遍，要让自己重逢之时，不至于情绪失控，号啕大哭一般。

最后一句，博山炉中香已烧完，却未燃尽。言有义，意无穷。女子大概是注视着炉里升起的袅袅香烟，心里是比这缭绕的轻烟更剪不断理还乱的愁绪。香已燃尽这一意象，充满让人沉醉的力量。烟未散尽，女子的愁绪不能穷尽，等待归期到来的日子也不知到何时才尽。凄清之至，读罢也觉眼前轻烟袅袅一般，哀婉无奈。

不由得要去猜测，纳兰写如此一名痴情的女子想要诉说的是如何的深情？这女子写的是他日夜思念的爱人，还是他自己内心成痴的愁？

遥寄相思，等待的爱情最是苦痛，却又让人欲罢不能。

浣溪沙　大觉寺[1]（燕垒空梁画壁寒）

燕垒空梁画壁寒[2]，诸天花雨散幽关[3]。篆香清梵有无间[4]。
蛱蝶乍从帘影度[5]，樱桃半是鸟衔残。此时相对一忘言[6]。

注释

①大觉寺：可能为今北京西北郊群山台之上的大觉寺。此寺始建于辽咸雍四年，初名“清水院”，后改“灵泉寺”，为金代“西山八景”之一。明宣德年重修，改名“大觉寺”。

②燕垒：燕子的窝。画壁：绘有图画的墙壁。

③诸天：佛教语。指护法众天神。佛经言欲界有六天，色界之四禅有十八天，无色界之四处有四天，其他尚有日天、月天、韦驮天等诸天神，总称之曰诸天。花雨：佛教语，诸天为赞叹佛说法之功德而散花如雨。后用为赞颂高僧、颂扬佛法之词。幽关：深邃的关隘，紧闭的关门。

④篆香：犹盘香。清梵：谓僧尼诵经的声音。南朝梁王僧孺《初夜文》：“大招离垢之宾，广集应真之侣，清梵含吐，一唱三叹。”

⑤蛱蝶：蛱蝶科的一种蝴蝶，翅膀呈赤黄色，有黑色纹饰，幼虫身上多刺。

⑥忘言：谓心中领会其意，不须用言语来说明。

赏析

这是纳兰记游之作。面对如此气魄的大觉寺，感受僻静行宫中走动的幽静之感，他不禁感叹道：“此时相对一忘言。”

大觉寺是北京“八大寺院”之一，始建于辽代。纳兰当时所见的大觉寺是明代的规制。至今大雄宝殿、三世佛殿还保留着明代的木结构，院落宽阔，殿堂高大，花木繁多，以玉兰、银杏最为著名。大殿中保留着精美的壁画、悬塑。至今主佛像、“二十诸天”及“十二缘觉”的塑像均保留完好。故纳兰寺中之见，皆非臆想。

灵泉泉水曾是“八绝”之一，故大觉寺曾有名曰“灵泉寺”。此地一向为文人所爱，有俞平伯的《阳台山大觉寺》，也有季羡林的《大觉明慧茶院品茗录》，可见大觉寺的可爱之处确是不少。

纳兰之词，燕垒二句，“燕垒”“空梁”“画壁”，皆写表面看去一番荒凉残破的景象：燕群在寺中空梁上筑巢，壁画清冷。本应是普通的写景，若是忽略下文，自然会猜测是否写的是凭吊古迹之词。但对着荒凉的寺中之景，却隐约能闻到幽幽的篆香，清幽的诵经声似有若无。荒凉的院子霎时变得肃穆清雅、梵天幽静。

佛经梵语，总有这能耐让浮躁之人心神安定。连那看似荒芜的小院，此时也些许笼罩了梵家之光，不似平常的荒芜之感。

此时蛱蝶翩跹由帘影下飞过，枝丫上的一颗樱桃被鸟儿啄去了半颗。纳兰笔下所取是自然界最渺小之物，若没有那宫阙似的古屋，没有那回音缭绕的梵音缠绵，这不过是人间最单纯的田园之乐。而这偏偏又不是田园情趣，此间之意，回味阵阵。乃至似乎还能看到侍卫在高大殿堂的台阶下巡行，在僻静的行宫跨院当值的情景，地大人少、空旷寂寥，但绝不衰败，反倒有一种超然幽静的静谧肃穆。这地，是超脱了俗世之态的纤尘。

此中必有真义，心领神会，却只能相对忘言。这最后一句有些许伤感，总显得几分消极，但放在这景色中，反倒颇有别样的意蕴。景物寥落却静谧有致，与这才子的伤感契合正好。

浣溪沙（抛却无端恨转长）

抛却无端恨转长，慈云稽首返生香[①]。妙莲花说试推详[②]。
但是有情皆满愿[③]，更从何处著思量。篆烟残烛并回肠[④]。

注释

①慈云：佛教语，比喻慈悲心怀如云泽之广被世界众生。稽首：古时的一种跪拜礼，叩头至地，是九拜中最恭敬的。

②妙莲花说：谓佛门妙法。莲花，喻佛门之妙法。莲花世界为佛教所称西方极乐世界。明汪廷讷《狮吼记·摄对》："安得三轮尽空，化作莲花世界。"推详：仔细推究。

③满愿：佛教语。谓实现了发愿要做的事。唐皮日休《病后春思》诗："应笑病来惭满愿，花笺好作断肠文。"

④篆烟：盘香的烟缕。回肠：喻思虑忧愁盘旋于脑际，如肠之来回蠕动。

赏析

纳兰多情，世人皆知，却少有人知晓他还通晓佛学精华。纳兰号为楞伽山人，正是取自于佛学。大乘佛经中有一本非常著名的佛经叫《楞伽经》，全名《楞伽阿跋多罗宝经》。此经是佛经的一种，传说达摩从西域带来，是佛学中一部很重要的宝典。义趣幽眇高深，读者极需慎思明辨。古人取"山人"为号，有隐居者的意思。故"楞伽山人"即隐于佛经者。

想要抛却无端烦恼，却转而幽恨更长，纳兰说"慈云稽首返生香"，是祈求于神明，愿赐予返生香，好让亡妻回到身旁。慈云是常见的佛教语，喻慈悲心怀如云泽之广被世界众生。稽首是种跪拜礼，叩头至地。

返生香一词则由东方朔所写的《海内十洲记》而来：“人鸟山”。山多反魂树，能自作声，如群牛吼，闻之心震神骇；伐其根心煮汁为丸，名为“惊精香”或“震灵丸”、“返生香”“震檀香”“人鸟精”“却死香”。

此时的纳兰丧妻之痛过于深重，已有成痴之态。常理上来说这尊贵的公子仕途平坦，受正统的满人教育，文武全才，不应有心钻研佛学。所以唯一可以解释的是内心的重创，痛失爱人，让他的生活充满了回忆念旧的清冷气息。写这阕词时纳兰在大觉寺中，正值妻子逝世一年，痛定思痛，痛断柔肠，试图摆脱这般消极，却愈是思念。无奈只得乞求于神明、乞助于佛道，希望找到一条解脱之道。

妙莲花说，指的《妙法莲华经》，这里的“华”同“花”，莲花喻佛门妙法，这一说法由明代李贽《观音问》中的“若无国土，则阿弥陀佛为假名，莲华为假相，接引为假说”而来。《妙法莲华经》被称为佛经中最重要的一部，因其极高的文学美学价值而被众多文人喜爱。相传当年王安石的女儿出嫁吴家，万分思念父母。王安石为安慰女儿，同时抚慰自己，写了《次吴氏女子韵》：

秋灯一点映笼纱，好读楞严莫念家。

能了诸缘如梦事，世间惟有妙莲华。

这里的妙莲华，指的也是这部经。

有情皆满愿，属于佛学思想，鼓励众生要愿意相信。只要潜心希望，都可如愿。但纳兰却道：“更从何处著思量？”

读来是有些怀疑和埋怨的。乞求至此，倘若如它所说，有愿景者都可如愿，为何亡故之妻却迟迟不归？

今生难见，纳兰心里明了，只是不肯接受罢了。每每思念其人，都觉得内心苦痛难耐，才以这乞求的方式，恳求上天予他一个奇迹——不过是自我安慰罢了。奇迹是不会发生的，于是每思痛楚，都觉得愁绪有如篆烟燃尽留下的凹凸残烛，无序纷杂。

佛学只能暂时缓解苦痛，对这痴情的丈夫，恐是没有那能耐彻底根治他内心的凄苦的。只叹这痴情人，痴情之心顽固又深情。

浣溪沙　小兀喇[1]（桦屋鱼衣柳作城）

桦屋鱼衣柳作城[2]，蛟龙鳞动浪花腥[3]，飞扬应逐海东青[4]。
犹记当年军垒迹[5]，不知何处梵钟声[6]，莫将兴废话分明[7]。

注释

①兀喇：亦作乌喇，即今吉林省吉林市。

②鱼衣：用鱼皮做的衣服。

③蛟龙：传说中能使洪水泛滥的一种龙。

④海东青：一种凶猛而珍贵的鸟，属雕类。产于黑龙江下游及附近海岛。宋庄季裕《鸡肋篇下》："鸷鸟来自海东，唯青最佳，故号海东青。"《元史·地理志二》："有俊禽海东青，由海外飞来，至奴儿干，土人罗之以为土贡。"

⑤军垒：军营周围的防御工事。《国语·吴语》："今大国越录，而造于弊邑之军垒。"

⑥梵钟声：佛寺中的钟声，僧人诵经时敲击。

⑦兴废：盛衰，兴亡。

赏析

纳兰其家族——纳兰氏，隶属正黄旗，为清初满族最显赫的八大姓之一，即后世所称的"叶赫那拉氏"。纳兰先世可上溯至海西女真叶赫部，居吉林松花江流域，后南迁至辽河流域。这年纳兰扈驾东巡，过经兀喇，兀喇一带正是纳兰家族曾经的领地。往事悠悠，思古讽今，怀古之思读来并不仅仅是今昔之感、兴亡之叹。

身处家族故地，目睹人们以桦木建构屋宇，鱼皮做衣服，扦插柳木用作城围，生活简朴。蛟龙鳞动，江边看浪花逐着海东青，一片壮阔情景，却又倍感萧条，不禁回想起当年叶赫部被爱新觉罗部灭亡的往事。上片描绘的看似是小兀喇的特异景色和风俗民情，实是那郁结之心爆发的前奏。看纳兰所取之景，尽可感受这环境凛冽。似是这蛟龙，传说是使洪水泛滥之龙，再似那海东青，据说是凶猛而珍贵的鸟类，再看浪花是“腥”，蛟龙是“鳞动”，寒山恶水，好一番沉郁的喟叹。

有景的铺设，下片转为抒情。“犹记”一词，引得回忆当年军垒之迹。“当年军垒”正是海西遗迹。恰逢这时，不知哪里响起梵钟声，历史滚滚往事随钟声飘荡回转，悠远冗长。这时感慨，莫将兴废话分明，怕是不知如何话分明而已。以此作结，后人揣测不得，说不清纳兰心中愁绪，算否为恨。前扬后抑，似寓有难言的隐恨。

性德曾祖金台石之妹孟古是清太祖努尔哈赤之皇后、清太宗皇太极之生母。然而为争夺疆土，反目成仇，叶赫部被努尔哈赤吞灭，金台石自焚身亡，其子尼雅哈归降，被划归满洲正黄旗，尼雅哈之子正是纳兰之父明珠。

因而有人说，纳兰其人，潜意识里深藏着对爱新觉罗氏的世仇。这种宗族之仇、灭门之恨是否存在，不得而知。但读这词，确实似有潜藏的隐怨。故饮水词笺注前言有分析如此：

“纳兰塞外行吟词既不同于遣戍关外的流人凄楚哀苦的呻吟，又不是卫边士卒万里怀乡之浩叹，他是以御驾亲卫的贵介公子身份扈从边地而厌弃仕宦生涯。一次次的沐雨栉风，触目皆是荒寒苍莽的景色，思绪万端，凄清苍凉，于是笔下除了收于眼底的黄沙白茅、寒山恶水外，还有发于心底的‘羁栖良苦’的郁闷。”“几乎是孤臣孽子的情绪了”（严迪昌《清词史》）。这话说得切中肯綮。

这贵公子之心本是敏感多情的，只为尽孝而听从家庭的安排游于官场，实际无心于此。他注定是这家族的人，遵循着宦途尽臣子之忠，为君王出生入死，但不巧有颗“为人之心”，生来抵触奴才之命。服侍君王，并非他所要的诗书人生，太坎坷、太不自由。再加之祖先史前的恩怨，今昔甚远，叫人郁结。这隐恨，隐得辛苦，恨得怅惘，便只能生是惆怅客了！

浣溪沙　姜女祠[1]（海色残阳影断霓）

海色残阳影断霓[2]，寒涛日夜女郎祠[3]。翠钿尘网上蛛丝[4]。
澄海楼高空极目[5]，望夫石在且留题[6]。六王如梦祖龙非[7]。

注释

①姜女祠：又称贞女祠，在山海关欢喜岭以东凤凰山上。据民间传说，在秦始皇时，孟姜女的丈夫被强迫修筑长城，一去几年音信全无。她不远千里去送寒衣，却未找到丈夫。她在城下痛哭，城墙因而崩裂，露出了丈夫的尸骨。孟姜女痛不欲生，投海而死。姜女祠就是为纪念她而建，相传始建于宋，明代重修。

②断霓：断虹，称虹为霓。

③女郎祠：即姜女祠。

④翠钿：用翠玉制成的首饰。

⑤澄海楼：楼名。在河北旧临榆县南宁海城上，明兵部主事王致中建。

⑥望夫石：辽宁兴城西南望夫山之望夫石，相传为孟姜女望夫所化。留题：参观或游览时写下观感、题诗。

⑦六王：指战国齐、楚、燕、韩、魏、赵六国之王。祖龙：指秦始皇。

赏析

康熙二十一年（1682年）壬戌二月至五月纳兰扈从东巡，作了一系列的写景词。期间作为臣子的纳兰，寻访古迹途中心灵受到不少冲击。因纳兰家族先世恩怨，本身的特殊经历和处境，纳兰对历史的怀思亦颇有意味。

这词因景而起，落日残阳挂在薄薄的西天，余晖映在海面上，贴着涌动的浪涛，成一段虚渺的霓虹。冷冷的潮水不辞疲惫，姜女祠里日日夜夜听闻浪涛拍打礁石的声音。这祠又叫贞女祠，据说是为纪念那痴情哭动长城的孟姜女而建。距这痴守女子的年代相去甚远，汪洋与孤守的祠堂相望也不知过了多少个日夜，庙中的孟姜女，盘髻上的翠翘金钿，墙上层层细密的蛛丝与尘埃，翠玉光鲜的着色随着女子投海，一同沉没在历史长卷中。姜女追随爱人而去，光鲜的历史随时代而终结。

立于澄海楼上眺望苍茫之景，望夫石一如往昔坚守于南宁海城上。传说孟姜女当年苦等丈夫不归，几番立于此地守望远方，又抱寒衣远赴寻找爱人，久之于此化为望夫石，从此不论风雨都将停留于此，等候丈夫的归期。归期无尽，望夫石伫立至今，依然可见文人墨客参观游览时写下的观感题诗，点滴墨迹都是岁月流淌的痕迹，随着长久坚守在此的石像一同见证历史。

一转眼，“六王如梦祖龙非”。此“六王”，即指战国燕、赵、韩、魏、齐、楚六国。这说法出自唐朝杜牧的《阿房宫赋》，之曰：“六王毕，四海一。”再有《集解》云：“苏林曰：‘祖，始也；龙，人君象。谓始皇也。’”故秦始皇又叫祖龙。纳兰感叹，六王毕四海归一的大业，恍然只如梦了一场，悄无痕迹，秦始皇的英姿大业已长眠于地下。

这词词题为“姜女庙”，写尽壮阔之景，博大之感，但事实并非单纯纪游之作，而是借游此庙发往古之幽思，抒今昔之感，欲抑先扬。纳兰饱读诗书，写词看似直白易懂，实际用典巧妙，句句锱铢，不论写景抒情，都是发自肺腑。忧郁沉敛的骨子里是对历史和现实更加敏感的认知和反思。单就这词，“六王如梦祖龙非”，思考就甚是凝重。

再细究：为何纳兰要用姜女祠来作为抒情的寄托和引子呢？

为修建长城，流的是百姓的血与泪，哭的是百姓的累或亡。战争带来悲剧连连，人们却依旧为改朝换代互相争夺残杀。参照纳兰祖先的恩怨，也不难理解。历史长卷不断翻看，怎目光所及，都是泊于苦痛之中的艰难百姓，叫人怎么忍心再读？

沉思至此，难怪这本该尽享荣华的贵公子，一生忧心郁结。

天仙子（梦里蘼芜青一剪）

梦里蘼芜青一剪①，玉郎经岁音书远②。暗钟明月不归来③，梁上燕，轻罗扇④，好风又落桃花片。

注释

①蘼芜：又名蕲茝、薇芜、江蓠，据辞书解释，苗似芎藭，叶似当归，香气似白芷，是一种香草。叶子风干可以做香料，亦可以作为香囊的填充物。古人相信蘼芜可使妇人多子。然而在古诗词中蘼芜一词多与夫妻分离或闺怨有关。《玉台新咏·古诗》中有："上山采蘼芜，下山逢故夫。"

②玉郎：古代对男子的美称，也可为女子对丈夫或者情人的爱称。

③暗钟：即昏暗夜晚里的钟声。

④轻罗扇：质地极薄的薄纱制成的扇子，多为女子夏天纳凉所用。

赏析

看到这里，忽然觉得纳兰作词，常有一种隐隐约约的悲哀。若说千古以来做文章者大都有文学主题的话，"悲哀"则必定是一个永恒的话题了。无论是诗经里边"今我来思，雨雪霏霏"还是现代诗歌中遇到一个"结着愁怨的丁香一样的姑娘"，这霏霏落雪和丁香一样的姑娘，都像具有丁香一样的叹息般蕴藏着文人莫大的悲哀在里边。纳兰此首天仙子便是如此。

梦里，蘼芜已经青青葱葱，岁月恒逝，春来秋往自是一年倏忽随即离开了，想必这蘼芜上微微泛青的色彩不是经过时间洗礼的，而是以思念浇灌，酿得更浓了。时过境迁，去年春天离开到现在，你的书信是越来越少了，以至于此刻早是相隔天涯，更无一纸鸿雁，到真是显得寂寞无助了。

春梦无痕，夜晚暮钟寂然中几声清响，听似有声，染出的却是一片静寂，妇人思夫之形悄然伫立。“暗钟明月不归来，梁上燕，轻罗扇，好风又落桃花片”，此处真是惹人叹息，偏偏是午夜时分，偏偏是梦醒，却偏偏听来几声晚钟，大概是无音迹的丈夫回来了吧？想到此处，看到梁上燕子已经春归，叽叽喳喳闹个不停，他几笔画出的春燕还留在罗扇上，一种莫大的哀愁袭来。忽然想到晏殊的《浣溪沙》的句子“无可奈何花落去，似曾相识燕归来”，确是梁上旧燕都已经归来，归人呢？郑愁予《错误》中写道：

我打江南走过
那等在季节里的容颜如莲花的开落

东风不来，三月的柳絮不飞
你的心如小小的寂寞的城
恰若青石的街道向晚
跫音不响，三月的春帷不揭
你的心是小小的窗扉紧掩

我达达的马蹄是美丽的错误
我不是归人，是个过客……

作为一首可以给予任何时代背景的现代浪漫主义诗歌，郑愁予心目中闺怨、惆怅的主题在这诗歌中便有着与纳兰相通的地方。细看此诗，纳兰笔下的晚钟自然是“我达达的马蹄声”了，“归”的期盼在这不同的表达中迸发出同样的情感。在郑愁予心中，思妇的怅然之情在“我”所指代的外来者抑或是第三种感情载体上得以发挥，显出一派诗歌般浪漫的凄凉之感，而结句“我不是归人，是个过客……”也无以复加地把诗歌中另一方的情感还原在她的身上，让美丽的错误散发出古典文人的哀婉垂怜的艺术感召力。纳兰此处也是如此，晚钟声指代的归人预兆，并没有随着思妇之念而变成现实，只不过，纳兰瞬间便抽开笔调，描写景物了。

好的诗词一定是经得起岁月筛选的，千百年来人们一直传诵的便是那些真正打动人的诗句，纳兰因为有了“人生若只如初见”的感叹，让世人才经过这么多的历史断代找到了他，把他从那些浩如烟海的文章中找到，逐个描绘出他的五官，以此来纪念他。由此可知诗词对诗人的生命是多么的重要。

天仙子（好在软绡红泪积）

好在软绡红泪积①，漏痕斜罥菱丝碧②。古钗封寄玉关秋③，天咫尺④，人南北。不信鸳鸯头不白。

注释

①软绡：即轻纱，一种柔软轻薄的丝织品，此处指轻薄柔软的丝质衣物。

②漏痕：草书的一种笔法，谓行笔须藏锋。宋姜夔《续书谱》："草书用笔，如折钗股，如屋漏痕。"斜罥：斜挂着。菱丝：菱蔓。

③古钗：亦作"古钗脚"。比喻书法笔力遒劲。玉关：玉门关，代指遥远的征戍之地。

④咫尺：周制八寸为咫，十寸为尺，谓接近或刚满一尺。形容距离近。

赏析

写信用的软绡上，满是我的眼泪。混同热泪，字迹斑驳。这封饱含深情的信要寄向何方？在那遥远的玉门关，那守边的征人，那个我日日夜夜都想守着的人。秋日凄凉，大雁南飞，我这封信却像一只离群的鸟，独往北边。天际咫尺相隔，人却南北千里，人生有限，鸳鸯怎不会老去么？

这小令是纳兰性德写给爱妻卢氏的，短小精悍，读之味道十足，刘熙载《词概》中说"小令之作'虽小却好，虽好却小'"，这词正如此。纳兰二十岁时与时年十八岁的卢氏成婚。卢氏出身名门，是两广总督卢兴祖之女，知书达理，才貌双全，许配给纳兰性德后赐淑人，诰赠一品夫人。在纳兰性德看来，最重要的恐怕是二人互为知音，因为卢氏也是一位解诗情、识风雅的知性女子，能与纳兰性德产生心灵上的共鸣。因此，纳兰性德与卢氏琴瑟和谐，甜蜜无限。但是作为康熙皇帝的殿前侍卫，纳兰性德身不由己，须经常入值宫禁，或者随皇上南巡北狩，这就导致纳兰常与爱妻分居两地，两人只能以词抒怀，发其幽恨。这首《天仙子》就是词人在纳兰性德扈从出塞期间写的。

此词开头两句用典可谓十分恰当，以浑朴古拙之笔写妻子寄来的轻纱，浅叙白描，却不失情真意浓，深挚动人。且看，你寄来的轻纱上凝聚的泪痕还依稀可见，那斑斑点点的红泪，犹如菱蔓斜挂一般的行行草字。此处用一锦城官妓灼灼之典——《丽情集》中说："灼灼，锦城官妓也，善舞《柘枝》，能歌《水调》，御史裴质与之善。后裴召还，灼灼以软绡聚红泪为寄。"显然，此处软绡，饱含款款相思之情。"古钗封寄玉关秋"亦用古钗之典，深切委婉地表达了乡之思，表达了他对爱妻的深情怀念。而结句犹显含婉深细，"不信鸳鸯头不白"，是反用李商隐的《代赠》中"鸳鸯可羡头俱白"，也有欧阳修《荷花赋》中句子"已见双鱼能比目，应笑鸳鸯会白头"，亦是"梧桐相待老，鸳鸯会双死"之意。常言咫尺天涯，何况词人已和妻子遥隔千里。然而不管相隔多远，词人始终坚信，他和他的妻子一定会像鸳鸯一样，一起白头，一起相守终。

词中"软绡红泪积"借用了灼灼的故事作典故。灼灼是位具杰出歌舞才能的妓女，对裴质有很深的感情。裴质离任后，灼灼为表示倾心的思念，将自己沾满红粉泪水的丝巾寄给裴质，以表示自己的真挚感情。但在权贵眼中，妓女虽可善待一时，但终究玩物，灼灼那凝结着"红泪"的丝巾并未唤起裴质对她的爱意。灼灼最后是在穷困和愁苦中死去的。为此韦庄还专为此事写了一首诗《伤灼灼》：

尝闻灼灼丽于花，云髻盘时未破瓜。桃脸曼长横绿水，玉肌香腻透红纱。

多情不住神仙界，薄命曾嫌富贵家。流落锦江无处问，断魂飞作碧天霞。

这首词的最后几句"占钗封寄玉关秋，天咫尺，人南北，不信鸳鸯头不白。”可谓情感真挚，感人至极。词人想象空间是很大的，起于寄信，马上联想到“天”“人”在空间上的距离感，极大地增强了抒情的氛围。尤其是结尾一句“不信鸳鸯头不白”，反用了李商隐的《代赠》中“鸳鸯可羡头俱白”。这句中“不信”二字可谓情感已是趋于决绝，可见情感之深沉。

这首纪念爱妻的词，化典恰到好处，表情亦可谓情之所至，一往情深，尤其“天咫尺，人南北，不信鸳鸯头不白”句，情之决绝，一目了然。

天仙子　渌水亭秋夜[①]（水浴凉蟾风入袂）

水浴凉蟾风入袂[②]，鱼鳞蹙损金波碎[③]。好天良夜酒盈尊[④]，心自醉，愁难睡。西南月落城乌起。

注释

①渌水亭：纳兰性德家中的池畔园亭。

②凉蟾：指水中秋月。

③金波：指水中反射着耀眼光芒的月光。

④好天良夜：好时光，好日子。

赏析

刘若英在歌里唱："电影越圆满，就越觉得伤感。"想来形单影只时看到的物事越发光鲜亮丽，心内就愈发清凉。纳兰在这首天仙子里写的，刚好就是他面对渌水亭秋夜的良辰好景，却暗自怀愁难寐的心绪。

纳兰性德的府邸在今北京什刹海后海，渌水亭即是纳兰府上池畔园亭，虽然如今已荡然无存，但是当年这里却是纳兰性德读书、写作、会客的地方。他虽早逝，但在其短暂的一生中，却是高朋满座，著作丰厚的。

关于渌水亭，纳兰性德曾在《渌水亭宴集诗序》中这样描绘：

予家，象近魁三，天临尺五。墙依绣堞，云影周遭，门俯银塘，烟波混淆漾。蛟潭雾尽，晴分太液池光，鹤渚秋清，翠写景山峰色。云兴霞蔚，芙蓉映碧叶田田，雁宿凫栖，稻动香风冉冉。设有乘槎使至，还同河汉之皋，倘闻鼓歌来，便是沧浪之澳。若使坐对亭前渌水，俱生泛宅之思，闲观槛外清涟，自动浮家之想。

由此，不难感受到这渌水塘与渌水亭的美好，道是堪与仙境相较。居于如此地方，也难怪造就了纳兰一身清奇的骨骼。

纳兰一生重知音，渌水亭作为纳兰行文会友的地方，自然也是纳兰生命中不可或缺的重要标志之一，这也就解释了渌水亭频频出现在纳兰词作当中的原因。

这首词作于秋夜时分，开头便描绘出了一片幽凉动人的画面："水浴凉蟾风入袂，鱼鳞触损金波碎。"池塘水波清澈将月色倒映，秋风徐徐，撩起一片涟漪，月色如媚，水面上映射出细碎金光。

在这里，"凉蟾"指的是月亮，传说月亮之上有广寒宫，玉蟾蜍，大抵用典于此。而"鱼鳞"并不是指真的鱼鳞，而是指水面反射出月光的耀眼。

不消细品，单单只看到"凉蟾""鱼鳞""金波"这几个词，一幅秋夜静好的画面就已呈现眼前。

于此，我们不妨来看纳兰另外一首专门描写渌水亭的小诗《渌水亭》：

野色湖光两不分，碧云万顷变黄云。分明一幅江村画，着个闲亭挂夕曛。

诗中所描写的是日落时分的渌水亭，水天一色已是融入画中的景，却看着那青天中的云彩因日落而染成金黄色，灿烂烂地铺满了天空。这分明是一幅静好的江村落日图，还有一座悠闲的渌水亭用来挂住那夕阳的光辉。这其中一个"闲"字，一个"挂"字，淡淡两笔把整个亭子的那种淡泊恬静状勾勒生动，让观者看来这景色如画似在眼前。此刻渌水亭所承载的不仅仅是纳兰的知己诗词，更是一种心向往之的恬静生活理想。

再回到本词中，如此好天良夜，本该邀三两朋友，饮酒谈心，工词写赋，纳兰却笔锋一转，只写樽中酒满，却只斟满不饮，颇有些李白的"花间一壶酒，独酌无相亲"的落寞之感，纳兰一生未经风雨，只得情伤，又因种种自身矛盾：如他身为满族人，却痴迷汉家文化，并结交了许多大龄汉家落魄文人；他身为宰相公子，皇帝身边的一等侍卫，心却向往着淡泊恬静的生活；他文武双全，骨子里却更衷情笔墨。因这种种矛盾，而在纳兰身上形成了一种娇柔的气质，使得他即使身为武将，也难能有太白"举杯邀明月，对饮成三人”的豪情。

独赏这一幅秋夜之景，心是早早醉了的，却偏偏有一股莫名的愁思涌上心头，使得“心自醉，愁难睡”，直至看尽月升月坠，目见天际破晓，竟是通宵未眠。这一腔怅惋忧郁之情与这月色清凉闲庭静好形成鲜明的对比，那景色愈是良美，心内愁怀便愈是深重。

著名畅销漫画《史努比》里曾言：“半夜三点与清晨八点所想的事太不一样。”想来夜深易怀愁乃人之常情，至于何愁，本词含而不露，点到为止，如若打破砂锅强加附会，反而失了词的雅致。也就随着纳兰抵达天明，而昨夜所愁之事，渐渐留白，朦胧成美丽的烟波淡雾，轻萦心间。

好事近（帘外五更风）

帘外五更风，消受晓寒时节。刚剩秋衾一半①，拥透帘残月。

争教清泪不成冰②？好处便轻别。拟把伤离情绪③，待晓寒重说。

注释

①剩：与“盛”音意相通。此“盛”犹“剩”字，多频之义。

②争教：怎教。

③伤离：为离别而感伤。

赏析

本篇是容若的一首简短小词，上片写相思，似乎是在回忆中找寻往昔的欢乐，又像是在怀念妻子，在她离去后产生了伤感之情，词意扑朔迷离，耐人寻味，有着重情重义之感，也有迷惘哀伤的纠结。

开头便直言了生命的不可承受之重，“帘外五更风，消受晓寒时节。”竹帘外传来五更的寒风，在这清秋寒冷的早晨实在让人难以消受。这首词写与妻子乍离之后的伤感，写得如此直白动人，只怕是容若的内心是无法再忍耐下去了，爱情对于他来说是精神的一种寄托，但当他所依赖的爱情一份一份都离他而去的时候，再坚强的人，只怕也会难以承受了。

词一开始便颇有自怨多情之意。不过语言虽然直白粗浅，却真挚感人，情感不就是这样才最真实吗？越是直白简洁，便越是入情至深。而后接下去便说道："刚剩秋衾一半，拥透帘残月。"

独自孤眠，秋夜冷冰冰的被子因多出了一半，而晓寒难耐，于是披被对着帘外的残月。夜半孤枕难眠，只能望着明月去回忆往昔，但可惜，月亮似乎也知道他的心事，窗外所对的只是一轮残月而已。

欢乐和幸福都是短暂的，世上没有什么事情是长长久久、永不变更的。容若而今只剩下独自一人，孤独无依，现在对着窗外的残月，更是加重了这种孤独感。容若自然是情难自禁，泪流满面。

故而下片便写道"争教清泪不成冰"，自然承接了上片的情绪，没有什么过渡，也没有任何的引申，依然是简单的描述，将心情的糟糕写得入木三分。直白的描述有时起到的作用不可小觑，容若将人生苦短，情短苦多的情感纠葛写得让人无法不去动情。

想起往日的种种，而今自己独自一人赏月，怎教清泪不长流，空自凝咽呢？这句中的"成冰"更是写出清冷孤寂的意味了。泪流至结成冰，这该是怎样一种哀愁？容若的孤独和寂寞，在卢氏离去后便更加明显，但凡卢氏之前用过的衣物、住过的楼阁，对容若来说，都是一种折磨。

所以，容若才会说"好处便轻别，拟把伤离情绪，待晓寒重说"。容若自己也知道，面对这样铺天盖地的哀伤，最好的方法就是不把离别之事放在心上。这离愁别绪待到天亮以后再去想吧。

如此的哀伤，似真非真，似幻非幻，极富浪漫色彩。在词的最后，容若从回忆中抽身，回归现实，他知道如今已经是人去楼空，物是人非了，与其在回忆中痛苦挣扎，不如转身睡去，让梦境和睡眠赶走孤寂和寂寞。

这首悼亡词写痛苦写得淋漓尽致，既然相爱的人总有一天会因为生老病死，种种原因而分开，那当初为何还要用情那么深呢，以至于到如今还难以消解遗忘。这恐怕是所有有情人的困惑和疑问，容若在这首词的最后做了解答。既然相爱，就去爱，当爱不起的时候，便是再后悔也无用了。

相爱本身并没有错，错的是上天给相爱的人时间太短。容若这首词的最后以无言地睡去结束，一句话，便让一切尽在了不言之中。全词平铺直叙，却是递进层深，读来令人黯然神伤。

对于岁月的无情和短暂，容若作为一个失去至爱的男人，将自己的感慨抒发得令所有人都为之动容。情爱的神秘之处在于无法控制，不可预知，你永远都无法知道，会在什么时候、什么地点，爱上一个什么样的人。

同样的，你也无法知道，会在一个什么地方、什么时候，与你相爱的人彻底分离，无法携手，到那个时候，即便你内心柔情万千，却也是无法跨越生死之间那千山万水的距离。

生死难料，唯独爱永恒，容若不但留下了他的词，更是将他的爱留在了世间。

好事近（马首望青山）

马首望青山，零落繁华如此。再向断烟衰草①，认藓碑题字②。
休寻折戟话当年③，只洒悲秋泪。斜日十三陵下，过新丰猎骑④。

注释

①衰草：干枯的草。

②藓碑：长满苔藓的石碑。藓，苔藓。题字：为留纪念而写上的字。

③折戟：断戟被沉没在沙里，指惨败。

④新丰：县名，汉高祖七年置，唐废，治所在今陕西临潼西北。猎骑：骑马行猎者。

赏析

这首词描绘在北京十三陵的秋猎：越过马头向前望去，眼前是一脉青山，都市的繁华不见了，这里只有萧索冷落的景象。看向被衰草掩盖的石碑，可以辨认出长满苔藓的古碑上的题字。不要寻思那古往今来兴亡之事，就是眼前的秋色便已令人生悲添慨了。夕阳西下，在这十三陵中打猎的人原来也是从京城过来的啊。

严迪昌在《清词史》中写到这首词时评说："全是凭吊语，绝非新朝新贵的语气。"这样的评价对容若来说，并不为过，容若总是有着清新独特的气质，令人感到不可亵玩，也不是距离甚远。

这样一个公子哥，他不是沉迷于官场的角斗中，也不是在花花草草的世界中感慨靡靡之音，更不是沉醉在男女之情里不理会世事。容若关心一切值得关心的事物，他会写许多情真意切的词去纪念他所爱的人，但同样的，他也会写词去记载他生活的这个世界。

容若写词的基调总是沉郁哀婉，这首词也不例外。比起以往的词作来说，容若的这首《好事近》风格显得更为粗狂、豪迈一些。在字里行间，显露出他的男儿本色，容若身为康熙皇帝的侍卫，想来武功也是了得，他在陪同康熙前往北京十三陵狩猎时，望着眼前一片苍茫景色，与都市里的完全不同。这里没有繁华，只有苍凉，没有人烟，只有寂静。

“马首望青山，零落繁华如此。”停马且住，看到眼前一望无垠的青山，连绵成无尽的屏障，在这里的天地间，繁华显得微不足道，这份苍茫深入人心，容若显然是被这份苍茫所感动，才写下了这首词。

“再向断烟衰草，认藓碑题字。”面对眼前这份萧索冷清的景象，看着被枯草掩埋的石碑，容若心中感慨万千。“衰草”就是干枯的草，而所谓的“藓碑”则是指长满了苔藓的石碑，被苔藓覆盖了的石碑上，还可以模糊地辨认出之前所刻下的碑文，时光就是这样无情，人们还以为将真实留在石碑上就可以万古长存，其实在时光面前，任何东西都是脆弱、不堪一击的。

想到此，容若便心生悲凉。自己的生命也不过是白驹过隙，匆匆几十年犹如流星划过，很快就没了。自己没有去做自己想做的事情，而是整日陪在皇帝身边，做些并不情愿的工作，这样的日子什么时候才能够到头啊。

所以，在下片的时候，容若便将遐想止住，他知道无益的多想毫无意义，所以他才会无奈地写道：“休寻折戟话当年，只洒悲秋泪。”所谓“折戟”就是断戟被沉没在沙里，指惨败。在这里大概是指古往今来的兴衰往事，正如一开始所言的那样，不要寻思那古往今来兴亡之事，就是眼前的秋色便已令人生悲添慨了。

容若看到这迟暮的秋日，想起之前的种种，心中难以言说，故而只能在结尾草草地写上一笔“斜日十三陵下，过新丰猎骑”作罢。这就是容若狩猎的心情，这个男人随时随地都会有所感悟，写入词里，以供后人唏嘘感叹。

这首词笔力苍劲，虽然是哀叹往事之词，可是字里行间并不缺乏刚劲，刚力与阴柔结合得十分巧妙，相得益彰，是一首好词。

好事近（何路向家园）

何路向家园，历历残山剩水[1]。都把一春冷淡[2]，到麦秋天气[3]。料应重发隔年花[4]，莫问花前事。纵使东风依旧，怕红颜不似。

注释

①历历：（物体或景象）一个一个清晰分明，意思是零落。残山剩水：残存的山岳河流，零散的山水，明灭隐现的山水。

②冷淡：不热情、不热闹。

③麦秋天气：谓农历四五月，麦子成熟后的收割季节。

④隔年花：去年之花。

赏析

誓言是开在彼岸的花朵，遥看美丽异常，但却无法触及，谁想要到彼岸去寻找这誓言之花，定当是会失望的。因为那之间隔得太过纷繁。不过，誓言却是许多男女愿意去相信的，誓言之所以存在，就是因为人们爱入轮回后，无法自拔，需要誓言当他们的救命锁，令他们相信，爱情无价，值得坚守。

容若想来是相信誓言的，他写这首词抒发与妻子的别离、相思之苦。容若对他每一个爱过的女子都十分珍惜。这首词里，更是将这种情感抒发到了极致，透过词的本身，仿佛可以看到，容若衣衫单薄地站于历史深处，神色苍茫地想念着。

哪一条才是通往家园的路呢？眼前的一片都是零落的残山剩水而已。春天过去了，已经到了麦收时节，又一次将大好的春光冷落。料想去年的花今年又开了吧，而花前月下的旧事却不敢回味。即使景色如故，也已是年华老去，红颜不再了吧。

容若对于爱情，一丝不苟。是谁说誓言不过是开在舌尖上的莲花，是谁说誓言不过是无谓之人所做的无谓之事。对于容若来说，爱情便是此生无悔的誓言，无法更改的约定，所以，容若一旦爱上，便是此生此世。

站在路口，容若举目四望，“何路向家园，历历残山剩水。”词的一开始，就奠定了伤感的基调。家园无处可寻，回家的道路已经找不到了，抬头望去，满目都是一片残山剩水。

山就是山，水便是水，何来的残山剩水呢？容若将山水之景用“残剩”修饰，更显得心境荒凉，犹如残败的风景。

若早知道这只是一场有缘无分的情事，在相遇之时，就会按捺住内心的悸动，那时没有陷入爱的河流，今日便也不会在此苦苦相思了。

“都把一春冷淡，到麦秋天气。”春季转眼就过去了，为了思念，都冷淡了这大好的春光，当回想起来，春日的好风景都已错过，而眼下所看到的已经是萧瑟的秋景了。上片在一片嘘叹声中结束，简明轻快，没有晦涩之意，但依然能够写出容若的愁绪。

下片依然承接上片简单的风格，既然春天都已经被错过了，那春日的花朵也没能看见，“料应重发隔年花”，料想去年的花，今年也再次开放了吧，花可以年年开放，年复一年地绽放。错过了今年的花期，明年只要愿意，依然可以等到花开，遗憾就可以弥补，但是人事呢？只怕是错过一次，就终生无法补救了。

所以，那些曾经美好的花前月下，最好不要再想起，每想起一次，都是折磨，面对无法重演的故事，真的还是“莫问花前事”的好。容若不是圣人，他只是一个平凡的渴望爱的男子，他拒绝今春的这场花事，是为了不看到荼靡而心痛，但真的就可以躲避开来吗？恐怕只有他自己知道。

“纵使东风依旧，怕红颜不似。”景色依旧，物是人非，最后的这句感慨是许多词人都感慨过的，并无什么特别。容若写词总是这样，平淡的语气诉尽天下悲情。

人生就是这样错过一场又一场美景，有些人对这些错过不以为然，但对于容若来说，每一次错过都是一道伤痕。他用伤痕累累的心，吟咏出这些千年，甚至万年之后都不会被忘记的词。他与他那些隐约的心事，统统被记载了下来。

江城子（湿云全压数峰低）

湿云全压数峰低[①]。影凄迷，望中疑。非雾非烟，神女欲来时[②]。若问生涯原是梦，除梦里，没人知。

注释

①湿云：湿度大的云，指云中满含雨水。

②神女：谓巫山神女。《文选·宋玉〈高唐赋〉序》："昔者先王尝游高唐，怠而昼寝，梦见一妇人曰：'妾，巫山之女也。'"李善注引《襄阳耆旧传》："赤帝女曰姚姬（一作'瑶姬'），未行而卒，葬于巫山之阳，故曰巫山之女。楚怀王游于高唐，昼寝梦见与神遇，自称是巫山之女。"又《神女赋》序："楚襄王与宋玉游于云梦之浦，使玉赋高唐之事，其夜王寝，果梦与神女遇，其状甚丽，王异之，明日以白玉。"

赏析

巫山上雨雾缭绕，高高的山峰也似被沉沉的云压低下来，山影凄迷，一眼望去，并不分明。并非雾气，也非野烟，正是巫山神女快要腾云驾雾而来。

若觉得这原是一场梦幻，人生美好只有在梦中，除此便没有人能知晓。正如苏东坡所说，"事如春梦了无痕"。

这词有些版本有词题《咏史》，说纳兰性德写这首词是发历史的感慨。当然，至于具体是否如此并非最重要的，姑且看看纳兰性德所要咏的这段历史。纳兰性德是对楚王"巫山云雨"的事有感慨了。宋玉的《高唐赋》中讲了这个故事：

曾经，楚襄王曾带着我（宋玉）在云梦台一带游玩，遥望三峡高唐上面的楼台，看到高唐上面飘浮着一团非常独特的云气，形状像山一样突起，并一直往上升，突然又改变了形状，转眼之间，形状变化无穷。楚襄王问我：这是什么气啊？我告诉楚王说：这就是人们所说的“朝云”。楚襄又问道：什么是“朝云”呢？我告诉楚襄王说：过去，您的父亲楚怀王曾经游历高唐，因为困倦就在白天小睡了一会儿，睡着后梦见一个少女，这个少女对楚怀王说：“我是住在巫山的女子，我是从别的地方来到这里的。听说您到这里来游玩，所以我过来向您推荐我自己，愿意陪您同床。”楚怀王于是与之同床。少女离去时向楚怀王告别说：“我在巫山南面，最高最险的地方，早晨我是一团云，傍晚时我又变成飘忽不定的阵雨。每天早晨晚上，我都在巫山南面一个高台靠下一点地方。”第二天早晨，楚怀王一看，果然看到一团云在那里飘动，于是在那个平台上建了一座庙，取名为“朝云”。楚襄王说：朝云刚升起来的时候是什么样子的呢？我告诉楚襄王说：她刚开始出现的时候，茂茂盛盛像松树一样笔直，一会儿，她光彩照人又像一位美丽的少女，她举起袖子遮住太阳，像在张望她思念的人；突然她又改变面貌，急驰像四匹马拉的战车，车上还插着战旗；你感到像风吹一样的凉，像冷雨一样的凄清。等到风止雨停，云也突然无影无踪了。

这个故事在中国历史上产生了很大影响，历代的诗词中这一典故可谓俯拾皆是。纳兰性德写这件事也是有原因的，可以当做咏史，更可以看作是他自己在倾诉着自己对人生的看法以及对昔日爱情的追忆。词中的巫山神女如何不可以当作纳兰性德的故妻、知己、恋人呢？而他自己，好比楚怀王，而他们之间的关系，无论多么值得自己怀念，值得后人追忆，但总是一番云雨罢了，烟消云散以后，一切也就幻为无物。结尾“若问生涯原是梦。除梦里，没人知”是词的结尾，更表露出纳兰性德对于人生的看法，很有悲观主义的倾向，也应该是对人生愁苦的总结。

纳兰性德继承了婉约派的传统，这种风格有一个很重要的情感来源，也就是词人自身的情感要细腻委婉，甚至他们个人的人生情感经历颇为坎坷心酸，如柳永、晏殊、李清照等等。婉约词在取材方面，多写儿女之情，离别之绪，在表现方法上多用含蓄蕴藉方法将情绪予以表达，其风格是绮丽的。大抵以为“诗言情”，不能把文章的社会责任放到诗词上来。在纳兰性德身上我们可以看到两方面都有体现，也能看到其中差异，便是婉约情感对他的巨大影响。

长相思（山一程）

山一程，水一程。身向榆关那畔行[①]，夜深千帐灯。
风一更，雪一更。聒碎乡心梦不成[②]，故园无此声。

注释

①榆关：山海关，古称渝关、临榆关、临渝关，明改为今名，其地古有渝水，县与关都以水得名。在今河北秦皇岛。那畔：那边。

②聒：吵闹之声。乡心：思念家乡的心情。

赏析

清康熙二十一年（1682年）二月十五日，康熙因云南平定，出关东巡，祭告奉天祖陵。纳兰性德随从康熙帝诣永陵、福陵、昭陵告祭，二十三日出山海关。塞上风雪凄迷，苦寒的天气引发了纳兰对北京什刹海后海家的思念，这首词即在这个背景下写成。

词的开篇即指出到达塞上山水漫长路途遥远，“山一程，水一程”，仿佛是亲人送别了一程又一程，山上水边都有亲人的身影，这漫漫长路终究有亲人一直不舍不弃地萦绕山光水色心间。“身向榆关那畔行”榆关在这里代指山海关，一行人马由于使命在身皆是行色匆匆，只全身心的奔赴山海关。“夜深千帐灯”则是康熙帝率众人夜晚宿营，众多帐篷的灯光在漆黑夜幕的反衬下所独有的壮观场景。

“山一程，水一程”寄托的是一路亲人的身影萦绕心间的眷恋之情；“身向榆关那畔行”饱含的是长途跋涉，只剩下身子机械化地朝着目的地行走的疲惫；“夜深千帐灯”催生的是“大漠孤烟直，长河落日圆”式的壮丽塞上颜色。这里借描述周围的情况而写心情，实际是表达容若对故乡的深深依恋和怀念。二十几岁的年轻人，风华正茂，出身于书香豪门世家，又有皇帝贴身侍卫的优越地位，本应春风得意，却恰好也是因为这重身份，以及本身心思慎微，导致纳兰并不能够安稳享受那种男儿征战似的生活，他往往思及家人，眷恋故土。严迪昌《清词史》：“‘夜深千帐灯’是壮丽的，但千帐灯下照着无眠的万颗乡心，又是怎样情味？一暖一寒，两相对照，写尽了自己厌于扈从的情怀。”

“夜深千帐灯”既是上阕感情酝酿的高潮，也是上、下阕之间的自然转换。夜深人静的时候是想家的时候，更何况还是这塞上“风一更，雪一更”的苦寒天气。风雪交加夜，一家人在一起什么都不怕。可远在塞外宿营，夜深人静，风雪弥漫，心情就大不相同。路途遥远，衷肠难诉，辗转反侧，卧不成眠。“聒碎乡心梦不成”的慧心妙语可谓是水到渠成。

纳兰扈驾赴辽东巡视，随行的千军万马一路跋山涉水，浩浩荡荡，向山海关进发。入夜，营帐中灯火辉煌，宏伟壮丽。夜已深，帐篷外风雪交加，阵阵风雪声搅得人无法入睡。纳兰思乡心切，孤单落寞，不由得生出怨恼之意：家乡就没有如此吵闹的声音。此处“故园无此声”看似无理实则有理：故园岂无风雪？但同样的寒宵风雪之声，在家中听与在异乡听，感受自然大不相同，在家中无论寒风如何呼啸，心中也是有所皈依的暖着的，而如今身处异地，风声也就聒噪了起来，雪花也就凌乱吵闹了起来。纳兰的乡关之思和怨尤之情在此被表露得尤为明显。

“山一程，水一程”与“风一更，雪一更”的两相映照，又暗示出词人对风雨兼程人生路的深深厌倦的心态。首先山长水阔，路途本就漫长而艰辛，再加上塞上恶劣的天气，就算在阳春三月也是风雪交加，凄寒苦楚，这样的天气，这样的境遇，让纳兰对这表面华丽招摇的生涯生出了悠长的慨叹之意和深沉的倦旅疲惫之心。

从“夜深千帐灯”壮美意境到“故园无此声”的委婉心地，既是词人亲身生活经历的生动再现，也是他善于从生活中发现美，并以景入心，满怀心事悄悄跃然纸上。

天涯羁旅最易引起共鸣的是那“山一程，水一程”的身泊异乡、梦回家园的意境，信手拈来不显雕琢，王国维曾评：“容若词自然真切。”

本词既有韵律优美、民歌风味浓郁的一面，如出水芙蓉纯真清丽；又有含蓄深沉、感情丰富的一面，如夜来风潮回荡激烈，深受后人喜爱。

纳兰将塞上风景，行军神态，以及自身的怨思之情婉转道来，画面大漠壮美中不乏相思柔情，正所谓“刚柔相济”，尤其“夜深千帐灯”一句，取景新颖豪壮，深受国学大师王国维赞赏。不得不说这是一首描写边塞军旅途中思乡寄情的佳作。

相见欢（微云一抹遥峰）

微云一抹遥峰[1]，冷溶溶。恰与个人清晓画眉同。
红蜡泪，青绫被[2]，水沉浓[3]。却向黄茅野店听西风。

注释

①微云一抹：即一片微云。

②青绫：青色的有花纹的丝织物，古时贵族常用以制被服帷帐。

③水沉：即水沉香，用沉香制成的香。这里指这种香点燃时所生的烟或香气。

赏析

秋色浓郁，远山连绵，一抹淡淡的云彩，笼罩在远山周围。秋气乍起，升起一阵阵凉意。远山、微云，似乎也冷溶溶如水。这般景致，与我所思恋的那位女子在清早画眉多么相像啊。清晨微凉，一派凄美销魂。

是那一豆残焰也令蜡烛顾影自怜，起了思念么？不然它如何会流下殷红的泪水来，沾湿了自己的全身。青色丝被任它不整，也不管它可否盖在身上，沉水香袅绕出浓浓的香烟。这般景致，却如何只我一人独自念想。猛地回头，仍旧独自在这野店茅屋中听得西风一阵紧、一阵严。

这首词有解为是思念妻子的作品，时间尚存争议，但大抵认同创作于边塞。纳兰性德是个多情之人，对所爱之人往往用情很深。在早年与相恋的表妹失之交臂后，17 岁的纳兰性德娶两广总督、兵部尚书卢兴祖之女卢氏为妻。少年夫妻无限恩爱，可惜好景不长。美好的生活只过了短短三年，爱妻便香消玉殒了。那种“曾经沧海难为水，除却巫山不是云”的深厚情感一直使纳兰性德无法自拔。纳兰虽只有三十余年生涯，但可以肯定的是，坎坷的感情经历，他可谓已熟谙人生，对于生涯中美好的悲剧性追忆，成为他词中主旨，也完全是情理之中的事情。

纳兰性德作为一位名士，他是成功的。武，他是皇帝身边的御前侍卫，英俊威武的武官身份；文，历史地理、音乐诗词他均有所造诣，朝廷内外都颇负盛名。又加以皇室血统、身份高贵，年轻的他既能随皇帝南巡北狩，游历四方，又可随皇上唱和诗词，译制著述。多少人艳羡的锦绣前途、富贵荣华，可偏偏进不了他的心。或许年少时他也曾愿意出仕以达济天下，为官以拯救黎民，功名利禄加身，繁华锦簇拥人，但最终的他却是从心底里厌倦了官场庸俗与侍从生活，愿意以一身荣华换取一世清明。富贵容易脱身难，身不由己的无奈又使他不得超脱自在，所以他往往身在边塞，心在故乡，常常在词作中表现出乡关之思和怨尤之情。从他一生在边塞所写的词中便可以看出其思想的转变：早期的他意气风发，具有如唐朝边塞诗人一样的功名情怀；可后来的他看透了功名爵位，厌倦了官场生涯，转而生发出对思乡恋亲、怀友伤别的浓烈情感，情感生活的坎坷又使他产生对人间真情的感慨。

这首词意象选用亦颇为着力，词整体的意象“温度”有一番清凉微冷的感觉，情感上则营造了一种悲哀的秋氛。意象呈现方式也是素描与工笔结合。素描如微云一抹，雾岚菲薄，山如眉黛，斯人独立，黄昏野店，秋叶西风；工笔如红烛泣泪，青绫不整。

意象上，觉出了它“温度”的冷，情思上，读之则感同身受，纳兰词的“真”，其感染力便是如此淋漓痛彻。

相见欢（落花如梦凄迷）

落花如梦凄迷[①]，麝烟微[②]。又是夕阳潜下小楼西。
愁无限，消瘦尽，有谁知。闲教玉笼鹦鹉念郎诗[③]。

注释

①凄迷：形容景物凄凉迷茫，这里指悲伤怅惘。

②麝烟：焚烧麝香所散发的烟气。

③闲教玉笼鹦鹉念郎诗：此句化柳永“却傍金笼共鹦鹉，念粉郎言语”之句而来。

赏析

虽然《相见欢》源调昉于唐，但由此小令，却不得不提及李煜，南唐后主作此令时已在归赵宋。故宫禾黍，感事怀人，诚有不堪回首之悲，因此得名《忆真妃》。又因他这首小令中有“上西楼”“秋月”之句，故又名《上西楼》《西楼子》《秋夜月》。由是观之，其词对此调词牌影响之大。宋人则又名之为《乌夜啼》。（《词苑丛谈》云：“南唐李后主乌夜啼词最为凄婉，词曰：‘无言独上西楼’云云。”另《锦堂春》亦名为《乌夜啼》。）《秋夜月》亦另有八十二字正调，此所应细辨者也。又有一名曰《月上瓜洲》。

纳兰这首词，因受花间词风影响，其选取视点则为女子身份，笔触所及，词中女子伤春念远之思，尽皆涌现于纸面。如此说来，此首《相见欢》更如小说之流，画微入细，一嗟三叹，实为巧妙。细细道来，这则小令，环境氛围之渲染，动作神态之描绘，心理物态之刻画，鲜明生动，细腻深刻，令人叹为观止。

上阕中，容若先细画女子处境：桃瓣黯凋，满地凄迷，竟如我梦一般，来去匆匆，回味不尽。正值我敛裙移身，才见落红惨淡的影廓。我的过失，就连她最后香消玉殒的离去也要掠夺。暗红氤氲的台阶，我看到她抽噎的痕迹，连我的步履也被浸染。不知何方再度燃起的麝香，青烟袅袅，若隐若现：难道这就是伴我别离红尘的依傍吗？青砖墙另一边的那个从未曾谋面的燃香的人儿，此时彼地，又是以怎样的心境陪伴我共同凝视这亘古的夕阳沉入幽楼的决绝？

下阕转至女子自身：我该以怎样的方式，去何处述说潜埋心底的思念呢？那么深的思念，广袤如斯、深沉如斯，何以排遣我的愁绪乃至寂寞？想必那寂寞情愁皆可消瘦殆尽，像那落红一般，而我也自然香消玉损，哀怨深重，人何以堪。然宫门似海，也只能“闲教玉笼鹦鹉念郎诗”来排遣时日。这句显然系柳永“却傍金笼教鹦鹉，念粉郎言语”之句所来，然后放在此处，却别是一般细致传神。它反衬人物内心的波动，感情细腻婉曲，含蕴无限情致，都无不使人滴泪有思。

容若此词虽不像他的悼亡之作那样悲凄幽咽，哀怨绵长，但其孤独凄清，别恨悠悠的苦情则依然是灼人心脾，呈现出一种“灰色”的格调，读之令人悒悒不欢。

摹真景，写真意，抒真情，绝无矫作，绝不搔首弄姿。因此，此小令自得王维诗“如诗如画”之境。看似风光明媚，却至凄凉无限，明写闺怨，却道宫怨。字字珠玑，字字欢欣鼓舞却字字含悲。因此，这首《相见欢》实为佳作，尽显纳兰“真纯”词风。正如周颐说：“真字是词骨，情真景真。所作必佳。”（《蕙风词话》）

纳兰此作，虽为上品，但比之李煜，则逊一筹。与纳兰同为赤子之心，性真之人，重光之悲则在于国，大悲而无言，即如《相见欢·林花谢了春红》这首也无限含悲，艺术之美发及万里，早超脱了一己之身，实为绝唱。另其词境则悠远悠长，不禁世间繁华一瞬，写尽了人世惋惜之情，千年以来，也不失垂怜之目。

纳兰此首，却是个中情怀，虽属佳品，终无过重光之笔。纳兰不曾有过亡国之痛，甚至连家破之日也有幸避过，即有悲愁也常关照于自身，其经历比之后主则无法不薄。由是观之，绝唱之为者，关照天下也。

总之，纳兰词之美，在于清怨薄恨，在于无限低回，无边怅惋，其无终幽怨和无尽的伤感，也是他所生活时代的一种曲折反映。准其如此，人称一部《红楼梦》是时代的写真，那么一部《纳兰词》是其时代的吉光片羽，应该说未尝不可。

昭君怨（深禁好春谁惜）

深禁好春谁惜[①]，薄暮瑶阶伫立[②]。别院管弦声[③]，不分明。
又是梨花欲谢，绣被春寒今夜。寂寞锁朱门，梦承恩[④]。

注释

①深禁：深宫。禁，帝王之宫殿。

②薄暮：傍晚，太阳快落山的时候。瑶阶：玉砌的台阶，亦用为石阶的美称，这里指宫中的阶砌。

③管弦声：音乐声。

④承恩：蒙受恩泽，谓被君王宠幸。

赏析

宫墙高掩，禁苑深深，宫女独坐园中，怅惘独对寂寥，一场肃杀秋冬后，又是一年好春色。满园名花异草，绿树碧林。直道是天下再没有美过这一角落的春色了，然而这般风景却有何心情来怜惜？暮色四起，薄薄的烟雾淡淡地笼罩着日暮中的园林。久伫瑶阶，一无言语。她是心中郁有千言万语，想要找人一倾衷肠，可又有何人是知音？伫立不动，似在倾听：那是何处琴声，谁人吹笛？只隐隐约约，未见分明。

梨花开了，孤独地开了，她孤芳自赏，而今容颜衰去，随风零落、凋谢，掉落在冰冷的地上，被埋进尘土中，最后连自己也遗忘了自己。今夜不知为何，已是春日却乍暖还寒，冷风钻进小窗，连沉香的缕缕青烟也瑟瑟发抖。绣花被如此单薄，岂能禁得住这突起的寒流？深宫人寂寞，朱门夜无声。思宠或可得，一觉惊梦中。可怜此身轻，更兼春色冷。

这首词从内容上看，基本属于宫怨词。因为纳兰性德填词向来重一个“真”字，尤其重“直抒性情”，故有人以为这首词有为填词而填词的败处。其实并非如此，这一问题应该更深地考虑。相传纳兰性德为了能再见那位从小青梅竹马，却被选入宫中的表妹一面，曾不顾杀头的危险，在国丧时装扮成每日进宫诵经的喇嘛混入宫中，隔着宫廷的帷幔与表妹匆匆见了一面，然而却连一句话都没能说上。纳兰性德带着无限遗憾怅然而去，这种曾经爱情痛苦想来纳兰性德是毕生难忘的。

词牌“昭君怨”，本为琴曲名，《琴曲谱录》云：“昭君恨帝始不见遇，乃作怨思之歌。”渴望却不可见的悲哀，不仅应和了词的内容为孤单宫女“梦承恩”却是朱门紧锁，同时也暗合了作者自己的感触，近在眼前，却无法触及，匆匆一瞥，却无法话语，这一份忧愁与悲哀，还有对于命运的深深无奈都浸透其中。

这首词虽是宫怨词，在情感上与唐五代花间截然不同，尤其在词风上，其清丽脱俗与花间派艳丽的词风形成了鲜明的对比。作为花间派的鼻祖，温庭筠也写过不少宫怨词，但其多采用色彩鲜明、感官刺激较强烈的意象，如“香腮雪”，如“凤帐鸳被”。而纳兰的词却自有一股清新之感，似出水芙蓉，清丽自然，没有细致雕琢的痕迹，没有特意甄选的意象，一首诗从头自为似天然而成。由女子低头感慨春好无人惜为起笔，再从远景简单勾勒出女子孤单伫立的身影。“惜春”是惜春色无人赏，也是“惜己”；“薄暮”是描绘暮色微薄，也是描绘女子单薄的身影。

下阕“梨花欲谢”，春色将尽，是不是也暗示着“如花美眷、似水流年”“弹指间红颜老，刹那芳华”的悲哀？“绣被春寒”一“寒”字便彻底了点明了整首词给人的感受：是薄暮渐至，夜凉如水的“寒”，更是孤寂凄清，无人陪伴的“寒”。“别院管弦声，不分明”，似单纯写景，却又透露出另一番悲凉。“歌舞管弦”为谁而起、为谁而奏？“不分明”是听不明、听不清，还是不想听、不想明？对应着“歌舞管弦”的是“朱门紧锁”，这是反差，对应着“不分明”的是“梦承恩”，却是顺承。听不清别院的欢歌笑语，却记得清梦中的温柔云雨、情深呢喃。

如此的“一网深情”，如此的“痴痴盼望”，更叫人“寒”透心底。

昭君怨（暮雨丝丝吹湿）

暮雨丝丝吹湿[①]，倦柳愁荷风急。瘦骨不禁秋，总成愁。
别有心情怎说，未是诉愁时节。谯鼓已三更[②]，梦须成。

注释

①暮雨：傍晚的雨。

②谯鼓：谯楼更鼓。

赏析

这首《昭君怨》情景交融，悲秋伤怀。讲的是纳兰容若对伊人不在，夜深独立的一片哀怨心绪。

《昭君怨》本琴曲名。相传古四大美女之一的王昭君作怨诗入琴谱，乐府吟咏曲，便是本调调名之来由，故而词牌《昭君怨》也是家国怨和闺中怨结合的经典。

细观上片，自然是“瘦骨成愁”的刨心之痛了。作者连用两个“愁”字，可见其寂苦心绪。王国维语“有我之境，以我观物，则物皆著我之色彩”，于是，此处，暮雨之形，实为愁之形，柳之倦荷之愁风之急，更非实景，全自词人心中出罢了。

都道纳兰容若对表妹情深之至，然表妹最终辗转进宫，侯门尚且深似海，更何况紫禁宫闱。于是只余得两人漫长相思却不能相守的煎熬，是夜，容若独看暮雨丝丝，秋雨凄苦，夜风凉薄凌厉，便是那柳树，荷花也是倦极愁极，国学大师王国维曾在《人间词话》中言："一切景语皆情语。"如是看来，却是容若由着这凄风苦雨中生出对表妹的无尽相思愁绪。

却有另一说言道：纳兰自幼饱受汉文化教育，封建伦理观念耳濡目染，由此他们和汉人一样，五服之内同姓男女绝对不婚，且从堂兄妹姐弟之间，更不可能有婚恋关系婚姻之约。而考证其表妹，入宫为妃享年近八旬，一生"秉志柔嘉"，自以皇帝是非为准，所以，纳兰之于其"表妹"一往情深，实难想象。又从一说，纳兰所思，为孝庄皇后视为掌上明珠的翠花公主。从纳兰性德借国丧之机，扮作喇嘛僧混入宫中得窥所爱之女一面，推断宫中只有翠花公主可与他引为知己：翠花公主自幼聪颖可爱，长大后更是贤良淑德，后康熙为她追封其为恭悫长公主（恭悫即具有宽和恭谦），这与纳兰妻子卢氏自然有几分相像，旧情新欢，纳兰与翠花公主之约自然不无可能，因此，纳兰之情并非为其表妹了，但终为一家之说，实难考证。

在下片，容若承接上景而引发清愁，"别有心情怎说？"一问出，万古寂圄，道是家家争唱饮水词，纳兰心事几人知。不论是青梅竹马的表妹，抑或是贤良淑德的翠花公主，总是佳人一方，此岸却只身孤影暗销魂。

"未是诉愁时节"则是本词第三次提到"愁"，宋·吴文英《唐多令》："何处合成愁，离人心上秋。"若不是那离情别绪缠绵难去，又如何翻来覆去的拿捏这个字，若不是那伊人回目，嫣然一笑的音容恍在耳畔，又如何会在失去之后生出这无边无尽的愁意来。

而自语"未是诉愁时节"则像是词人恍然发现此情难诉，对应发问，于是更显出无奈孤寂之情。是啊，未是诉愁时节，我何来这么多的愁绪。而那愁，却愁进了心底，愁成三更一片"谯鼓"之声。

"谯鼓"之声，则引此愁绪更见升华。谯楼，原为城门之上的瞭望楼，谯鼓则是瞭望楼上的更鼓了，三更未眠，于此浅道：梦须成。却不点破何来纠结，家国之意若隐若现。于此，此词，言有尽而意无穷，让人无限回味。

容若这首词，道尽了相思难眠的愁苦，写尽了婉转不能言语的心境，也隐隐透出作者家国之意，实为词之佳作。

清平乐（烟轻雨小）

烟轻雨小，望里青难了。一缕断虹垂树杪①，又是乱山残照②。
凭高目断征途，暮云千里平芜③。日夜河流东下，锦书应托双鱼④。

注释

①断虹：一段彩虹，残虹。树杪：树梢。

②残照：落日的光辉，夕照。

③平芜：草木丛生的平旷原野。

④双鱼：亦称“双鲤”，一底一盖，把书信夹在里面的鱼形木板，常指代书信。

赏析

这首词是于塞上写离情：烟雨迷蒙中，放眼望去满眼尽是青色，没有尽头。又到了夕阳落入群山的时候，树梢上挂着一段彩虹。登高远眺，望断征途，只看到一片暮云停驻于千里旷野。河水昼夜不停地向东流去，就像我对你的思念之情，于是将这一份相思之苦托双鱼为你寄来。

这首《清平乐》（烟轻雨小），有人说是纳兰词的代表作之一，是容若用心写成的一首离情之作。但细细品味下来，其实能够发现，这首词并不能算是容若词作里的好作品，整首词不过是平淡乏味，一个平庸之作而已。

但是，这也不能否定容若在词章上的艺术成就，他一生所填写的词数量之多，是显而易见的。偶尔的平庸之作也并不能抹杀他。还有一点就是当时的清朝词坛的风气，并不是很好，容若的词可以说是开了先河，为清词注入了鲜活的力量。

“烟轻雨小，望里青难了。”古代文人要写离别之情，总是会将情景设置在烟雨迷蒙，柳条拂面之中。容若这首词也不例外，烟雨蒙蒙中，放眼望去，满目青色，无边无际。好像词人此刻的心情，充满迷蒙。

虽然从这首词的字里行间可以推断出是写离别之情的，但至于容若是为谁写的离别词，就不得而知了。从词句判断，应该是容若的友人。友人离别，站于迷蒙的细雨中，看着友人离去的方向，最终望不到友人的身影，想念友人此时应该走到何处。

友情总是容若生命中重要的支撑，故而他才会对每一段友情的消逝都痛苦万分。写完细密的雨，接下来，容若便将笔触延伸到更远处。“一缕断虹垂树杪，又是乱山残照。”上片之间是时间的一个顺延，雨停之后，天边现出彩虹，在远处乱石上，夕阳残照，彩虹挂在树梢上。

容若写词，总是要尽善尽美，尽管这首词并非是他的佳作，但依然可以从中看出容若写词的风格。他将每种景致都极致化，令他的词成为一种艺术。这首《清平乐》的下片依然写景，但更多则是抒情。

“凭高目断征途，暮云千里平芜。”登高望远，方能心胸开阔，古人不乏登高的诗作，容若这句词有着与他以往词里没有的豪气。男儿气概在此时表露无遗，登高望断天涯路，前方征途漫漫，一眼看不到头，但是在眼前，暮云停驻，而云霞下面，则是千里的平原，草木丛生，犹如思念的荒地，长满了杂草。

词在最后，写下如何缓解思念的方式，便是“日夜河流东下，锦书应记双鱼。”“双鱼”也是一个典故，双鱼又称作“双鲤”，一底一盖，把书信夹在里面的鱼形木板，常指代书信。

从最后的这句词来看，似乎是要写给远方的爱妻，但从当时的情景来看，容若并未有牵挂的女子。不过，不论这词是因何而作，也是容若将一番思念之苦，化作锦书，托送给双鱼，希望后世都能看到。

清平乐（青陵蝶梦）

青陵蝶梦[1]，倒挂怜么凤[2]。退粉收香情一种，栖傍玉钗偷共[3]。

愔愔镜阁飞蛾[4]，谁传锦字秋河[5]？莲子依然隐雾[6]，菱花暗惜横波[7]。

注释

①青陵蝶梦：离别的妻室。

②么凤：鹦鹉的一种。体形较燕子小，羽毛五色，每至暮春来集桐花，故又称桐花凤。

③玉钗：玉制的钗。由两股合成，燕形。亦指美丽的女子。

④愔愔：幽深貌，悄寂貌。镜阁：指女子住室。

⑤锦字：书信。秋河：银河。

⑥莲子：即怜子。隐雾：谓隐遁待时，犹“隐约”。

⑦菱花：指菱花镜，古代铜镜名，镜多为六角形或背面刻有菱花者名菱花镜，亦泛指镜。横波：眼神闪烁，有神采。

赏析

《清平乐》，一个淡雅如清荷的词牌，长短句交替，如荷塘间的月色流连不歇，温柔洒落在荷叶上的不是一片月光，而是满满的柔情。许多写词的人都会有这个词牌名，他们喜爱这个词牌所蕴含的细碎柔情，所包含的温柔细腻。

宋代灵性女词人李清照就曾写过一首《清平乐》:“年年雪里，常插梅花醉。挼尽梅花无好意，赢得满衣清泪。今年海角天涯，萧萧两鬓生华。看取晚来风势，故应难看梅花。”词如其名，平淡儒雅，冰雪轻盈。

容若写词有着其特别之处，他的这首《清平乐》，笔端细腻轻柔，几笔勾勒便将一份怀念清晰画出。令思念如同一幅工笔画，实实在在地立于人们眼前，仿佛是一种可以观摩可以触及的实物。

这首词表达对亡妻的怀念：你我天上人间，人神两隔，而那可爱的鹦鹉却仍在架上。你虽然已经逝去，但是你我的情义却未消减，偷偷地拿着你留下的遗物以期得到慰藉。阁中寂寂，只有飞蛾相伴，还有谁再寄来书信呢?当初你怜爱我志存高远、待时而起的深意如今我依然记得，而现在我只有对镜暗自伤情，又仿佛看到了你那一双美丽动人的眼睛。

容若一生有着三位红颜知己，但可惜，都离他而去，容若的表妹与他从小青梅竹马，但可惜在他俩即将准备完婚之际，表妹却被选入宫中。容若的妻子卢氏与他感情甚好，二人携手红尘，只羡鸳鸯不羡仙。

但世事无常，可惜一场突如其来的变故，令卢氏远离容若，二人从此阴阳相隔，守着卢氏的身躯，容若才明白什么叫做咫尺天涯。是啊，我就在你身边，你却无法再睁开眼睛看看我。

卢氏的死去对容若是一个沉重的打击，他写下这首悼亡词，既是为了安慰妻子的在天之灵，也是给自己的这段感情一个交代。

“青陵蝶梦”，源自一个典故，相传大夫韩凭的妻子貌美如花，被宋康王看中并夺走，这位贞烈的妻子不甘心受辱，便自杀身亡。她的衣服居然最后化成蝴蝶，高飞而去，这个典故是指离别的妻室，容若在这里隐喻去世的卢氏。

卢氏对容若的影响是巨大的，容若在后期为她写了很多词，这首词为其代表，甚为感人。容若与卢氏曾被上天眷顾过，不过时间太短，就在容若还没有来得及好好享受生活的时候，上天又突然将这幸福收回，留给容若无尽的哀愁。

在屋内饲养的鹦鹉还在一旁，但妻子却已经不在了，睹物思人，思念更深，想要一诉衷肠，却只能对这玉钗千言万语。今后再也没人和自己共寄锦书，那最后的离别早已过去，而今留下的只有怀念，别无其他。

容若的词，写得似明似暗，欲说还休，总是有些隐衷的心意隐藏在词的字里行间，如同本词的最后一句“莲子依然隐雾，菱花偷惜横波”。对着镜子一遍一遍地在心里描摹自己的相思，这段刻骨铭心的苦楚一直到生命的终结也不会消逝。

当初的情深意重，昨日的伉俪情深都仿佛隐藏在岁月的波浪下，其实只有容若自己知道，这份情感，一直在他心里。就好像他只要一照镜子，就能看到卢氏的美丽容颜一样，千年不改。

清平乐（将愁不去）

将愁不去[1]，秋色行难住。六曲屏山深院宇[2]，日日风风雨雨。
雨晴篱菊初香[3]，人言此日重阳。回首凉云暮叶[4]，黄昏无限思量。

注释

①将愁：长久之愁。将，长久。

②六曲屏山：如山峦般曲折往复的屏风。

③篱菊：谓篱下的菊花。语出晋陶潜《饮酒》诗之五："采菊东篱下，悠然见南山。"后用以为典实。

④凉云：阴凉的云。南朝齐谢《七夕赋》："朱光既夕，凉云始浮。"

赏析

找不到烦恼的缘由，却总也挣不脱这种没有缘故的心情，失落是每个人都体会过的。人们在人生中不断追求前行的过程中，难免会有不如意的时刻，但容若却不应该是一个烦恼的人，在旁人眼中，他享尽了荣华富贵，可是在他自己看来，却并不满足。

这首词是重阳节的感怀之作：绵绵清愁挥之不去，无尽的秋色也难以留住。屏风掩映下那深深的庭院，整日愁风冷雨，不曾停歇。好不容易天晴了，菊花吐露出芬芳，听说今天正是重阳节。回望天边那阴云和暮色中的树叶，不由产生无限的思绪。

与容若的这首《清平乐》相似的一首，是晏殊所写的一首《清平乐》，晏殊作为有名的词人，可以说是容若的前辈，晏殊那首《清平乐》如下：

金风细细，叶叶梧桐坠。绿酒初尝人易醉，一枕小窗浓睡。

紫薇朱槿花残，斜阳却照阑干。双燕欲归时节，银屏昨夜微寒。

晏殊的这首小词抒发初秋时节淡淡的哀愁，语言十分有分寸，意境讲究含蓄，晏殊只是从景物的变更和主人公细微的感觉着笔，一直是旁敲侧击的描写，从不是从正面来写情绪的波动，这首词读后，令人感到句句寓情、字字含愁。仔细品味之余，语言的清新，风格的婉约也是一大特色。

同样是抒发内心惆怅，容若的《清平乐》就显得更为简单直接一些，说愁便直接写愁，简单明了地道出自己的烦恼。“将愁不去，秋色行难住。”愁苦无法挥去，就连美丽的秋色都无法挥去愁闷。此处“将愁”表示长久的愁闷，秋色最是伤人的，因为寂寥，故而最能引起人们的伤感，因为迟暮，因而能让人们无法释怀。

在秋色中想挥手赶走哀愁，这无疑是愁上加愁，而容若也丝毫不避讳自己对于忧郁的无能为力，他坦然地告诉人们自己真的是“将愁不去”。比起晏殊的含蓄和隐藏，容若就好像一个孩子，毫无忌讳地将自己内心深处的感受讲出来，丝毫不怕被世人耻笑。

或者正是因为这份坦白，容若的词更显得有种直白的魅力，无人能够替代。而后接下一句是：“六曲屏山深院宇，日日风风雨雨。”屏风掩映下的庭院，日日风雨，愁云惨淡，人在这里，怎会不被感染。

容若居住的庭院，为何会让他感到哀愁，其实境由心生，所谓的庭院深深，还不是自己内心凄苦，所以，才看什么都显出一副悲凉模样吗？是谁让容若如此哀伤，是谁家的女子让容若神色清冽的立于窗前，眉头紧锁，无限恨，无限伤。

容若的这首词是否为一个女子所做，不得而知。或者，这根本就不是容若为任何人写的词，而只是他在重阳之时，想起往昔，感怀往事的作品。我们无从知晓。容若的许多作品都是这样，看似表达了对某个人深深的思念，但其实这个人却好像虚无缥缈似的，让人摸不到任何踪迹。

“雨晴篱菊初香，人言此日重阳。”下片的风格稍显婉转，不再如上片那样晦涩，下片写到天气放晴，菊花绽放，香气扑鼻。然后词人才恍然大悟，原来是正逢重阳之日。重阳是一个让人伤感的节日。

古人写道“每逢佳节倍思亲”，说的便是重阳，重阳节是个让人思念故人的节日。容若身逢重阳，想起往日，必然是感慨万千。今夕往日，多少不同，而今一同从脑海中掠过，那些过往，仿佛还历历在目。

黄昏正在换取这一天里最后的一抹阳光，暮日下的世界，被披上了迷离的光芒。黑暗即将到来，带走这一天的明亮，重阳节也很快就会过去。第二天依然是崭新的一天，“回首凉云暮叶，黄昏无限思量。”

只是在这即将告别白日的时刻，容若回首天边的云朵和落木，心头不禁思绪万千。这首重阳节感伤的词，写出了词人深埋心底的忧伤。

清平乐（凄凄切切）

凄凄切切[1]，惨淡黄花节[2]。梦里砧声浑未歇[3]，那更乱蛩悲咽[4]。
尘生燕子空楼，抛残弦索床头[5]。一样晓风残月，而今触绪添愁[6]。

注释

①切切：哀怨、忧伤貌。

②黄花节：指重阳节。黄花，菊花。

③砧声：捣衣声。

④蛩：指蟋蟀。悲咽：悲伤呜咽。

⑤弦索：弦乐器上的弦，指弦乐器。

⑥触绪：触动心绪。

赏析

《清平乐》是一首很常见的词牌名，许多人都用这个词牌，写出了脍炙人口、流传千古的名词佳句。其中以宋朝词人用得最多，晏殊、晏几道、黄庭坚、辛弃疾等著名词人均用过此调，其中晏几道尤多。

留人不住，醉解兰舟去。一棹碧涛春水路，过尽晓莺啼处。

渡头杨柳青青，枝枝叶叶离情。此后锦书休寄，画楼云雨无凭。

晏几道的这首《清平乐》是写离别，他所写的景物却是与离别的凄凄之情无关，都是碧涛春水、青青杨柳枝、晓莺啼处等景象。这些都是春天美好的景物，用如此美好的景物去写离别，真是格外有意境。

比起晏几道的《清平乐》，容若的这首《清平乐》也有相似之处。晏几道开篇起笔便是“留人不住”四个字，而容若开篇也是“凄凄切切”四字，写出内心的凄惶和不安，离别在即，人难留住，故而凄凄切切，悲伤不已。

同样是写离别，晏几道是含蓄隐晦地写道“留人不住”，来映射自己内心的不舍，但是容若就简单得多了，他只是一个词，就直接明了地写出了内心的情感。用重复的词来表述情感，这在词的写作上不是少数。

李清照就曾这样尝试过。“寻寻觅觅，冷冷清清，凄凄惨惨戚戚。”在《声声慢》中，循环往复的词句，让人可以品读到她内心的世界，能够简单的抒情之人，都是内心单纯如明镜的人。

容若写的这首词是一首触景伤情之作：在这惨淡的深秋之时，一切都变得凄凄切切，无限悲凉。那梦里的砧杵捣衣声还没停下来，又传来蟋蟀嘈杂的悲鸣声。你曾居住的楼空空荡荡，弦索抛残，晓风残月，无不是惨淡凄绝，如今一起涌入眼帘，触动无限清愁。

开篇便写到凄凄切切，道出内心悲凉，接着写道时节正逢黄花节，黄花节是指重阳节，而所谓的黄花，便是菊花。这是容若又一首重阳佳作，借着重阳时节，抒写内心的情绪。在词中，容若永远是悲伤的。这首词当然也不例外。容若用惨淡来形容黄花节，以示自己哀怨的心情。

或许，在深秋时节，万物萧条，看到任何事物都会觉得无限悲凉。而接下来这句，则让人联想到，容若是在想念什么故人。“梦里砧声浑未歇，那更乱蛩悲咽。”

这里需要解释几个地方，“砧声”是指洗衣服的声音，古人洗衣服，总是将衣服捣一捣，加快衣服清洁的速度。捣衣时，会发出阵阵声响。“蛩”则是指的蟋蟀。

词人在梦中听到捣衣的声音，声声慢慢，似有似无，悠远似乎又在耳旁。捣衣的声音还没有停下，耳畔就又传来了蟋蟀的叫声，夜半时分，听起来让人内心都揪了起来。重阳深夜，午夜梦回，却是如此凄惶的情景。

容若梦中梦到捣衣的人是谁，想来应该是个女子。但这名女子究竟是谁，会在容若的梦中以如此凄凉的形象出现？按照常理推算起来，这名女子应该是离容若而去，让容若无法再见到的女子。于是有人猜测，这是重阳佳节，容若思念故去的卢氏所写的悼亡词，也有人认为这是容若为沈宛而作的。

但不管怎么样，这首词的确是写尽了凄凉之意。上片梦醒时分，顿觉离人不再，倍感伤心。下片则是写道“尘生燕子空楼，抛残弦索床头”，醒来后自然是被忧伤打扰的无法再次入眠，只得起身。

起身后的容若看到的都是昔日的场景，想到空空如也的楼阁，想到往日温馨的情景，现在却是物是人非，想想就觉得增添几分愁绪。“一样晓风残月，而今触绪添愁。”再抬头望去，晓风残月，更是让人愁绪满怀。

这首怀念故人的词写在重阳夜，阁楼上，晓风残月，故人不再。独自倚靠栏杆，想着往日种种，容若写词，从来都是淡如清水，却能够让这水波荡漾而起时，留给后人无限的遐想和心疼。

清平乐 忆梁汾（才听夜雨）

才听夜雨，便觉秋如许。绕砌蛩螿人不语[①]，有梦转愁无据[②]。
乱山千叠横江[③]，忆君游倦何方[④]。知否小窗红烛。照人此夜凄凉。

注释

①蛩螿：蟋蟀和寒蝉。蛩，蟋蟀。螿，蝉。

②无据：不足凭、不可靠。

③横江：横陈江上，横越江上。

④游倦：犹倦游，指仕宦漂泊潦倒。

赏析

这首词是秋夜念友之作，抒发对好友顾贞观深切的怀念。顾贞观是江苏无锡人，其曾祖顾宪成是晚明东林党人的领袖，可谓真正的书香门第。顾贞观的个人才情和文化素养也自然与众不同，是当时很有名气的江南文士。

康熙十五年的春夏间，他与权相明珠之子纳兰性德相识，成为交契笃深的挚友。或许是气质的相互吸引，或许是才情的彼此契合，两人第一次相见，便有“一见即恨识余之晚”之感，相见甚欢，相谈甚多，彼此引为知己。

而在词坛的成就两人同样齐名，举凡清史、文学史、词史无不将二人相提并论，被视为风格近似、主张相同的词坛双璧。

二人因为才情而惺惺相惜，在与顾贞观相交的日子里，容若是快乐的。他们时常以词会友，互相切磋文学。可是再深的友谊也不能保证天长地久的相处，容若因为官职在身，总需要外出办事。

这次，他又要随同皇帝外出游走，官场的事情总是枯燥乏味的，不如与友人饮酒作诗来得痛快。但人在官场，身不由己，容若只得依依不舍告别友人，准备出发。在外出的日子里，容若一直是孤独寂寞的。

虽然康熙很赏识他，但君臣毕竟有别，二人不会无话不谈。容若恪守着君臣之礼，他将自己内心的一切都隐忍下来，这更加重了他内心的郁闷情绪。想要及早结束这场出行，好早日回去与友人团聚。

在这种心情下，容若写下了这首《清平乐》：才刚刚听到窗外的雨声，就已感觉到秋意已浓。是那蟋蟀和寒蝉的悲鸣声，让人在梦里产生无限哀怨的吗？乱山一片横陈江上，你如今漂泊在哪里呢？是否知道有人在小窗红烛之下，因为思念你而倍感凄凉？

单纯的想念，让人能够从词句中嗅到友谊的醇香。友谊就是这样，不论彼此身在何方，总是能够随时随地想起对方。容若外出公干，想起远方的挚友，虽然秋意正浓，但心头也会涌起阵阵暖意。

“才听夜雨，便觉秋如许。”才刚刚听到窗外有雨声，就已经感觉到浓浓的秋意了。身上的寒意大多是心里的凄凉带来的。身边没有知己，自然感觉到凉意。夜雨之中，更能听到蟋蟀和寒蝉的悲鸣声，秋意渐浓，蟋蟀和寒蝉也知道自己生命无多，故而叫声凄厉。在夜色下，这更让人产生无限的哀怨。

“绕砌蛩螿人不语，有梦转愁无据。”上片在凄凄切切的情愫中结束，容若将思念友人之心情描述得如悲如切，这首词是思念友人，却又好像是容若自悲自切的呢喃自语。结束了上片的哀痛，下片则是沉思，依然饱含哀怨，描写到的景物也蒙上一层灰暗色彩，看不到颜色。

“乱山千迭横江，忆君游倦何方。”眼前乱石堆砌，远山横陈江上，江水滔滔，滚滚东逝去。不知道友人而今漂游到了何方，杳无音信，只能靠着思念回忆过去美好的日子。容若与好友之间没有联系，让他内心充满不安。

“知否小窗红烛。照人此夜凄凉。”这是容若在反问友人的话，是否知道有人在思念你呢？是否会因为被思念而感到凄凉呢？友人自然是无法感受到容若千里外的思念的，但容若在此的疑问，可以看出容若的纯真心性，这个才华横溢的清初才子，其实只是一个渴望友谊与关爱的男子。

词的初衷是思念友人，但写到最后，却变成了容若自怨自艾的一首自哀词，写不尽的哀伤情，透过词意里的风雨，飘洒而出，沁入人心。

清平乐（塞鸿去矣）

塞鸿去矣[①]，锦字何时寄[②]。记得灯前佯忍泪，却问明朝行未。
别来几度如珪[③]，飘零落叶成堆。一种晓寒残梦，凄凉毕竟因谁。

注释

①塞鸿：塞外的鸿雁。塞鸿秋季南来春季北去，故古人常以之作比，表示对远离家乡的亲人的怀念。

②锦字：书信。

③珪：同“圭”。古代帝王或诸侯在举行典礼时拿的一种玉器，上圆下方，此处借喻月圆而缺。

赏析

这首词是塞上怨离之作：自从离别之后，日日盼望的家书何时才能到来？记得我临走之时，你在灯前强忍着泪水，却问我明天是否出发。分别之后，月亮已经几度圆缺，如今已是深秋，落叶成堆。残梦凄凉，孤独难耐，相思怨别，这一切究竟是为了谁？

诗词的魅力之大在于其朦胧，有些话从不说透，就让后人在字里行间去品味，去猜测，这就是诗词的魅力。容若深知这种魅力，他的词，常常会营造一种氛围，让人看不透，读不懂，但却心甘情愿沉迷于此，感受他词里的戚戚然的感觉。

清朝时期，文坛并不如唐宋那样生命力旺盛，所以，对于容若的要求，也不能堪比李白、杜甫、苏轼等人。放眼整个清朝词坛，容若是一枝独秀的，他的文采纵使无法匹敌前人，但在那个万籁俱寂的时期，却是有着独特的风采。

博尔赫斯有一句诗歌是这样写道："暮色隐藏下，一只小鸟的独鸣已归于沉默，你徘徊在花园里，想必缺少什么。"每个诗人都会感觉到内心似乎有几分缺憾，但他们并不能准确地描绘出自己缺失的是什么，所以，这世界上，才多了这么多优秀的诗作，因为他们想要在文字中找到自己的缺失。

容若也是如此，他是一个一生都在不断失去的人，他在暮色的花园中徘徊，不断停停走走，想来他是要寻找，想要找回自己失去的。可是人生中失去的部分是能够寻找的回的吗？所以，容若的悲情，其实一早就注定了。

容若的这首《清平乐》，可以听得出他内心深处那深沉的缺失的声音，但是又如此缥缈，无法捕捉到缺失的具体轮廓。从词的最初来看是在思念，容若远离家乡，他写词表示伤感，词中若隐若现的字眼，都似隐藏了千般的情事，婉转哀愁。

"塞鸿去矣，锦字何时寄？"这是容若在盼望家中来信，锦书一向代表男女之间的书信，鸿雁飞过，塞外的天空，寂寞得发白，家乡挂念的人，什么时候会送来书信，送来自己的思念和问候。

"记得灯前佯忍泪，却问明朝行未。"想到牵挂的人，容若的内心温柔似水，可是在孤灯下，他只能强忍眼泪，将思念放入心中。明朝还有明朝要赶的路，只有行完这一程，才能回到家中。上片写到思念之苦，而到下片，依然延续这痛楚，"别来几度如珪，飘零落叶成堆。"就像这飘零的落叶一般，月圆月缺自有时，人世间难免会有离别，这是无法躲避的，只要相信，终有一日会再相见，那便够了。

"一种晓寒残梦，凄凉毕竟因谁？"最后的一句词留下了疑惑，晓寒残梦，到底这份凄凉因谁而起？

清平乐(风鬟雨鬓)

风鬟雨鬓[1]，偏是来无准。倦倚玉阑看月晕[2]，容易语低香近。

软风吹遍窗纱[3]，心期更隔天涯[4]。从此伤春伤别[5]，黄昏只对梨花。

注释

①风鬟雨鬓：形容妇女在外奔波劳碌，头发散乱。后代指女子。

②月晕：又称“风圈”，月光被云层折射，在月亮周围形成的光圈。

③软风：柔和的风。窗纱：窗户上安的纱布、铁纱等。

④心期：心中相许。引申为相思。

⑤伤春：因春天到来而引起忧伤、苦闷。伤别：因离别而悲伤。

赏析

宋词里有许多缠绵悱恻的句子，在那些句子背后，隐藏的是一段段悲欢离合感人至深的爱情故事。那些宋词，大多是写给歌女，因为歌女作为宋代的一个群体颇受关注，她们有着文化素养，有着艺术才华，是宋代文人十分欣赏的一个群体。

文人们热切追捧着这些女子，但是这种追捧却不能堂而皇之，因为官方是禁止的，于是，那些柔情蜜意，便只得暗处发芽。爱情的萌芽，只能偷偷摇曳，无法正大光明，立于阳光之下。

现代人对这些也许很难理解。在古代的社会里，女子的任务便是嫁作他人妇，为丈夫家传宗接代，然后相夫教子，扮演贤内助的形象。这样的女子需要温柔贤惠，三从四德，低眉顺眼，事事以丈夫的话为最高指令。

这样的女人自然无法得到男人真正的喜爱，他们便更热衷于去追逐花街柳巷里，或者那些并不常规的爱情。因为有了爱情，生活才有了调味剂。于是，才有了那么多赏心悦目的诗词歌赋，因为有了感情，辞赋便变得更有味道。

容若并不是一个贪恋美色的人，但他却是一个最需要爱情的男人，他的爱情曾随着表妹的入宫一度低沉，随着妻子卢氏的去世差点毁灭，甚至随着沈宛的离去而消散殆尽。不过还好，在他的内心，始终保存了有关爱情的一点追求，而容若又将这点追求放入了诗词中，时刻提醒自己，原来爱情并未走远。

这首《清平乐》情辞真切，将相恋中人们想见又害怕见面的矛盾心情一一写出。“风鬟雨鬓”，本是形容妇女在外奔波劳碌，头发散乱的模样，可是后人却更喜欢用这个词去形容女子。

女子与他相约时，总是不守时间，不能准时来到约会地点。但容若在词中却并无任何责怪之意，他言辞温柔地写道：“偏是来无准。”虽然女子常常不守约定时间，迟到的次数很多，但这并不妨碍容若对她的宠爱。想到与女子在一起的快乐时光，容若的嘴角便露出微笑。

“倦倚玉阑看月晕，容易语低香近。”记得旧时相约，你总是不能如约而至。曾与你倚靠着栏杆在一起闲看月晕，软语温存，情意缠绵，那可人的缕缕香气更是令人销魂。如今与你远隔天涯，纵使期许相见，那也是可望而不可即了。从此以后便独自凄清冷落、孤独难耐，面对黄昏梨花而伤春伤别。

过去的时光多么美好，但是美好总是稍纵即逝。在容若的回忆里，这份美好过于短暂，好像柔软的风，只是轻微吹过脸庞，便消逝而过。“软风吹过窗纱，心期便隔天涯。”与《清平乐》的上片相比，下片的格调显得哀伤许多，因为往昔的美好回忆过后，必须要面对现实的悲凉。

在想过往日与恋人柔情蜜意之后，今日独自一人，看着春光大好，真是格外感伤。容若一向是伤春之人，那是因为他内心深处一直藏着一份早已远逝的情感，就如同这春光一样，虽然眼下再怎么美好，也总有逝去的那一天。

“从此伤春伤别，黄昏只对梨花。”结局就是这样，有时候，人们往往知道结局是无法逆转的，但站在时光的路口，依然想不自量力地去扭转乾坤。

最终，伤的只有自己。

清平乐 秋思（孤花片叶）

孤花片叶，断送清秋节①。寂寂绣屏香篆灭②，暗里朱颜消歇③。
谁怜散髻吹笙④，天涯芳草关情⑤。懊恼隔帘幽梦，半床花月纵横。

注释

①清秋节：清爽的秋天时节。

②香篆：即篆香，形似篆文。

③朱颜：红润美好的容颜，指美人。消歇：消失，止歇。

④吹笙：喻饮酒。宋张元干《浣溪沙》："谚以窃尝为吹笙。"

⑤关情：动心，牵动情怀。

赏析

这首词写清秋懊恼的情怀：孤单的花朵和零碎的叶子，就这样将清秋时节送走了。寂静的闺阁之中，篆香已经燃尽，美丽的容颜因悲秋而消瘦。谁能了解那对影独酌的感受，那天涯无边的芳草总能牵动人的情怀。幽梦难成，空对半窗花月之景，怎不叫人懊恼神伤！

纳兰的词继承和发展了古代诗词的艺术技巧，十分干净，不粘不离，亦人亦物，他总是能够把纯真的感情写进对历史、对现实，甚至对人生的思考之中去。所以，纳兰词才没有归于那些陈词滥调中，而是别出一格，将艺术成就提升到另外一个层面上去。尽管这首词并无太大新意，不过是容若在清秋时节，看到花草凋零，内心忍不住凄凉，提笔写下的一首哀伤词，但是同其他词作一样，这首词清纯婉丽，不事雕琢，有着独特的芬芳和灵动的气质。

“孤花片叶，断送清秋节。”这般的开头，纯任性灵而“别样幽芬”，初秋时节，天高云淡，万里无云，秋季时分，正是落叶开始的季节，当所有的叶子都归于尘土之后，冬季便会悄然而至。这是一个过渡的季节，也正是如此，人们总是在这个季节，看到太多的万物凋零，四处寂寥。

容若是一个生性敏感的人，他看到清秋，比常人感受更深，而在这首《清平乐》中，容若将秋思升华至了哀思。看似在写秋季带给他无尽的幽思，其实词的背面隐含的是容若的情思。

思念的是一位红颜，“寂寂绣屏香篆灭，暗里朱颜消歇。”檀香早已燃尽，可是那寂静的闺阁之中，一张美丽的容颜却是因为悲秋而日渐消瘦。女子伤秋，容若也在伤秋，他们到底是伤秋还是伤己，词意模糊，但已无关紧要。

只要看到词中的深意，能够体会到词意的哀婉，至于所感伤的是何物，已经不再重要了。上片伤秋的情绪书写完后，下片便是写内心的寂寥与悸动。“谁怜照影吹笙，天涯芳草关情。”古诗有云：“对影成三人。”容若在这里效仿，却是写出照影吹笙，独自一人的时光的确是难挨，独自饮酒，无法赶走孤独，反而更让孤独加深。容若不是不知道，可是他这样做，无非是因为实在无法，一个人的日子，如果不想方设法找点不一样的节目，那可真是要闷死了。

“懊恼隔帘幽梦，半床花月纵横。”天涯芳草无关他的情，看着窗外的夜色，内心满是懊恼，为何而神伤，难以说清。回转头去，看到那床前的明月光，更让自己内心的寂寥加深了几分。

夜半时分，谁能懂得容若心里所想，估计只有这明月光，还有这杯清酒。

清平乐　弹琴峡题壁（泠泠彻夜）

泠泠彻夜[①]，谁是知音者。如梦前朝何处也，一曲边愁难写。
极天关塞云中[②]，人随落雁西风。唤取红襟翠袖[③]，莫教泪洒英雄。

注释

①泠泠：形容清凉、冷清，借指清幽的声音。彻夜：整夜，一夜。

②极天：指天之极远处，远处。关塞：边关，边塞。

③唤取：唤得、唤着。

赏析

这首词抒发了关塞行役之愁：水声清幽悦耳，彻夜回荡，但谁又是它的知音呢？前朝如梦、边愁难写。极目望去，天边的云中，征人与征雁同行于秋风之中。如此悲凉之景，让人不禁伤怀，只好唤来歌女消愁，不要让英雄热泪轻易落下。

容若的许多塞外诗词中，不再写儿女情长，但也不是纯粹的抒发情感，而是将两者很好地结合，写出了别开生面的塞外词。其实，容若为人，并不是像他流传下来的词那样婉转羞涩。容若有着一副英雄气概，他武艺高强，不过身为御前侍卫，需要他展示武力的机会寥寥无几，但这并不能妨碍容若的一颗英雄心。

这首词是容若写自己外出塞外的行役之愁，故而悲凉有余，柔情不够。“泠泠彻夜，谁是知音者？”容若一生最大的心愿，再一次在这首词中写出，他渴望得到一个知己，可是这天地之间，白日黑夜，谁才是他的知己呢？容若不知道，天与地自然也无法回答他这个问题，周围只有凛冽的风声，更使得渴求知己的容若倍感寂寞。

“如梦前朝何处也，一曲边愁难写。”联想古今，容若想到这塞外经历过千年尘埃的积淀，那些古时的英雄，是否也如同他一般，来到这天与地之间问问苍天，是否自己真的会遇到知己。

这样平铺直叙的词，其实在容若的作品中并不占多数，但这也不能否认容若这类词的价值，容若的词学思想，在他的七古《填词》一诗中，就有明显的体现，那首诗写道：“诗亡词乃盛，比兴此焉托。往往欢娱工，不如忧患作。冬郎一生极憔悴，判与三闾共醉醒。美人香草可怜春，凤蜡红巾无限泪。芒鞋心事杜陵知，只今唯赏杜陵诗。古人且失风人旨，何怪俗眼轻填词。词源远过诗律近，拟古乐府特加润，不见句读参差三百篇，已自换头兼转韵。”

他认为填词同作诗一样，一是要重比兴、写忧患，一定是要有寄托、抒真情的。而要这样，就必用比兴之法，寄托自己的思想追求和不平，以抒发自家性情，所以“比兴此焉托”。

说起比兴，容若并不陌生，他的许多词中，都有用到过这种手法，这样写词更使得词意盎然，更显深刻。这首词中，虽未用到比兴，可是容若的词学思想，依然是得到了十分深刻的体现。

“极天关塞云中，人随雁落西风。”塞外风景，最大的特点就是苍凉，举目望去，一望无际的全是苍凉。在这苍茫大地之间，容若只能与大雁一同在西风中感受着寒冷，无所适从。“唤取红襟翠袖，莫教泪洒英雄。”这般感伤，只好叫来歌女助兴，看着歌女挥舞衣袖，跳起舞蹈，这份悲凉才稍微显得淡一些，英雄泪便不会轻易洒落了。

清平乐　上元月蚀[①]（瑶华映阙）

瑶华映阙[②]，烘散蓂墀雪[③]。比似寻常清景别[④]，第一团圆时节。

影娥忽泛初弦[⑤]，分辉借与宫莲[⑥]。七宝修成合璧[⑦]，重轮岁岁中天[⑧]。

注释

①上元：俗以农历正月十五日为上元节，也叫元宵节。月蚀：月食。

②瑶华：指美玉。

③蓂墀：生长着瑞草的殿阶。蓂：一种象征祥瑞的草。

④清景：犹清光。三国曹植《公宴》："明月澄清景，列宿正参差。"晋葛洪《抱朴子·广譬》："三辰蔽于天，则清景暗于地。"

⑤影娥：即影娥池。汉代未央宫中池名，本凿以玩月，后指清可鉴月的水池。《三辅黄图》谓："汉武帝于望鹄台西建俯月台，台下穿池，月影入池中，使宫人乘舟弄月影，因名影娥池。"初弦：上弦月，指阴历每月初七八的月亮。其时月如弓弦，故称。

⑥宫莲：莲花瓣的美称。

⑦七宝：圆月的美称，古代民间传说，月由七宝合成，故云。

⑧重轮：月亮周围光线经云层冰晶的折射而形成的光圈，古代以为祥瑞之象。

赏析

"上元节"，也就是如今人们俗称的元宵节。古人很重视上元节，到了那天，自然会张灯结彩欢天喜地地过节。吃元宵，看花灯，赏明月，这都是上元节不可或缺的必备节目，而那一天的热闹，丝毫不亚于过年。许多文人墨客便也凑着热闹，将这番景象记录一二。

容若虽然是写上元节，但他却是从另一个角度来写，他写到了月食。这首词全用白描写月食，前后八句，写了月食的全过程及其不同的景象：上阕前一句描绘了月全食时所见的景象，入蚀之月仿佛是光彩照人的美玉一般，生长着瑞草的殿阶上，呈现出洁白一片的景象。景象与往年相比，更富朦胧感、梦幻感，可谓是第一团圆之节。下阕写月出蚀之情景，前两句写月蚀渐出，犹如初弦夜之景，后两句写蚀出复圆，清辉洒满天上人间。

"瑶华映阕"，所谓"瑶华"是指的美玉，在晋葛洪《抱朴子·助学》中写到过："故瑶华不琢，则耀夜之景不发。"瑶华散发出的光芒，不用雕琢，自然而美丽，在夜色中久久不能散去。而在这里，容若用瑶华来写月光，更是突出了月色的清冷，仿佛美玉一般动人心魄。月亮发出犹如美玉一般的光芒，照射着大地，此处短短四个字，却能让人联想起无数的月色美景。

"烘散蓂墀雪。"这首词中，容若用了许多典故，墀是生长着瑞草的殿阶，一种象征祥瑞的草。在《竹书纪年》中记载道："有草夹阶而生，月朔始生一荚，月半而生十五荚：十六日以后，日落一荚，及晦而尽；月小，则一荚焦而不落。名莫荚，一曰历荚。"相传，唐尧观冀荚而知月。

虽然这只是关于月亮的一个美好传说，可是用在此处，令词意更显得朦胧诗意，容若用意也十分深刻。他在接下来的词句中，也加以解释，他写道："古代比似寻常清景别，第一团栾时节。"

今年的景象与往年相比，似乎更加朦胧，更加梦幻了。到底是月食与以往有所不同，还是容若的心境与以往有所不同，这很难说得清。但人心浮动，所看到的景物便也有所不同，这是一定的。

容若经历过沧海桑田，世事变幻，而后再去看景物，自然会有与之前不同的理解。上片朦胧之美，下片便是清晰而作，下片写出月出蚀之情景，十分震撼，仿佛真的亲眼所见历历在目一般。

"影娥忽泛初弦，分辉借与宫莲。"这句写月食刚开始的情景，神话与现实相结合，忽而玄幻，忽而真切，十分美妙。而后便是写月食结束后的情景，"七宝修成合璧，重轮岁岁中天。"

经历过月食后，月光重新洒满人间，让人有种劫后重逢的喜悦，这一首简单的词，写出了月食的场景，更写出人心内激荡起伏的一面，属丁词之上品。

东风齐着力（电急流光）

电急流光[①]，天生薄命，有泪如潮。勉为欢谑[②]，到底总无聊。欲谱频年离恨，言已尽、恨未曾消。凭谁把、一天愁绪，按出琼箫[③]。

往事水迢迢[④]。窗前月，几番空照魂销。旧欢新梦，雁齿小红桥[⑤]。最是烧灯时候，宜春髻、酒暖蒲萄[⑥]。凄凉煞、五枝青玉[⑦]，风雨飘飘。

注释

①电急流光：形容时间过得极快，犹如电闪流急。

②欢谑：欢乐戏谑。南朝梁刘勰《文心雕龙·谐隐》："怨怒之情不一，欢谑之言无方。"

③琼箫：玉箫。

④迢迢：形容遥远。也作"迢递"。

⑤雁齿：比喻排列整齐之物，常比喻桥的台阶。

⑥蒲萄：即葡萄酒。

⑦五枝青玉：指灯。《西京杂记》谓，咸阳宫有青玉玉枝灯，高七尺五寸，作蟠螭，以口衔灯，灯燃，鳞甲皆动。

赏析

容若在这首词里诉说了自己透彻心扉的伤感与苦情：时光飞逝，人生苦短，又加上天生福薄，想到这些不觉泪如雨下。即使强颜欢笑，最后也是百无聊赖。想要将胸中的愁苦写下，然而所有的语言都已说尽，但心头之恨仍然未消。

是谁在吹奏玉箫，那箫声如此凄切，更使人销魂。那窗前的明月，又一次照着月下这销魂之人。往事如同江水般连绵不断地涌上心间，梦里忆里都是你我往日的欢会，那最宜人的是元宵佳节，可以久久地欣赏你那形状美丽的发髻，饮着那暖人的葡萄美酒。如今梦已醒，忆成空，只有凄风冷雨，寂寞孤灯，怎不叫人断肠伤情。

词的上片写人生苦短，泪眼蒙眬之凄迷感受。“电急流光，天生薄命，有泪如潮。”短短十二个字，就将内心的愁苦通通宣泄出来，容若写苦情的词最为感人，原因便在于此，他从不将情绪复杂化，越是白描的词，越容易打动人心。

“泪”是此片的关节。后面所写虽然都是与泪无关，但可以看出容若的这首词里，字字句句，都藏着眼泪。“勉为欢谑，到底总无聊。”在伤心的时候，欢乐也变得无聊了，勉强的笑容，总是难以持久的，放下面具，自己真的无法遏制悲伤。

“欲谱频年离恨，言已尽、恨未曾消。”离恨就是这样，就算千言万语一切都已消失，但离愁却不会消失。容若写自己的悲戚，默然无语，千愁万怨似乎随着两行泪水咽入胸中，无法言说。

在上片的最后，容若写道：“凭谁把、一天愁绪，按出琼箫。”一怀愁怨，触绪纷来，胸中的郁闷无法排遣，于是只得吹箫排解。在词的下片开始，容若更是将清愁写入骨髓深处，让它们同寂寞一起流淌。

“往事水迢迢。窗前月，几番空照魂销。”提到离愁，便不能不写道往昔，一个过去丰富的人，往往最有忧愁的资格，容若就是这样的人，他的“旧欢新梦，雁齿小红桥”都是他的忧伤来源，这首词在这里声情凄苦，词音细滑，似满心而发出的感慨，读过之后，令人感到悲伤欲绝。

“最是烧灯时候，宜春髻、酒暖蒲萄。凄凉煞、五枝青玉，风雨飘飘。”结尾两句，融情入景，表达了绵绵无尽的哀愁。这首词可以因声传情，声情并茂。容若将词演绎得通篇宛转流畅，环环相扣，起伏跌宕，真是一手好词。

满江红　茅屋新成却赋[①]（问我何心）

问我何心，却构此、三楹茅屋[②]。可学得、海鸥无事[③]，闲飞闲宿？百感都随流水去，一身还被浮名束。误东风、迟日杏花天[④]，红牙曲[⑤]。

尘土梦，蕉中鹿[⑥]。翻覆手[⑦]，看棋局。且耽闲酒[⑧]，消他薄福。雪后谁遮檐角翠，雨余好种墙阴绿。有些些、欲说向寒宵[⑨]，西窗烛。

注释

①却赋：再赋。却，再。

②三楹茅屋：泛指几间茅屋之意。楹，房屋一间为一楹。

③海鸥：海上常见的一种海鸟。性喜群飞，羽毛多黑白相间，以鱼螺、昆虫或谷物、植物嫩叶等为食。古人以与海鸥为伴表示闲适或隐居。

④杏花天：杏花开放时节，指春天。

⑤红牙：乐器名，檀木制的拍板，用以调节乐曲的节拍。

⑥蕉中鹿：《列子·周穆王》："郑人有薪于野者，遇骇鹿，御而击之，毙之。恐人见之也，遽而藏诸隍中，覆之以蕉，不胜其喜。俄而遗其所藏之处，遂以为梦焉。"后以此典而成"蕉中鹿"，形容世间事物真伪难辨，得失无常等。蕉，通"樵"。

⑦翻覆手：《史记·郦生陆贾列传》："陆生因进说他曰：'……汉诚闻之，掘烧王先人冢，夷灭宗族，使一偏将将十万众临越，则越杀王降汉，如反覆手耳。"杜甫诗《贫交行》："翻手作云覆手雨，纷纷轻薄何须数。"后以此典

而成“翻云覆雨”“翻覆手”等，形容人反复无常或惯耍手段。

⑧酒：沉湎于酒，醉酒。宋刘过《贺新郎》词：“人道愁来须酒，无奈愁深酒浅。”

⑨有些些：有少量、有一点点。寒宵：寒夜。

赏析

陶渊明一句“采菊东篱下，悠然见南山”羡煞多少人，亦有数辈先贤与陶潜同一行径，不为五斗米折腰，每日过着看“山气日夕佳，飞鸟相与还”的优哉日子。纳兰性德虽人在仕途，却淡泊功名，欲效陶渊明等先贤的心情则更为明显，他有诗云：“吾本落拓人，无为自拘束。倜傥寄天地，樊笼非所欲。”

康熙二十三年（1684 年），顾贞观南归整三年，为召顾贞观回京，纳兰性德特地修建了几间茅屋，并写下了这首词以迎接顾贞观。

这首词的上阕侧重叙志。问我为什么要造这几间草房，可是为了像海鸥那样无忧无虑，自由自在？将心中的感慨都付与流水，抛开这人世浮名的束缚，在那春天赏花歌舞。下阕点出为何要摆脱“浮名束”。是因为这人生如梦，变幻无常，令人无可奈何，不如冷眼旁观，与友人把酒言欢，消受清福，一起看雪赏雨，西窗剪烛。

与这首词同时完成的还有一首明志诗《寄梁汾并葺茅屋以招之》：“三年此离别，作客滞何方？随意一尊酒，殷勤看夕阳。世谁容皎洁，天特任疏狂。聚首羡麋鹿，为君构草堂。”可见他与顾贞观的友情之深厚。

诗里的字里行间，更洋溢着对现实生活的不满。譬如海子的《面朝大海，春暖花开》“从明天起，做一个幸福的人 / 喂马，劈柴，周游世界 / 从明天起，关心粮食和蔬菜 / 我有一所房子，面朝大海，春暖花开”。表面上看，是对世俗生活的回归，“我”要“关心粮食和蔬菜”了；实质上说，还是对现实生活的抛弃，因为所谓“面朝大海”，即是背离现实——“喂马，劈柴，周游世界”这样的日子，看似简单，我们都明白，无论有多少个明天，这种日子也不会实现的。纳兰容若也是如此。诗人所选择的心目中的全新的生活，恰恰是最普通、最平实的生活，他把进行正常当作一种理想化的升华，这说明什么问题呢？说明他现在进行的生活是不正常的、背离他自身意愿的。

纳兰容若是权臣的长子，康熙帝的近侍，朝廷的重点培养对象，天生贵胄，多少人艳羡。作为被艳羡的对象，纳兰容若本人，却表现了让人惊讶的冷静，有出离尘世的透彻眼光。容若在审视自己当前的人生状况时，用了两个比喻：蕉叶覆鹿、翻手为云覆手为雨。

“蕉中鹿”即指蕉叶覆鹿。砍柴人去打柴，阴差阳错下打死了一头肥硕的鹿。打柴人特别高兴，但是鹿太大，他拿不走。他急中生智，将鹿藏在了芭蕉叶下。等他回来时，却也找不到鹿了，他非常讶然，以为只是做了一个白日梦而已。“翻手为云覆手为雨”典出《史记·郦生陆贾列传》，现在指人手段高明、权势大，其原本的意思，形容人反复无常。

这两个典故都指向同一个意向：命运的无常。打柴人前一刻还在为天降的好事欣喜若狂，下一刻发现那种喜悦的由来——一头鹿如同它的出现一般，凭空消失了。他甚至开始怀疑自己命运中那一小段极度欢愉的时间是黄粱一梦，对实际发生的现实也产生了怀疑。当繁华的命运过后，我们独自啜饮生活的残酿时，谁又能说服自己昔日的繁华真的从自己身上出现过？人们能相信的，只有现在，只有此刻，超出这个范畴的，我们脆弱的神经无法承受。说服自己相信一个失去的美好，远比说服自己忍受此刻的贫凉要难。

而事实上，有几人的一生能永远保持那种高调的繁华呢？烟花盛放，必然会走向寂灭；三春似锦，一定会走向秋凉。生命的本质是高低起伏的，如同抛物线，这条线的终点，一定是向着远方寂静的地平线。可是，像纳兰容若这样在春日的繁花中欢乐畅饮酒浆的人，还是个人世阅历尚浅的年轻人，竟然能把命运审视得如此通透，真真让人佩服。陶潜若知纳兰，当引为知音尔。

满江红（代北燕南）

代北燕南[1]，应不隔、月明千里。谁相念、胭脂山下[2]，悲哉秋气[3]。小立乍惊清露湿，孤眠最惜浓香腻。况夜乌、啼绝四更头，边声起[4]。

销不尽，悲歌意；匀不尽，相思泪。想故园今夜，玉阑谁倚？青海不来如意梦[5]，红笺暂写违心字[6]。道别来、浑是不关心，东堂桂[7]。

注释

①代北：泛指汉、晋代郡和唐以后代州北部或以北地区。今山西北部及河北西北部一带。燕南：泛指黄河以北地区。

②胭脂山：即燕支山。古在匈奴境内，以产燕支（胭脂）草而得名。匈奴失此山，曾作歌曰："失我燕支山，使我妇女无颜色。"因水草丰美，宜于畜牧，一向为塞外值得怀念的地方。

③秋气：指秋日的凄清、肃杀之气。

④边声：边境上的马嘶、风号等声音。范仲淹《渔家傲》："四面边声连角起，千嶂里，长烟落日孤城闭。"

⑤青海：本指青海省内最大的咸水湖，蒙语为"库库诺尔"意即"青色的湖"。在青海东北部大通山、日月山和青海南山之间，北魏时始用此名。后比喻边远荒漠之地。

⑥红笺：红色笺纸。多用以题写诗词。违心：跟心愿相违背，不是出自本心。

⑦东堂桂：语出《晋书·诜》：诜以对策上第，拜仪郎。后迁官，晋武

帝于东堂会送，问诜曰："卿自以为何如？"诜对曰："臣举贤良对策，为天下第一。犹桂林之一枝，昆山之片玉。"后因称科举考试及第为"东堂桂"。

赏析

塞上秋寒月夜，军营里的人们都已沉沉睡去，唯有纳兰容若辗转反侧不得入眠，索性披衣而出，走出军帐，徘徊间，填了一首《满江红》。

这首词写的是塞上月夜怀妻：上阕写你我天南地北，然而却不能阻隔千里明月，天涯此时。我伫立在寒夜风中，承受着这寒冷凄清，孤枕难眠。已近四更，城乌夜啼，边声四起，此刻谁又在远方挂念塞外苦寒的我呢？悲歌不胜消受，悲泪暗流不止，在家乡的故园里，谁又在独倚着栏杆同样神伤呢？只恨无梦可慰相思，唯以违心之字的书信自慰。

纳兰的妻真是个幸福的女人。

世上的男人，口口声声都会说"爱"，可落实到生活中，很少有人能一笔一画细细将这个"爱"字写完全。一个男子追求一个女人时，说不尽的体贴细致，吃橘子为你剥去皮，不忘细心地扯去橘瓣上的白丝络；盛一碗粥专挑浓的盛，还不忘小心吹凉，生怕烫口。这一切，让女人受宠若惊，以为一生一世就这样被宠爱着了。事实是，一旦你爱上了他，这种关爱与被关爱就瞬间完成了逆转，男人一夜间从奴隶变成将军。

你会觉得奇怪，原来很勤快的男人，怎么会变得这么懒？他会窝在沙发里，等着你送上橘子；会一边往嘴里填饭，一边吆喝你赶快去盛那碗粥。女人啊，是一只鸟，你爱上他之前，不过是停留在他肩上，他小心伺候，生怕你飞走。而你爱上了他，便如同进入了他精心编织的笼子，再也无法飞走，也无心飞走，他又怎么会在你身上再费多大的心思？虽说是人之常情，想想毕竟可恨。纳兰容若不同，真真是男人中的异类。妻已不是初识，不是新婚，不是热恋，可他还是全心地爱着她，关心着她，甚至在一个凄清的夜晚想起她。人间不是无真爱，只是我等不经心。

夫妇二人，难的是心意相通。如何相通？不过是彼此爱着、彼此挂念罢了。他爱她，熟悉她，知晓她一切细腻的小心思与小习惯。他知道在这样的月夜，她也会辗转反侧不得成眠，悄悄地来到檐下扶栏边小坐，眼中盛满了哀怨与相思。而她，一个人在凄清的月夜甜蜜的怀念夫君，说不尽的缱绻情浓，也是因为知晓夫君即使行路到遥远的北方，也会对她时时挂怀。

世上的功名利禄、富贵荣辱，说重也重，说轻也轻。至少在容若看来，这些东西在生命中的意义，远不如枕边人宝贵。随驾远行，在别人看来是尊荣至极的差事，容若却以此为苦。不是嫌行程劳苦，是嫌这种工作没意义。做皇帝的近侍，有远大的前程（容若的父亲明珠就是做侍卫发迹的），可无法实现心中的理想，还得饱受相思的煎熬，容若认为得不偿失。不要说这位富贵公子“饱汉子不知饿汉子饥”“身在福中不知福”云云。王国维曾说容若“未染汉人风气”，恐怕指的是他能自由地表达自己的真实情感，意境天成，没有因袭模拟的毛病。私以为，纳兰能如此自然，还因他未染上“利欲熏心”的毛病。

满江红（为问封姨）

为问封姨[①]，何事却、排空卷地。又不是、江南春好，妒花天气。叶尽归鸦栖未得，带垂惊燕飘还起。甚天公不肯惜愁人，添憔悴。

搅一霎，灯前睡。听半晌，心如醉。倩碧纱遮断[②]，画屏深翠。只影凄清残烛下[③]，离魂飘渺秋空里[④]。总随他、泊粉与飘香[⑤]，真无谓。

注释

①为问：犹相问、借问。封姨：古时神话传说中的风神，亦称“封家姨”“十八姨”“封十八姨”。唐谷神子《博异志·崔玄微》载，唐天宝中，崔玄微于春季月夜，遇美人绿衣杨氏、白衣李氏、绛衣陶氏、绯衣小女石醋醋和封家十八姨。崔命酒共饮。十八姨翻酒污醋醋衣裳，不欢而散。明夜诸女又来，醋醋言诸女皆往苑中，多被恶风所挠，求崔于每岁元旦作朱幡立于苑东，即可免难。时元旦已过，因请于某日平旦立此幡。是日东风刮地，折树飞沙，而苑中繁花不动。崔乃悟诸女皆花精，而封十八姨乃风神也。

②倩：乞求、恳求。碧纱：碧纱窗、绿色的窗户。

③只影：谓孤独无偶。

④离魂：指远游他乡的旅人。飘渺：隐隐约约，若有若无。

⑤泊粉：指少许的残花。

赏析

“闲倚胡床溯新月，时停团扇受微风”“昨夜凉风又飒然，萤飘叶坠卧床前”“微风拂掠生春思，小雨廉纤洗暗妆”……古诗词中几多与风有关的绮丽诗句，为雕栏画栋下的才子佳人增添了不少情趣幽思。自古即说“风花雪月”，可见风之于浪漫，有着何其多扯不断的关系。同为浪漫的标志，花与风的关系颇为微妙，袅袅熏风助花之娇媚，宛若佳人巧笑丛中；飒飒烈风却毁花之容颜，顷刻间乱红委地满目狼藉。

民间故事里，风神与花神似乎就是一对冤家。《博异志·崔玄微》载，崔玄微曾夜遇石醋醋、杨氏、李氏、封家十八姨诸美人，与之共饮。封家十八姨与醋醋龃龉，次日醋醋求崔玄微于花园中立朱幡，避风摧折之祸。这是风神欺负花神，诸花神借助崔玄微得以幸免。

在神幻小说《镜花缘》中，风姨是个喜欢抖精神且喜爱挑事的角色。王母蟠桃会，百兽、百鸟、百介、百鳞四位大仙让手下鸟兽起舞助兴，嫦娥仙子撺掇百花仙子也让百花盛放为蟠桃会添彩，百花仙子以花开有时为名拒绝了。“当不起风姨与月府素日亲密，与花氏向来不和，在旁便说出一段话来”——与嫦娥一起挑唆百花仙子发下重誓。后心月狐下界为武则天颠倒乾坤称帝，应与嫦娥约让百花齐放，誓应，百花仙子下贬凡间，引出《镜花缘》百回故事。后文中，诸花仙子们投生成才女，风姨还曾上门找事哩！

塞上的秋日，不若京城的秋天红叶堕地，硕果满枝，却是一片苍冷景色，连风也不如紫禁城里的秋风飒爽中带着温婉，而是“排空卷地”而来。容若这位惜花人，自然几多抱怨。这首《满江红》便是写塞上秋风横卷之景和自己的凄清无聊之情。

想问秋风，因何这般排空卷地而来。现在又不是江南的妒花时节，为何要如此狂风大作。狂风将树叶吹落，使归来的乌鸦无处栖息，使小燕惊飞，几欲坠落，又被风吹起。老天不肯怜惜愁苦的旅人，偏要为他增添憔悴。在灯前刚刚睡去，便被狂风声搅醒。耳旁的狂风吹了半晌，心如酒醉一般混沌不明。指望那绿窗与画屏能遮挡住狂风。孤灯残影，离魂缥缈，吹残的花瓣与飘散的花香都随之而去，怎不叫人备觉伤情。

苦旅天涯者，怕的便是萧瑟之景。马致远一曲《天净沙·秋思》吟得多少断肠客潸然泪下。纳兰容若所见，非“枯藤老树昏鸦，古道西风瘦马”之哀景，而是更进一筹，愁苦中带着毁灭与悲摧：“叶尽归鸦栖未得，带垂惊燕飘还起。”连秋之悲哀中仅有的可停泊心的宁静也丧失了，乌鸦归而无处栖息，小燕子被吹得在风中惊恐扑腾，煞是可怜。诗人目睹这一切，叹息说“甚天公不肯惜愁人，添憔悴”。

可是，一位飘零天涯的旅人，连自己的命运尚且无从把握，又怎能奈何得了这呼啸而来、肆意而去的狂风呢？他只能眼睁睁看着残花委地，自己身世的飘零，也如这落花一般无可奈何。

真是“总随他泊粉与飘香，真无谓”吗？无可奈何而已。

满庭芳（堠雪翻鸦）

堠雪翻鸦[1]，河冰跃马，惊风吹度龙堆[2]。阴磷夜泣[3]，此景总堪悲。待向中宵起舞[4]，无人处、那有村鸡。只应是、金笳暗拍[5]，一样泪沾衣。

须知今古事，棋枰胜负，翻覆如斯。叹纷纷蛮触[6]，回首成非。剩得几行青史[7]，斜阳下、断碣残碑。年华共、混同江水[8]，流去几时回。

注释

①堠：古代望敌情的土堡，或记里数的土堆。

②龙堆：白龙堆的略称，古西域沙丘名。汉扬雄《法言·孝至》：龙堆以西，大漠以北，乌夷兽夷，郡劳王师，汉家不为也。

③阴磷：即阴火，磷火，鬼火。唐李益《从军夜次六胡北饮马磨剑石为祝殇辞》："水流呜咽幽草根，君宁独不怪阴磷。"

④中宵起舞：中夜起舞。《晋书·祖逖传》："（祖逖）与司空刘琨俱为司州主簿，情好绸缪，共被同寝。中夜闻荒鸡鸣，蹴琨觉曰：'此非恶声也。'因起舞。"

⑤金笳：胡笳的美称，古代北少数方民族常用的一种管乐器。

⑥蛮触：《庄子·则阳》："有国于蜗之左角者，曰触氏；有国于蜗之右角者，曰蛮氏，时相与争地而战，伏尸数万。逐北，旬有五日而后反。"后有"触蛮之争"之语，常以喻指为小事而争斗者。

⑦青史：古时用竹简记事，所以后人称史籍为青史。

⑧混同江：指松花江。

赏析

纳兰容若随康熙帝巡幸关外，到了混同江一代，写下了这首《满庭芳》。这一带，正是满族各个部族入关前互相吞并斗争的地方，诗人面对古代战场抒发了一腔幽情。

站在这古代战场的遗址之上，看如今寂寞荒凉之境，升起荒寒阴森之感。本有祖逖闻鸡起舞的爱国之心，但村鸡却已踪迹全无，无处寻找。只听得金笳声声，不觉泪湿衣襟，徒增伤感。要知道古往今来，胜败得失，都如翻云覆雨般变化无常，虚无短暂。一切纷争、一切功业，到头来只不过徒留几行青史，除了夕阳下斜矗的断碣残碑之外，什么都剩不下。年华就如同这松花江水一般，流去之后不知什么时候能够再回来。

表面看起来，这是普通的怀古诗，但若联系纳兰容若身世看，远非字面意义那么简单，潜藏着祖先被杀戮的隐痛。

纳兰性德现可考的始祖名星恳达尔汉，蒙古族人，姓土默特，发展壮大后一举歼灭女真纳喇部，移居其地，改姓纳喇。后族众繁衍，人多势盛，迁至叶赫河岸，形成拥有15个部落的叶赫部，被称为叶赫纳喇（又译纳兰、那拉）氏，为满洲八大姓之一。当时清太祖努尔哈赤尚势薄兵寡，势力强大的叶赫部长杨吉弩十分器重努尔哈赤的才干，将幼女孟古许配之，孟古后生清太宗皇太极，被尊为孝慈高皇后。努尔哈赤在关外建立基业后，姻眷之间却因争夺疆土变成了水火不容的仇敌。叶赫部长杨吉弩在对抗努尔哈赤统一东北女真的战争中，城陷身死。天命四年，努尔哈赤大败叶赫部，纳兰的曾祖父叶赫部首领贝勒金台石被困城楼台，宁死不降，自焚身亡。其子尼雅韩束手归降，尼雅韩即为纳兰祖父。此后，金台石劫后的子孙就被划为满洲正黄旗。

这段历史，对年轻的纳兰来说看似久远，其实并不久远。纳兰的曾祖父金台石败死于天命四年（1619年），纳兰出生于顺治十一年（1655年），中间相隔不过三十六年。对于这段历史，纳兰不可能不知晓。我们知道，纳兰性德是个内心充满矛盾冲突的年轻人，他这首词很可能表达了对前清与叶赫部恩怨的态度以及对当年部落混战的态度。

昨日还是不共戴天的仇敌，今日，叶赫族的后人纳兰已经成为清廷的近臣。残碑满地，荒烟冉冉，什么功，什么名，放入历史的洪流中万千生命不过激起瞬息的浪花，转眼就消失得无踪无影。当年血泪横流的拼杀，不过是蛮触相争，棋局翻覆便转眼成空。“斜阳下、断碣残碑”，纳兰笔下的茫茫边愁，让人心惊。

满庭芳　题元人芦洲聚雁图（似有猿啼）

似有猿啼，更无渔唱[①]，依稀落尽丹枫[②]。湿云影里，点点宿宾鸿[③]。占断沙洲寂寞[④]，寒潮上、一抹烟笼。全不似、半江瑟瑟，相映半江红。

楚天秋欲尽，荻花吹处，竟日冥蒙[⑤]。近黄陵祠庙[⑥]，莫采芙蓉。我欲行吟去也，应难问、骚客遗踪[⑦]。湘灵杳、一樽遥酹[⑧]，还欲认青峰。

注释

①渔唱：渔人唱的歌。

②丹枫：经霜泛红的枫叶。唐李商隐《访秋》诗："殷勤报秋意，只是有丹枫。"

③宾鸿：即鸿雁、大雁。

④占断：全部占有，占尽。唐吴融《杏花》诗："粉薄红轻掩敛羞，花中占断得风流。"

⑤冥蒙：幽暗不明。

⑥黄陵祠庙：即黄陵庙。传说为舜二妃娥皇、女英之庙，亦称二妃庙，在今湖南湘阴之北。北魏郦道元《水经注·湘水》："湖水西流，径二妃庙南，世谓之黄陵庙也。"

⑦骚客：指屈原。

⑧湘灵：古代传说中的湘水之神；一说为舜妃，即湘夫人。酹：以酒浇地，表示祭奠，古代宴会往往行此仪式。

赏析

漫卷书页，最销魂断肠的当属春词与秋词。春日柳眼初绽，薄暮轻寒，或说离别，或说闺思，淡淡的幽怨，淡淡的缠绵。秋日天青云远，百草萧疏，红叶萧瑟，悲凉更多，惆怅更甚。纳兰这样一位敏感纤细又饱受离别相思之苦侵扰的词人，对秋景的伤神，更多于对春景的寂寥吧。

中国人的情致之脉络骨髓中，潜藏着浓重的秋之情节。中国人之与秋，当如日本人之于春，日本人面对樱花凋残、香韵流散的沉静的悲哀，与中国人眺望万木萧疏、荒草离离生出的悲凉之落寞，有灵魂深处的某种婉转萦回的共鸣。思绪的翻涌，牵系出一个历史久远的民族随时间积淀下的寥落悲哀。其中有对生命的追挽，更有着隐隐的自危与自怜：生命，不论是草木、秋虫、飞鸟、游鱼、猛兽，都会踏着寥落的跫音走向生命的尽头。

秋之悲哀，是祭奠一次生命盛宴结束。纳兰一生的词作，大半在哀挽生命——哀挽他的爱妻，我们是否可以这样理解，在一次次剖心扒肺的追忆中，他对死亡有了某种亲近和向往？他对秋的体验，比任何人都要深刻。这也能够理解，在纳兰的题画词中，为何这首关于秋景的作品堪称翘楚：他是懂画的人，是懂秋情的人，更是懂秋之髓味的人。

这首《满庭芳》是题在一首元人旧作《芦洲聚雁图》上的。从元到明到清，几百年的时间中，这画都被人珍藏着得以流传世间。可见，是怎样一幅好画！可惜，何种宝物都经不住时光的磨蚀，《芦洲聚雁图》终于随历史的烟尘消散不见，还好，我们有纳兰性德的词，得以重新描画这幅元人妙作的神髓。

图画栩栩如生，仿佛能听到猿啼，却没有渔唱之声，红色的枫叶已经落尽，天空的湿云里飞过点点雁影。寂寞沙洲，滚滚寒潮，轻烟朦胧，完全不像白居易所描绘的江边傍晚美丽的情景。已近深秋，芦花处处，一派迷蒙之景。经过二妃黄陵祠庙，千万不要采摘荷花。我欲行吟而去，想起三闾大夫，如今却难寻踪迹。想起娥皇、女英，她们的踪影已杳不可见，于是不胜叹惋，只有举杯遥祭。

今人听说过“渔舟唱晚”，知道“渔歌子”，渔夫，是古代山水画中不可缺少的人物，他们隐逸在山之间、水中央，生活恬淡疏静，如果牧羊人是西方浪漫田园生活的代表，那么，渔人显然就是东方闲散隐士的代名词。所以，一幅有着士大夫情致的画作中出现渔夫我们并不会觉得意外。有趣的是，这幅画“更无渔唱”，倒是出现了我们比较陌生的“猿啼”。李白《早发白帝城》中有“两岸猿声啼不住，轻舟已过万重山”的句子，有山才有猿，“猿啼”暗示着山景的存在。由此可知，在这幅画中，“人”消隐了踪迹，风物才是主角。

《芦洲聚雁图》描绘的应是纯山水，洲渚，鸿雁，秋草，斜阳。“占断沙洲寂寞，寒潮上、一抹烟笼”化自苏东坡《卜算子》中一句“寂寞沙洲冷”。这首词的引子讲述了一个爱情故事：惠州有温都监女，颇有色。年十六不肯嫁人。闻坡至，甚喜。每夜闻坡讽咏，则徘徊窗下，坡觉而推窗，则其女逾墙而去。坡从而物色之曰：吾当呼王郎与之子为姻。未几，而坡过海，女遂卒，葬于沙滩侧。坡回惠，为赋此词。

一个女子纯真的爱情，随生命凋落。她未能得到爱，幸而，她得到了爱人的怀念。悲哀，毕竟不悲凉。

几百年后的我们第一次听说这句“寂寞沙洲冷”，却多是因为流行歌手周传雄的一首歌。苏学士的《卜算子》被周传雄编演成了流行歌，缘由都是失落的、不可寻回的爱情。周传雄接受采访时曾说，写这首歌是因为“前女朋友给我寄来结婚喜帖”。纳兰性德呢，把五个字演绎成十三个，氤氲、伤感、感断心弦的忧愁——典型的纳兰风韵。

纳兰喜欢用经典旧句，却不用艰涩难懂的，譬如，在化用了苏东坡的名句后，紧随其后信手拈起白居易的《暮江吟》：“一道残阳铺水中，半江瑟瑟半江红。”纳兰性德很有意思，他说，我没有看到半江瑟瑟半江红的景致啊。是啊，“寒潮上、一抹烟笼”，雾气轻闭江面，自然无处寻得残阳铺水的可爱景象，取而代之的是带些寒意的江景。

容若毕竟是文人，神游此如画美景，怎可不前思古人。他于漫天飞舞的芦花中望广阔之楚天，思洁雅之楚人，化身屈原，游走于黄陵庙侧，藕荷花间，“集芙蓉以为裳，又树蕙之百亩；帅云霓而来御，将往观乎四荒”。他寻故迹，祭湘灵，洒脱中有文化积淀下的伤感。这份伤感，如一坛老酒，厚重却并不刺喉，不至于有辛辣的忧伤呛得人泪流满面。纳兰写词时的情感，是悲？还是喜？我们说不清晰。

电视剧《铁齿铜牙纪晓岚》有首好听的插曲，是编剧邹静之亲自填的词，颇好：

“夜雨霖霖\云遮晓月\白霜降红叶\红叶飘红叶飘\思君万里遥\月儿萧萧\雁已去了\长风送秋草\草儿摇草儿肠相思情难了……”

最念念不忘的是最后一句：“漫天的悲秋，漫天的喜来。”听柔柔的女声一遍一遍吟唱，始终参不透其中情味。既是悲秋，何来之喜悦？后读弘一法师传记，法师生命最后一刻写下偈子：悲欣交集。恍然大悟，原来答案在这里。纳兰当时的心境，想必如是，只是，锦玉堆里的公子，竟会有老僧入定的心境，是画的魅力，还是人的超脱？我们依旧思不透彻，想不清晰。还是继续读诗吧。

水调歌头 题西山秋爽图[①]（空山梵呗静）

空山梵呗静[②]，水月影俱沉。悠然一境人外，都不许尘侵。岁晚忆曾游处，犹记半竿斜照，一抹界疏林[③]。绝顶茅庵里[④]，老衲正孤吟[⑤]。

云中锡[⑥]，溪头钓，涧边琴。此生著几两屐，谁识卧游心[⑦]？准拟乘风归去，错向槐安回首[⑧]，何日得投簪[⑨]？布袜青鞋约[⑩]，但向画图寻。

注释

①西山：山名，北京西郊群山的总称。南起拒马山，西北接军都山。有百花山、灵山、妙峰山、香山、翠微山、卢师山、玉泉山等峰，林泉清幽，为京郊名胜地。秋爽：秋日的凉爽之气。

②梵呗：佛教徒作法事时念诵经文的声音。

③疏林：稀疏的林木。

④茅庵：茅庐，草舍。

⑤老衲：年老的僧人。亦为老僧自称。亦有借用于道士者。唐戴叔伦《题横山寺》诗："老衲供茶盌，斜阳送客舟。"

⑥锡：即锡丈，谓僧人出行。

⑦卧游：指欣赏山水画、游记、图片等代替游览。

⑧槐安：槐安国或槐安梦的省称。唐李公佐《南柯太守传》载淳于棼饮酒古槐树下，醉后入梦见一城楼题大槐安国。槐安国王招其为驸马，任南柯太守30年，享尽富贵荣华。醒后见槐下有一大蚁穴，南枝又有一小穴，即

梦中的槐安国和南柯郡。后因用来比喻人生如梦，富贵无常。宋范成大《次韵宗伟阅香乐》："尽遣余钱付桑落，莫随短梦到槐安。"

⑨投簪：丢下固冠用的簪子。比喻弃官。晋陆机《应嘉赋》："苟形骸之可忘，岂投簪其必谷。"

⑩布袜青鞋：多指隐者或平民的装束，借指隐居，语出唐杜甫《奉先刘少府新画山水障歌》："青鞋布袜从此始。"

赏析

在人们的印象中，题画诗似乎可供发挥的空间不大，多为应景之作，但是也不乏佳品，譬如苏轼的《惠崇春江晚景》，就有"春江水暖鸭先知"的佳句。题画诗中我们最熟悉的当属王维的《画》："远看山有色，近听水无声。春去花还在，人来鸟不惊。"浅淡生动，情境、意趣无一不足。

纳兰性德的这首《水调歌头》也是题画之作：上阕侧重景与境的描写。空山梵呗，水月洞天，这世外幽静的山林，不惹一丝世俗的尘埃。还记得那夕阳西下时，疏林上一抹微云的情景。在悬崖绝顶之上的茅草屋中，一位老和尚正在沉吟。下阕侧重观画之感受与心情的刻画。行走在云山之中，垂钓于溪头之上，弹琴于涧水边，真是快活无比。隐居山中，四处云游，一生又能穿破几双鞋子，而我赏画神游的心情又有谁能理解？往日误入仕途，贪图富贵，如今悔恨，想要归隐山林，但是这一愿望要到何日才可以实现呢！只希冀从这画中得到安慰。

"只在此山中，云深不知处"的隐士生活为许多古代士人所倾慕。空山不见人，青枝茂密，绿叶扶疏，一个简朴的小茅棚里，老僧微闭双目虔诚地念诵经卷。他是念诵的《金刚经》还是《多心经》不得而知，只听到梵音声声在静谧的山林中悠远回荡，把寂静的夕阳无限拉长。诗人对这种生活产生了无限向往，看着这幅画作，禁不住神游开去，觉得官宦日子真是受罪。这种心态类似于今天的城市白领梦想着去乡下承包一块土地，开垦自己的一块菜园、养一群鸡鸭。

白领们最多去乡下玩几天，谁也受不了长久的农村日子。且不说你逛惯了新天地、家乐福、Chanel 出了新品纵使买不起不去看看也心痒痒。乡下的窝头炖菜吃一次两次是新鲜，吃多了保证让你觉得棒子面（玉米面）拉胃。而且满地的虫虫蚁蚁，娇弱的城里姑娘看了要尖叫，只见识过苍蝇蚊子蟑螂的勇敢小伙子忽然见了某种新式蚊虫恐怕也会吓得抱头鼠窜。

纳兰性德一位豪门贵公子，那自小的待遇又是城里双职工家庭长大的小白领们没法比的了。说纳兰是为文治武功无一不精的汉子不假，可他自从落草也是一众丫鬟婆子照顾着，一双手除了握笔捻花最多就是挽弓持剑从没摸过锄把儿，晚上睡觉恨不得有一打丫鬟陪在一边儿赶蚊子，满鼻子闻的从来都是苏和香百合香沉水香，从来没闻过粪坑味儿。试想下，清晨一觉醒来，纳兰公子挠着满脸蚊子包走出小草房，“啪嚓”一脚踩上了昨夜不知哪种野兽留下的一摊“夜香”——他哪里还能有“云中锡，溪头钓，涧边琴”的浪漫心思？所以，那些看破红尘的诗啊画啊，看看就罢了，它们多是“美则美矣，了则未了”。

这么说，毕竟刻薄了些。纳兰性德为我们描述的美景，确实美若天外，让我们心生向往。有些东西，包括某些生活的方式，我们一生也不可能真正拥有，但是，这并不妨碍我们去体味、去追求。向往美、向往一种极致的洒脱，到底比追求一些黑暗的、无聊的生活要好。

水调歌头　题岳阳楼图[1]（落日与湖水）

落日与湖水，终古岳阳城[2]。登临半是迁客[3]，历历数题名。欲问遗踪何处，但见微波木叶[4]，几簇打鱼罾[5]。多少别离恨，哀雁下前汀。

忽宜雨，旋宜月，更宜晴。人间无数金碧[6]，未许著空明[7]。淡墨生绡谱就[8]，待倩横拖一笔，带出九疑青[9]。仿佛潇湘夜，鼓瑟旧精灵[10]。

注释

①岳阳楼：湖南岳阳西门古城楼。相传三国吴鲁肃在此建阅兵台，唐开元四年（716 年）中书令张说谪守巴陵（即今岳阳）时，在旧阅兵台基础上兴建此楼。主楼三层，巍峨雄壮。登楼远眺，八百里洞庭尽收眼底，为古今著名风景名胜。唐代著名诗人李白、杜甫、白居易、李商隐等都有咏岳阳楼诗。宋庆历五年滕子京守巴陵时重修，范仲淹为撰《岳阳楼记》，名益著。其后迭有兴废。

②终古：往昔自古以来。

③迁客：遭贬迁的官员。

④微波：细小的波纹。木叶：树叶。《九歌·湘夫人》："袅袅兮秋风，洞庭波兮木叶下。"又，元萨都剌《芙蓉曲》："鲤鱼吹浪江波白，霜落洞庭飞木叶。"

⑤鱼罾：渔网。唐杜甫《寄刘峡州伯华使君》诗："林居看蚁穴，野食待鱼罾。"

⑥金碧：金黄和碧绿的颜色，此处指金碧山水画。

⑦空明：空旷澄澈。

⑧生绡：未漂煮过的丝织品。古时多用以作画，因亦以指画卷。唐韩愈《桃源图》诗："流水盘回山百转，生绡数幅垂中堂。"

⑨九疑：亦称"九嶷"，山名，在湖南宁远南。《山海经·海内经》："南方苍梧之丘，苍梧之渊，其中有九嶷山，舜之所葬，在长沙零陵界中。"郭璞注："其山九溪皆相似，故云'九疑'。"

⑩鼓瑟：弹瑟，这里指"湘灵鼓瑟"，谓湘水女神弹奏古瑟。《楚辞·远游》："使湘灵鼓瑟兮，令海若舞冯夷。"明张景《飞丸记·芸窗望遇》："我也曾见湘灵鼓瑟曲里称神。"精灵，指湘灵。

赏析

"庆历四年春，滕子京谪守巴陵郡。越明年，政通人和，百废俱兴……"这个开头，恐怕没有人不知，没有人不晓。范仲淹一篇《岳阳楼记》，让洞庭湖畔的古城楼永远镌刻在了中国文学史上。

岳阳楼与江西南昌的滕王阁、湖北武汉的黄鹤楼并称为江南三大名楼，自古就有"洞庭天下水，岳阳天下楼"之誉。

岳阳楼距今已有两千多年历史，据说其前身为三国时期东吴大将鲁肃的"阅军楼"。唐开元四年（716年），张说被贬到岳州。张说想在鲁肃阅兵台旧址修造一座与洞庭湖壮丽景观相得益彰的"天下名楼"，于是张榜招揽能工巧匠。潭州青年木工李鲁班手艺高强，对楼台建筑也颇有心得，张说就请他出手设计一座三层、四角、五梯、六门、飞檐、斗拱的楼阁。一个月过去了，李鲁班拿出的设计图纸让张说非常失望：不过是一座小亭子。张说表示，这个设计完全不行，再给你七天时间，一定要给我设计出一座气势宏大的阁楼。

李鲁班犯了愁，七天时间，设计一座华丽的大阁楼，怎么可能呢？李鲁班蹲在洞庭湖边上苦不堪言，这时，溜达过来一位背着包袱的白发老人。老人看李鲁班愁眉苦脸的样子，问清缘由，说："这不难，你把这些木块拿去把玩，兴许就能琢磨出些门道来。"说着，老人从包袱了拿出了一堆大大小小带着编号的木块。李鲁班拼来拼去，果然鼓捣出一座宏伟阁楼的模型。旁边的百姓围着看热闹，都说是祖师爷鲁班显灵，老人笑着说，他不是鲁班，是鲁班的徒弟，姓卢，说完就消失不见了。

李鲁班的新设计让张说非常满意，不久，气象万千的岳阳楼就拔地而起。

岳阳楼自建成之日起就受到了文人骚客的无限喜爱。人们不时高登楼上，把酒言欢，或吟诗，或长啸，或抒胸中之块垒，或抒发满怀豪情。

可浏览八百里洞庭湖的湖光山色岳阳楼，是艺术创作中被反复描摹、久写不衰的一个主题。

纳兰容若的这首《水调歌头》为题画之作，所题之画的主题，正是岳阳楼。纳兰容若在诗歌中赞美图画，感慨人事：这岳阳楼的落日与湖水自古以来都是岳阳城的名胜。来到这里的大都是迁客骚人，留下了无数不朽的诗句。但要问寻他们的遗踪，却只能看到洞庭微波，木叶凋零，几处渔网横卧。人世间多少离恨，都如同这寂寞哀雁飞下孤洲。无论风雨晴空，无论明月暮霭，都各具风情。人间无数精美的金碧山水画，都不及它的澄澈空明。只用淡墨生绢摹画，巧妙地横向拖出一笔，那九疑山青青的风神便呈现出来，就如同在这潇湘夜色中，那湘水之神正弹奏着古瑟般栩栩如生！

这首词可谓是题画词中的翘楚，意境空灵，将画面中的景色与岳阳楼、洞庭湖的典故、名句融于一处，丝毫不见雕琢痕迹。观诗如览画，且词句铿锵，更富音律之美感，读过之后，满口辞藻的余香。

凤凰台上忆吹箫（荔粉初装）

除夕得梁汾闽中信，因赋。

荔粉初装[①]，桃符欲换[②]，怀人拟赋然脂[③]。喜螺江双鲤[④]，忽展新词。稠叠频年离恨[⑤]，匆匆里、一纸难题。分明见、临缄重发，欲寄迟迟。

心知。梅花佳句，待粉郎香令[⑥]，再结相思。记画屏今夕，曾共题诗。独客料应无睡，慈恩梦、那值微之[⑦]。重来日，梧桐夜雨，却话秋池[⑧]。

注释

①荔：植物名。又称木莲。常绿藤本，蔓生，叶椭圆形，花极小，隐于花托内。果实富胶汁，可制凉粉，有解暑作用。

②桃符：古时挂在大门上的两块画着门神或写着门神名字，用于辟邪的桃木板。后在其上贴春联。借代春联。

③然脂：泛指点燃火炬、灯烛之属。

④螺江：水名，也称螺女江。在福建福州西北。宋葛长庚《寄三山彭鹤林》："瞻彼鹤林，在彼长乐嵩山之上，螺江之角。"

⑤稠叠：稠密重叠，密密层层。频年：连续几年。

⑥粉郎：傅粉郎君，三国魏何晏美仪容，面如傅粉，尚魏公主封列侯，人称粉侯，亦称粉郎。香令：晋习凿齿《襄阳记》："刘季和曰：'荀令君至人家，坐处三日香。'"后以"香令"指三国魏荀彧。亦用以借指高雅才识之士。

⑦慈恩：慈恩寺的省称。唐代寺院名。旧寺在陕西长安东南、曲江北，宋时已毁，仅存雁塔（大雁塔）。今寺为近代新建在陕西西安南郊。唐贞观二十二年（648年）李治（高宗）为太子时，就隋无漏寺旧址为母文德皇后追福所建，故名慈恩寺。微之：元慎，字微之。

⑧话秋池：唐李商隐《夜雨寄北》："问君归期未有期，巴山夜雨涨秋池。何当共剪西窗烛，却话巴山夜雨时？"却：再。

赏析

这是纳兰词里少见的喜气洋洋的作品。以往除夕，诗人多沉浸在对妻子的感怀中，愁眉不展。唯有这次，虽然也是思人之作，却是欣欣然的、不悲哀的。只因为，他在除夕之夜接到了顾贞观（号梁汾）从闽中寄来的信。

薜荔萌发，春联欲换，在这辞旧迎新的时刻，怀人之情油然而起，遂点灯而赋。却欣喜地得到了来自闽中友人的书信，展开来奉读那动人的新词。这多年的离愁别恨，又岂能在这匆匆书写的一纸信文中说尽。于是信写好后，将封寄出，又拆开来，犹恐漏掉什么、未尽深意。记得曾经的除夕之夜，我们在一起题诗。心中明了，那咏梅的佳句还在等待着你回来题赋。料想你独在闽中，此时正辗转不眠，而京华旧游之事犹如梦幻，你已不在其中。遥想他日重逢，当是在梧桐夜雨之时，那时定然能一起追忆今日的情景。

世上能使人辗转反侧的，除了爱情，还有友情。爱情能使生命中处处洋溢着玫瑰的甜香，每时每刻都如梦幻般甜蜜，走着山川大地、照耀着的日月星辉，总有在伊甸园中漫步的感觉。友情更像是一行诗，用细细密密的句子斜斜地插入你的生活，把每一个孤单乏味的瞬间填满。同样的事情，每日做来都没有什么额外的趣味，与朋友一起交流着携手共做，便觉得意趣非常。

纳兰性德与顾贞观相差二十岁，是一对忘年交，他们无论才华情致还是胸怀抱负都颇为一致，初次见面就互相惊艳。日后顾贞观做了纳兰的老师，更是发现彼此是难得的挚友。

康熙十七年（1678年）顾贞观去南方见吴绮，不久后去了闽中。这时，闽中战乱还没有结束，受战事阻碍，顾贞观在福州待了很久，那一年的除夕就是从福州度过的。由于无法返京，他修书一封寄予纳兰。

妻子逝去后，纳兰性德一直处于抑郁的状态，加之仕途险恶，伴君如虎，与顾贞观等一干好友酬唱往来是他少有的快乐事情。顾贞观走后，纳兰性德重又陷入了寂寞与孤独，对妻子的思恋将他缠绕得透不过气来，职场上郁闷的事情又找不到合适的人倾吐。除夕佳节，万家欢乐，丧妻的纳兰却陷入了更深的忧郁，这时忽然接到远在闽中的顾贞观的来信，他怎能不欣喜非常？

诗人以一种快乐到天真的态度记下了对朋友的想念。“梅花佳句，待粉郎香令”。粉郎，对俊秀男子的雅称。冬日红梅大放，梅，乃岁寒三友，其花美艳，其质高洁，读书人总爱取梅一瓶，共坐联对作诗。我的朋友，曾经的除夕夜，我们一起咏梅作诗，今年我依旧等着你，等你回来一起写下关于梅花的美丽诗篇。这种感情，朴实感人，充满依恋。

在欢乐的佳节，你是否如纳兰容若一般，会想起一个顾贞观一样能陪伴你走过生命的每一个孤寂瞬间的朋友？若有一友如纳兰之于梁汾、如梁汾之于纳兰，真是人间幸事。

凤凰台上忆吹箫　守岁[①]（锦瑟何年）

锦瑟何年[②]，香屏此夕[③]，东风吹送相思。记巡檐笑罢[④]，共捻梅枝。还向烛花影里，催教看、燕蜡鸡丝[⑤]。如今但、一编消夜，冷暖谁知？

当时。欢娱见惯，道岁岁琼筵，玉漏如斯[⑥]。怅难寻旧约，枉费新词。次第朱幡剪彩[⑦]，冠儿侧、斗转蛾儿[⑧]。重验取[⑨]，卢郎青鬓[⑩]，未觉春迟。

注释

①守岁：农历除夕一夜不睡，送旧迎新。

②锦瑟：漆有织锦纹的瑟。借喻往日的好时光。李商隐《锦瑟》："锦瑟无端五十弦，一弦一柱思华年。"

③香屏：华美的屏风。南朝梁简文帝《美女篇》："朱颜半已醉，微笑隐香屏。"

④巡檐：来往于檐前。

⑤燕蜡鸡丝：即燕蜡与鸡丝，旧俗农历正月初一所做的节日食品。明瞿佑《四时宜忌·正月事宜》谓："洛阳人家，正月元日造丝鸡、蜡燕、粉荔枝。"

⑥琼筵：盛宴、美宴。玉漏：古代计时漏壶的美称，唐苏味道《正月十五夜》诗："金吾不禁夜，玉漏莫相催。"

⑦次第：依次地。朱幡：指显贵之家所用的红色旗幡。剪彩：古代正月

七日，以金银箔或彩帛剪成人或花鸟图形，插于发髻或贴在鬓角上，也有贴于窗户、门屏，或挂在树枝上作为装饰的，谓之“剪彩”。

⑧斗转：乱转。宋康与之《瑞鹤仙·上元应制》：“闹蛾儿、满路成团打块，簇着冠儿斗转。”蛾儿：古代妇女于元宵节前后插戴在头上的剪裁而成的应时饰物。

⑨验取：检验、查看。

⑩卢郎：传说唐时有卢家子弟为校书郎时年已老，因晚娶，而遭妻怨。宋钱易《南部新书》云：“卢家有子弟，年已暮犹为校书郎，晚娶崔氏女，崔有词翰，结之后，微有慊色。卢因请诗以述怀为戏。崔立成诗曰：‘不怨卢郎年纪大，不怨卢郎官职卑。自恨妾生身较晚，不见卢郎年少时。’”后用为典故。

赏析

纳兰性德的词多悼亡之作。这首词也是借写节序抒发怀人之感：什么时候才能再有那美好的时光啊，今岁的除夕只剩有锦瑟相伴，东风吹来则更增添了相思。还记得当年你我共度除夕的情景，那时你我欢笑着往来于檐下，之后又共捻着梅枝。在灯影里催看手中的蜡燕、丝鸡做得如何。如今我却手持着一卷书来消磨着除夕，我的伤心寂寞还有谁能知晓？那时见惯了欢娱的情景，没想到会有今日的孤寂。当时还说以后年年都会有美宴，漏壶的滴答声也会永远如此。如今却难以实现旧时的愿望，如何不叫人惆怅。家家户户挂起朱幡彩旗，人们高高兴兴地戴上了迎新的装饰。再来看看我，虽然仍是青春年少，然而心却已老。

还是我们熟悉的那个容若。华美的辞藻，生动的情节，细腻描绘的小儿女情态之下，是人间欢宴后无尽的悲凉。

少时读《红楼梦》，见其中说黛玉“向来是个喜散，不喜聚的”。那时觉得，她天性不喜热闹。年纪大些再读《红楼梦》，忽地想到，每次聚会她疯玩疯闹兴奋劲儿不比谁差，她受不得的，是喜乐过后的离散吧。索性不聚。散，有韶华盛极的荒凉，氤氲着凄苍的美，似乎如此，日本人才喜爱“樱花庄重凋落”超过喜爱“樱花盛放”——这其中的差别需要细细体味，整棵樱树从开花到全谢大约16天左右，甚至给人形成樱花边开边落的错觉。日本人有坚强的武士道精神垫底儿，才能在冉冉落花下畅饮着“悲”之酩醴；而中国人敏感纤弱的文人神经受不得“悲”的冶炼，他们感时花溅泪，恨别鸟惊心。

散，源于聚。《浮生六记》沈复与芸娘被高堂双双逐出家门，芸娘病弱，不久于人世，强颜笑曰：“昔一粥而聚，今一粥而散；若作传奇，可名《吃粥记》矣。”纳兰容若与妻子的散聚，在除夕新岁，元宵佳节。

除夕前后的欢愉，多少人写得。辛弃疾写《青玉案》“蛾儿雪柳黄金缕，笑语盈盈暗香去”，李清照作《永遇乐》“铺翠冠儿、捻金雪柳，簇带争济楚”。纳兰容若说“次第朱旛剪彩，冠儿侧、斗转蛾儿”。辛弃疾怀念的是红尘路上擦肩而过的绝世女子，李清照怀念的是自己逝去的年华正艳时的欢颜，纳兰容若怀念的是曾与自己举案齐眉、你侬我侬的发妻。同是缅怀一种逝去，辛弃疾体会更多的是一种失落。那女子如流水落花，被命运的风吹至书生面前，又随命运之风翩然而去，书生心中几多怅惘，却并不哀伤。李清照有感于自己飘零的身世，有感于青春的荣枯，失去了赵明诚，失去了岁月的往昔，已然是“凋萎了”。心都枯了，哪还有什么悲喜？容若是爱那女子的，他的心悬系在那女子身上，整个人都痴了，记得“巡檐笑罢，共捻梅枝”、记得“烛花影里，催教看、燕蜡鸡丝”。所谓相思，最怕的是一人把心生在伊人的身上，伊人的生命凋零，那颗心也随之枯萎化灰。

黛玉作歌曰：“试看春残花渐落，便是红颜老死时。一朝春尽红颜老，花落人亡两不知。”人亡，花落，凄苍的情景勾起几多人心底的伤悲。人们独独忘记的是那惜花人，消隐在岁月的哪个角落里啜饮相思的苦酿。

金菊对芙蓉　上元（金鸭消香）

金鸭消香①，银虬泻水②，谁家夜笛飞声？正上林雪霁③，甃晶莹④。鱼龙舞罢香车杳⑤，剩尊前、袖掩吴绫⑥。狂游似梦，而今空记，密约烧灯⑦。

追念往事难凭。叹火树星桥，回首飘零。但九逵烟月⑧，依旧笼明。楚天一带惊烽火⑨，问今宵、可照江城⑩？小窗残酒，阑珊灯，别自关情。

注释

①金鸭：一种镀金的鸭形铜香炉，多用以熏香或取暖。唐戴叔伦《春怨》诗："金鸭香消欲断魂，梨花春雨掩重门。"

②银虬：亦作"银虯"，银漏、虬箭。古代一种计时器，漏壶底部的银质流水龙头。

③上林：上林苑，古宫苑名。一为秦旧苑，汉初荒废至汉武帝时重新扩建。故址在今西安市西及周至、户县界；一为东汉光武帝时建造，故址在今河南洛阳市东汉魏洛阳故城西，东汉永平十五年（72 年）冬，车骑校猎上林苑即此；一为南朝宋大明三年（459 年）建造，故址在今江苏南京市玄武湖北。后泛指帝王的园囿。

④甃：用对称的砖瓦砌成的井壁，亦借指井。宋秦观《水龙吟》词："卖花声过尽，斜阳院落，红成阵，飞甃。"

⑤鱼龙舞：古代百戏杂耍节目，亦称鱼龙杂戏、鱼龙百戏。唐宋时京城

于元宵节盛行此戏，唐张说《侍宴隆庆池》诗："鱼龙百戏分容与，凫鷁双舟较溯洄。"鱼龙，指古代百戏杂耍中能变化为鱼和龙的猞猁模型，亦为该项百戏杂耍名。香车：用香木做的车，泛指华美的车或轿。

⑥吴绫：古代吴地所产的一种有纹彩的丝织品，以轻薄著名。

⑦烧灯：点灯，指举行灯会或灯市，指元宵节，旧俗于正月十五晚张灯结彩供人通宵观赏，故称。

⑧九逵：四通八达的大道，后多指京城的大路。

⑨楚天：古代楚国在今长江中下游一带，位居南方，所以泛指南方天空为楚天。烽火：古时边防报警的烟火，比喻战火或战争。

⑩江城：临江之城市、城郭。唐崔湜《襄阳早秋寄岑侍郎》诗："江城秋气早，旭旦坐南闱。"

赏析

唯有这样华丽的词句，才配得上这样华丽的佳节吧。所谓金鸭，是古人用来熏香或取暖的鸭形铜香炉，镀金镶翠，更显其华丽。银虬是古代计时器漏壶底部的银质流水龙头，放到今日，便可被赞为"华贵典雅的家居设计"。他人做此类句子，多是出于美好的想象，大胆地使用华美的修辞。于纳兰性德，却是实打实地写实、描绘眼前景象。权相明珠府，吃穿用度必然不同凡响。这种锦绣堆就的日子，却只能让纳兰荒苍的内心更显落寞。这首词抒写上元之日的感怀。

元宵佳节到来，看香炉中轻烟袅袅，漏壶滴水，不知哪里传来了玉笛之声。现在园囿中正是大雪初霁，飞檐碧瓦分外晶莹。街市上热闹非常，鱼龙杂耍，香车宝马，只有我一个人对酒独坐。记得当初相约今日一起赏灯，如今却恍然成梦。怀念往事，心中难平。那满眼的灯火璀璨，却是不堪回首。那京城的通衢大道上，烟云缭绕，月色朦胧。如今南方战事未平，不知今日是否也会有如此热闹的灯火相照？而我却对着小窗残酒，望着微弱的烛光，感慨万千。

今天我们的娱乐项目越来越多，对节日的感觉已经淡漠了。古代，没有电视、电影、网络，文化活动也不如今日这么繁多，逢年过节便成了一大乐事。人们都纷纷走出屋，走上街头，看街上花灯盏盏、烟火片片。民间观灯之热闹，在黄梅戏《夫妻观灯》中有生动的描述："东也是灯，西也是灯，南也是灯来北也是灯，四面八方闹哄哄。长子来看灯，他挤得头一伸。矮子来看灯，他挤在人网里行。胖子来看灯，他挤得汗淋淋。瘦子来看灯，他挤成一把筋。小孩子来看灯，他站也站不稳。老头儿来看灯，走起路来戳拐棍。"那么，街上的花灯都有什么样式呢？"观长的，是龙灯。观短的，狮子灯。虾子灯，犁弯形。螃蟹灯，横爬行。鲤鱼灯，跳龙门。乌龟灯，头一缩，颈一伸，不笑人来也笑人，笑得我夫妻肚子痛。"可见古时的花灯花样繁多，十分有趣，兼具观赏性与娱乐性。除了花灯，还有焰火："冲天炮，放得高。火老鼠，地下跑。"这是非常俚俗的描述方式。关于上元节焰火，辛弃疾的描述则文雅多了，也较为经典："东风夜放花千树。更吹落，星如雨。"(《青玉案·元夕》)纳兰性德则一笔带过，只说"火树星桥"。毕竟，他的心思不在佳节上。

这样的好日子，他想到的不是上街游乐，想到的是离别的故人，甚至想到了远方的战事。

纳兰性德写作此诗时，吴三桂已死，但是他孙子吴世璠继续称帝，康熙帝派大军围剿湖南，所以有"楚天一带惊烽火"之说。

欢乐的节日再热闹，也感染不了一颗孤寂的灵魂。"小窗残酒，阑珊灯灺"，诗人对着小窗独酌，一杯残酒就度过了一个良宵。世上最悲的描写，不是以悲写悲，而是以乐写悲。纳兰性德用全城人的欢乐衬托一个人的孤寂，让我们看到的，是个孤寂的人在孤寂的夜晚，任由名为孤寂的幽灵在他灵魂深处狂欢。

琵琶仙　中秋（碧海年年）

碧海年年[①]，试问取冰轮[②]，为谁圆缺？吹到一片秋香，清辉了如雪。愁中看、好天良夜，知道尽成悲咽。只影而今，那堪重对，旧时明月。

花径里戏捉迷藏，曾惹下萧萧井梧叶[③]。记否轻纨小扇[④]，又几番凉热。只落得、填膺百感[⑤]，总茫茫、不关离别。一任紫玉无情[⑥]，夜寒吹裂。

注释

①碧海：此处指青天。

②冰轮：即圆月。

③井梧叶：井边梧桐的树叶。

④轻纨小扇：指纨扇，即用细绢制成的团扇。

⑤填膺：充塞于胸中。

⑥紫玉：古人多截取紫玉竹为箫笛，因以紫玉为箫笛之代称。

赏析

抒发哀怨的感情时，幽怨的人最先想到的往往是月亮。唐明皇夜会梅妃，杨贵妃知得自己深爱的男人心中还装着别的女人，满怀忧伤，饮酒独醉，开口便是“海岛冰轮初转腾，见玉兔，玉兔又早东升”。（《贵妃醉酒》）纳兰容若思念起心头的人儿，起首也是“碧海年年，试问取冰轮，为谁圆缺”。

这首词描绘了中秋月下的景致：年年岁岁，问那天上的明月在为谁圆缺？夜风吹得桂花飘香时，那月色更加清净如雪。这花好月圆的美好景色，在满怀愁绪的人看来也只觉伤感呜咽。形单影只，该如何去面对那旧时的明月？曾记得我们在鲜花小径追逐嬉戏，惹得梧桐树叶纷纷飘落，还记得那轻纱团扇陪伴了几个寒秋。如今却只落得胸中百感交集，无处申诉。任凭那幽怨的笛声唤起旧梦，吹到天明。

想必，容若所思念的是他青梅竹马的恋人。看他所回忆的情节“花径里戏捉迷藏，曾惹下萧萧井梧叶”。钟鼎人家青年男女，家教甚严，举止必然大方稳重，及笄的丫头、弱冠的小伙儿必然不好意思跑来跑去地捉迷藏。能做这种游戏的，当是“郎骑竹马来，绕床弄青梅”的年纪。小小的姑娘一定还是“妾发初覆额”，一点儿不懂得羞昵，会“折花门前剧”。

那真是不会再来的美好时光，我们玩得多么畅快，撒了欢地在满是花朵的小路上奔跑，连梧桐树的叶子都被我们夸张的笑声与叫声惊落了几片。曾经我们共同走过的美好日子，并不短暂，“记否轻纨小扇，又几番凉热”。用细薄的纨素糊就的小团扇，陪伴我们在漫长的夏日赶凉风，扑流萤，经历了几多华年？那时，我们天真烂漫，亲密无间。

回忆再美，也只是一片虚幻。诗人希望自己永远沉浸在美好的往昔中，可惜总有醒来的时刻。事实是，他们有个美好的开始，却没能继续让生命在幸福中沉浸下去。满洲女子成年后，都会有选秀的机会，这是她们的权利，也是她们的义务。传说，容若初恋情人就不得已参加了选秀，进宫去了。境由心生，美好的秋夜在诗人眼中，是一片悲凉。

冰轮出碧海，美则美，却美得冷入骨髓。夜风吹动盛放的桂花，清冷的月光下，甜香的桂花竟然映现了白雪般冷艳的气质，让夜色更觉凄清。这样清冷的夜，清冷的心，唯有清冷的曲子才能与之相配。诗人用一支紫玉笛吹出哀婉的曲子，表达内心浓浓的抑郁与伤怀。

在感情面前，人人都以为自己想得开。一如徐志摩在与梁启超的信中所说：“我将于茫茫人海中访我唯一灵魂之伴侣，得之，我幸，不得，我命，如此而已。”事实上，真面对了那样一份刻骨铭心的感情，又怎么会轻易放得下？徐志摩不就以为自己放下了林徽因，娶了陆小曼，最后却还是为了林徽因的事情丧了性命。纳兰容若比之于徐志摩，更痴——他就不曾产生过放下的念头，即使是自欺欺人的也罢。这样的一个人，又怎能不痛苦呢？

御带花　重九夜[①]（晚秋却胜春天好）

晚秋却胜春天好，情在冷香深处[②]。朱楼六扇小屏山[③]，寂寞几分尘土。虬尾烟消[④]，人梦觉、碎虫零杵[⑤]。便强说欢娱，总是无心绪[⑥]。

转忆当年，消受尽皓腕红萸[⑦]，嫣然一顾。如今何事，向禅榻茶烟[⑧]，怕歌愁舞。玉粟寒生[⑨]，且领略、月明清露。叹此际凄凉，何必更、满城风雨。

注释

①重九：即重阳，阴历九月九日。旧时在这一天有登高的风俗。

②冷香：指清香的花。唐王建《野菊》诗："晚艳出荒篱，冷香着秋水。"

③朱楼：谓富丽华美的楼阁，《后汉书·冯衍传下》："伏朱楼而四望兮，采三秀之华英。"屏山：屏风。

④虬尾：指盘曲若虬的盘香。虬，古代传说中有角的小龙。

⑤碎虫零杵：断续的虫声和杵声。

⑥无：空闲而烦闷的心情。

⑦皓腕：洁白的手腕，多用于女子，三国魏曹植《洛神赋》："攘皓腕于神浒兮，采湍濑之玄芝。"红萸：指重阳节插戴茱萸。

⑧禅榻：禅床。宋郭彖《睽车志》卷三："惟丈室一僧，独坐禅榻。"

⑨玉粟：形容皮肤因受寒呈粟状。

赏析

重阳节这天，天涯孤客，倍思亲人。纳兰容若独上小楼，啜饮着比天涯孤旅更为孤寒的伤悲。离家者尚有还家之日，远离人世者又怎会有归来之时？这首词写重阳节的无聊心绪，同时忆旧抒怀。

深秋季节的景致要比春天更美好，无限风情尽在秋日的花香深处。小楼的屏风落下些许微尘，却无人打扫。盘香烟消，孤独的人被窗外传来的虫鸣声和捣衣声惊醒，再难成眠。即使强颜欢笑，那百无聊赖的心绪也难以消减。记得当年，有伊人相伴一旁，那嫣然一笑，如今犹自灿烂。现如今，却空寂无聊，独自禅坐，怕见那歌舞繁华。清风雨露，霜华渐生，不觉寒冷。纵使不是满城风雨，而是胜却春天的美好秋夜，也已经只能感受到无比的凄凉冷清了。

“冷香”一处，有两种说法。一说指菊花、梅花等傲寒之花清幽的香气，譬如“晚艳出荒篱，冷香着秋水。”（唐王建《野菊》）。还有一种说法，指女人香。如侯方域在《梅宣城诗序》中写道：“‘昔年别君秦淮楼，冷香摇落桂华秋。’冷香者，余栖金陵所狭斜游者也。”

女人香在中外文化中都占有一席隐秘之地。欧洲学者曾这样写道：“女人的气息令男人陶醉，一如既往，从来就是对她们个人整体的一种神化，在描写年轻貌美的布兰奇弗萝时，我们读到这样的诗行，大意为她的气息如何芬芳怡人，会令所有闻到的男人一周之内既感觉不到痛，也感觉不到饥饿。”清代戏曲家李渔的传奇集《笠翁十种曲》中《怜香伴》一篇（有的版本索性将这篇记作《美人香》），石笺云嗅到风中逸来的女子气香，与曹语花一见倾心，可见女人香魅力之大，连女性也无法抵挡。

我们最为熟知的冷香当属薛宝钗。《红楼梦》第八回宝玉与宝钗比识通灵、金锁，与宝钗坐得近了，“只闻一阵阵凉森甜丝丝的幽香，竟不知系何香气”。宝钗身上的冷香，源自用“春天开的白牡丹花蕊 12 两，夏天开的白荷花蕊 12 两，秋天开的白芙蓉花蕊 12 两，冬天开的白梅花蕊 12 两”的奇妙海上方，洋溢中医文化与巫文化的神秘氤氲的气息，为宝钗之美点染了浪漫玄幻的色彩。

似乎在纳兰的印象中，妻子的气息就是这般带着凉意的甜蜜，除了这首《御带花》，他在一首《台城路·塞外七夕》中也用冷香代指自己的妻子：“羁栖良苦，算未抵空房，冷香啼曙。”能萦绕着这样神秘幽艳香气的女子，是一位怎样的可人啊，难怪容若魂牵梦绕。任凭新人在侧，任时光在脑海中怎样反复冲刷，他依然记得当年“皓腕红萸，嫣然一顾”。

重阳佳节，秋菊盛放，本来是“萧疏篱畔科头坐，清冷香中抱膝吟”（《红楼梦·对菊》）的日子，如今的容若却只能自问“圃露庭霜何寂寞，鸿归蛩病可相思？”（《红楼梦·问菊》），没有快乐，只有哀愁。当年与妻子嬉戏欢愉的小楼，如今盛满的不再是欢快的笑声，而是沉重的寂静。虽未曾常伴青灯，没了你的陪伴，人世繁华也褪去了光彩。爱人生命凋萎，容若的心便也寂灭了，寻常日子由一副青绿山水瞬间褪色成了黑白水墨。

纵然晚秋却胜春天好，能使人在这人间好景中感叹“此际凄凉”的，恐怕也只有爱情了。这样的爱情，我们读来心醉；那身处爱情中的人，却是无尽的心碎。此情此景此爱恋，闻者悲戚，说者断肠。

酒泉子（谢却荼蘼）

谢却荼蘼[①]，一片月明如水。篆香消[②]，犹未睡，早鸦啼。

嫩寒无赖罗衣薄[③]，休傍阑干角。最愁人，灯欲落，雁还飞。

注释

①荼蘼：落叶或半常绿蔓生小灌木，攀缘茎，茎绿色，茎上有钩状的刺，上面有多数侧脉，致成皱纹。夏季开白花。

②篆香：盘香，形如篆字。

③嫩寒：轻寒、微寒。无赖：无奈。

赏析

《酒泉子》这一词牌原为唐教坊曲。《金奁集》中入“高平调”。按温庭筠体。四十一字，全阕以四平韵为主，四仄韵两部错叶；按潘阆体，又名《忆余杭》，以平韵为主，间入仄韵。八句，四十九字，前片两平韵，后片两仄韵，两平韵。所以纳兰性德这首《酒泉子》属于温庭筠体。

上片第一句中“荼蘼”是一种蔷薇科木本植物，它的花期是在春后，一直延到盛夏才会开，所以古人以它为花中最晚的，是春季花季的终结。可见由于这个原因，荼蘼被赋予了一层伤感的、悲情的文化内涵，苏轼说：“荼蘼不争春，寂寞开最晚。”此外荼蘼在佛教中也有寓意，有人以为它就是所谓的彼岸花，这就给荼蘼赋予了更多的让人联想的深意。所以纳兰性德以一句“谢却荼蘼”开头，点出时间的同时更传达了春华殆尽的含义。后面诸句都是在这种情怀下的延伸。“一片月明如水”一句极为醒目，在一片明月如水的夜色中，荼蘼慢慢凋零。然后，或许是不忍卒观这窗外景致，眼倦目乏，将眼神又放回闺中，篆香也殆尽。似乎怎么也忘怀不了对窗外荼蘼谢去的伤感，一声早鸦又将深思勾去。

下片主写一个“寒”。天气是“嫩寒”，而人的心也是寒的。长夜难眠，披衣起坐窗前，晚风钻进薄薄的罗衣中，不禁打了一个寒噤，马上想到，不应再痴痴地独倚栏杆啊！最后一句“雁还飞”说气温回暖，又进一步将情怀如水的寒突出，所以说正是这灯花欲落，南雁北归时刻，最是愁煞人！

这首词是长夜怀人有思之作。陈廷焯在《词则闲情集》中说这词“情调凄婉，似韦端己手笔”，说他这首词很像韦庄的风格。韦庄在词风上和与他齐名的温庭筠不同，风格上虽都属于花间词，韦庄的词却没有温庭筠的词那样浓艳华美，他善于用清新流畅的白描笔调，表达比较真挚、深沉的感情。此外韦庄在写闺情上也具有典型特点，他将词的语言同描写的对象水乳交融地混同起来。这里说纳兰性德的风格和韦庄相似，就是以这两方面而言的。

一方面，纳兰性德这首词在风格上仍体现了花间词在词史上的巨大惯性，具有“香软”的特点，表现在词的内容仍属于离思别愁、闺情绮怨，意象上仍具有靡丽的特点；另一方面却可以和典型的花间词区别开来，如“一片月明如水”“最愁人，灯欲落，雁还飞”，显然是清新流畅的白描笔调，表达情感真挚而深沉的感情。

词句有穷，而意蕴难尽，直写情怀，却郁结难解，真挚可怜。

生查子（东风不解愁）

东风不解愁，偷展湘裙衩[①]。独夜背纱笼[②]，影著纤腰画[③]。
爇尽水沉烟[④]，露滴鸳鸯瓦[⑤]。花骨冷宜香[⑥]，小立樱桃下。

注释

①湘裙：指用湘地丝绸制作的裙子。

②纱笼：纱制的灯笼。

③纤腰：细腰。

④爇：燃烧。水沉：即水沉香、沉香。

⑤鸳鸯瓦：指成对的瓦。

⑥花骨：即花骨朵，花蕾。

赏析

这首《生查子》为一篇咏愁之作，想来古诗词咏愁之构，佳作迭出，何其浩繁，如李煜的“问君能有几多愁？恰似一江春水向东流”，欧阳修的“离愁渐远渐无穷，迢迢不断如春水”，均以春水喻愁，形象地写出了愁之绵长，有悠悠不尽之感；贺铸《青玉案》“一川烟草，满城风絮，梅子黄时雨”以层层递进的三种事物喻愁，秦观的“春去也，飞红万点愁如海”一样于夸张、比喻的结合中表达了愁之多、愁之深，而宋代著名女词人李清照的“只恐双溪舴艋舟，载不动，许多愁”，则于夸张与比较中衬出了愁之多、愁之重。

想必在如此多的佳句面前，纳兰作词咏愁已非易事。但这首《生查子》写来却也不落窠臼，显得较为别致。

且看上阕，词人几笔便勾勒出一位浅浅女子的哀婉伤春形象。纳兰作词，大多评家谓之“尤善小令”，此处可见一斑。在这里，作者没有直接描绘女子的容貌，而是以清朝贵族女子平素所穿的湘裙和其纤纤腰身入手，从侧面展现出女子的姿态容貌，给人以无限遐想的空间，想来此女何其俊秀，何其温柔。古人作诗，最高境界在于，造景塑性常在于言与不言之间的遐想，此作上阕便有深山不见寺，唯听暮鼓声的效果。

细细品来，东风既是春风，写东风的不解风情，此处便是东风的人格化了。东风却是在偷看湘裙，一个“偷”字写尽了东风之态，可谓珠玑。“湘裙”表明了主人公的身份，此处偷看再次暗示出女子的美貌。猜想诗人应该是以东风的视角和身份来观视女子，东风应该也是女子寂寞的见证吧？下句“独夜背纱笼，影著纤腰画”则交代了时间是晚上：春夜，女子一人在室，细看女子姿态，背靠着丝纱灯罩，灯光勾勒出女子的纤腰，孤独一影，此画面静谧优美，也有动静映衬，柔弱的灯光若隐若现，女子的倩影也在摇曳着寂寞。细腰让人浮想，此女子是何等的纤细体态，让人看到她是如此的娇柔，似有衣带渐宽终不悔，为伊消得人憔悴之感。俨然一副思妇相，绝无半点矫作之情。让人想入画探视，问问女子为何人而愁，在这孤独的夜里一个人难诉愁情。

上阕，几笔文字落在女子身上之物，而非景物描写，在于刻画女子形象，给读者以朦胧之女子容颜，清晰之愁情丝绪，此谓画人。

下阕文笔重在写景，描写女子身边环境。入眼眸的是沉香燃尽的一瞬，香烟袅袅升腾，然后弥散在空气中，犹如女子的愁丝飘散，烟已断，情不断。此处说明夜已深，女子还在孤独徘徊。又转向鸳鸯瓦，露滴已沾瓦片，再次说明夜深难眠。鸳鸯瓦自成双，而女子却是形单影只。此处以双反衬单，以喜衬悲的效果浑然天成。已是愁情极致，却还有“花骨冷宜香，小立樱桃下”的冷美景象。作者以花骨比喻女子，立于樱桃花下，静谧而清俗，因愁情而美丽动人。

此首《生查子》主题为咏愁之曲，作者上阕画人，下阕写景，无一愁叹之词，却处处渗透着情愁的气息，字里行间使读者感同身受。刻画画面上，冷静优美，刻画人物形象上没有冗长的词句，寥寥数笔勾画出内涵丰富的女子，笔法细腻。环境的衬托与渲染更是给形象增添了愁绪的内涵，让读者通过环境这一介质直通女子的心里。情与景的融合自然而舒适，优美的字句涂抹出一幅清晰的画面，画中之人，人之内心，与整体俨然相符，女子内心的愁绪也迷漫画卷，令人酸楚。

生查子（鞭影落春堤）

鞭影落春堤[①]，绿锦障泥卷[②]。脉脉逗菱丝，嫩水吴姬眼[③]。
啮膝带香归[④]，谁整樱桃宴[⑤]。蜡泪恼东风，旧垒眠新燕[⑥]。

注释

①鞭影：马鞭的影子。

②障泥：即马鞯。垂于马腹两侧，用于遮挡泥土的东西。

③嫩水：指春水。吴姬：指吴地的美女。

④啮膝：良马名。

⑤樱桃宴：科举时代庆贺新进士及第的宴席。始于唐僖宗时期。后来也指文人雅会。

⑥旧垒：旧时的堡垒、营垒。

赏析

骑一匹骏马，驰过长堤，步步催马，鞭影横飞，我要看尽这春色的美。骏马飞奔，马鞍两边垂障上的轻尘腾飞。路旁女子含情脉脉，目光炯炯有神，好比吴地佳丽的眼波。我游遍全城，骑马归来，带回一缕春日芬芳。是谁主持了一场樱桃宴会，要来庆贺新科进士们？东风徐徐，蜡烛被吹得跳跃起来，弄得它“泪流满面”。去年的燕巢中钻进了新来的燕子，一切似乎如此的春风得意。

这首词作于清康熙十五年（1676年），描述的是纳兰性德以殿试考“二甲七名”高中后“春风得意马蹄疾，一日踏尽长安花”的潇洒姿态。

纳兰性德的仕途并未遇到什么阻碍，一方面得益于他的门楣，另一方面，他的个人才情与极深的汉学修养也助他步步高升。无论是儒学汇编《通志堂经解》还是涉猎广泛的《渌水亭杂识》，都显示了他广博的学识。这样的文武英才，自然备受皇帝器重，前途无量。

这首词恰逢其二十二岁仕途腾达的起点上，词中体现了纳兰性德初期的入仕意识和豪放气魄。古人云“相由心生”，此词中的意象正符合了年少时豪放张扬的纳兰心中的狂喜之情。春色正浓，是一年中生机勃勃的开始，孕育了无限生机，在这个时候横鞭策马，即便是飞驰的马蹄溅起春泥沾湿绿锦，也是不足惜的。除却美景相伴，还有佳人含情的目光，无需多做形容，一双“嫩水吴姬眼”就把女子的美貌描绘得生动形象，不由得让人想起一双波光水嫩的大眼睛。“鞭影”“绿障”“春堤”“菱丝”“嫩水”，充满了各种动感，孕育着生命力的事物重合，将词人激动的心情，舒畅的感受表达得淋漓尽致。如此张扬放纵、豪气冲天，难怪人都言“少年得志、金榜题名”是人生三大幸事之一。

由策马游城为起，描绘途中美景佳人，而后下阕承接写至“归”。“归”为“啮膝带香归”，踏尽繁花，享受了众人艳羡的目光，即使归来，依旧满身余香。而为了迎接归来，又有人备好了“樱桃宴”，觥筹交错，均是庆贺之词，哪能不叫人心动流连？烛光闪烁，天色已晚，流年似水，这场宴会不知举办过多少次了，但今年却是轮到“新燕”。“蜡泪”本多为悲凉之意象，但在此，一个“恼”字却将红烛也写得俏皮了起来，红烛不再是孤独垂泪，顾影自怜，却似怨恼东风，更为人性化，与“东风”恰似一对冤家。最后一句以“新”“旧”对比，暗喻光阴流逝，“旧垒”住进“新燕”，虽有感慨，却依旧积极明媚，因为今年的词人，正是入眠的新燕，也正是如此循环往复，世界才得以生生不息。

《生查子》作为纳兰前期的代表作之一，我们可以从中看到年少的他意气风发，与往后纳兰厌倦官场后的缱绻之词有很大的差异，也正是这种差异，我们才可以看得出一个人的成长历程。

生查子（散帙坐凝尘）

散帙坐凝尘①，吹气幽兰并②。茶名龙凤团③，香字鸳鸯饼④。
玉局类弹棋⑤，颠倒双栖影。花月不曾闲，莫放相思醒。

注释

①散帙：打开书帙。借指读书。凝尘：积聚的尘土。

②吹气幽兰：谓美人气息之香更胜兰花。

③龙凤团：茶名，即龙凤团茶，又称龙团凤饼，为宋代著名的贡茶，饼状。

④香字：犹香篆，指焚香时所起的烟缕。鸳鸯饼：古代形似鸳鸯的焚香饼，一饼之火，可终日不灭。

⑤玉局：棋盘的美称。弹棋：古代棋类游戏，源于汉代，相传汉武帝好蹴鞠，群臣谏劝，东方朔以弹棋进之，武帝便舍蹴鞠而尚弹棋；另一说西汉成帝时刘向仿蹴鞠形制而作，初用十二枚棋，每方六枚。两人对局时轮流以石箭弹对方棋子。魏时改用十六枚棋，唐代又增为二十四枚棋。宋代以后，因象棋盛行而渐趋衰落。

赏析

夏敬观《蕙风词话》中说纳兰为重光（李煜）后身，这首词即承艳词一科，同李煜前期极尽奢华之作一般，香艳彻骨，用词尽透一派华丽之气。细究来，纳兰虽非天子，却也出身豪门。他是历代诗人词人中，很少遇到美满婚姻的词人之一。

康熙十三年（1674年），19岁的纳兰性德与17岁的卢氏成婚。这对少年夫妻无限恩爱，柔情万般。在他这个时期的诗词中，任何人都能感受到其中神怡心醉的燕尔之悦。以此多有评家认为此作，应该是纳兰此时所作。纳兰性德为夫人画像填词，两人赌书对弈，可谓琴瑟合鸣、美意融融。那种在世俗人眼里几近完美的家庭环境，郎才女貌，无论从物质到精神都构成所谓天设地造的金玉良姻。

如是说来，此作中最后一句“莫放相思醒”倒有种强说愁的滋味。因此看来，这首词不是“描绘贵族之家绮艳优裕的生活之态”，不是“表现悠然自得的生活之作”，词中极尽奢华的词语物象，并不能掩盖本词点睛中悲伤的姿态。

上阕中“散帙坐凝尘，吹气幽兰并”显然是作者读书生活中的片段。“散帙坐凝尘”需解为自己就像凝尘一样进入打开的书本里，描写词人读书的状态。吹气幽兰，说的是美女气息的香味尤甚于兰花。东汉郭宪《洞冥记》中有：汉武“帝所幸宫人名丽娟，年十四，玉肤柔软，吹气胜兰。”所以这句指的是，自己读书的时候，身边有爱妻伴坐。后两句，从细处着手，写案上之物，书房里龙团凤饼，散发着幽幽清香，点燃的鸳鸯焚香，氤氤氲氲，弥漫在书房各处。生活之乐，燕尔之悦，不言而喻。

转至下阕，便更想起两个人在一起的生活。“玉局类弹棋，颠倒双栖影。”说的是在两人对弈忘情，直到月夜之下，那白玉棋盘上映出枝头双双鸟儿的身影，确如粒粒弹棋。此处鸟儿双栖，粒粒如弹棋，句句都是妻的谐音，更感是怀人之作。“花月不曾闲，莫放相思醒。”一个“醒”字，一下子就把上边所描绘的幸福美满的欢乐之景拉入梦中。“花月”自然是夜晚，相思也是在梦中，想必那时梦中的自己也流露出微笑了吧？

纳兰虽是历史上很少遇到美满婚姻又能沉醉于婚姻的词人，但他的幸福生活却是好景不长。他和卢氏结婚短短三年，卢氏便因难产而撒手离去。这不能不说是纳兰遭受重创的波折，想到感情，三年相伴，自然情已颇深，更甚者说，纳兰在热恋之中失去了他的妻子抑或是所爱之人，想想也不无道理。这一打击让纳兰的生活彻底破碎，虽然后来词人还经历几段情感波折，但都不是当初的情意绵绵，相亲相守了。

这阕词中，纳兰全然不写半点哀愁，但细细读来，全篇句句成哀，句句是悲。词人作此作时，该是梦醒人无，其凄凉心境下发此艳丽之语，定然是有心布置的。但是，以乐景衬哀情在历代词中已屡见不鲜，虽纳兰有旷世之愁，这词确也平平。更是后来写梦，也全然隐去，不似他性纯率真的词风。此作承李煜之风，诚如夏敬观所言，“寒酸语，不可作，即愁苦之音，亦以华贵出之，饮水词人，所以重光后身也。”

而作为一个爱妻深切的多情之人，纳兰性德将妻子病逝的责任担在自己肩上，长期处于自责当中，陷入了一种无法解脱的痛苦。自此之后他的词风也为之一变，写出了一首首令人肝肠寸断、万古伤心的悼亡之词。

生查子（短焰剔残花）

短焰剔残花①，夜久边声寂②。倦舞却闻鸡③，暗觉青绫湿④。
天水接冥⑤，一角西南白。欲渡浣花溪⑥，梦远轻无力⑦。

注释

①残花：残存的烛花。

②边声：指边境上羌管、胡笳、画角等声音。

③“倦舞”句：引用闻鸡起舞的典故。这里谓倦于起舞却偏偏“闻鸡”的矛盾心理。

④青绫：青色的有花纹的丝织物。古代贵族常以之制作被服帷帐等。

⑤冥：幽暗，不明。

⑥浣花溪：又名濯锦江、百花潭。在四川成都西郊，为锦江支流。溪旁有杜甫故居浣花草堂。杜诗中的浣花溪已成千古绝唱：“两个黄鹂鸣翠柳，一行白鹭上青天。窗含西岭千秋雪，门泊东吴万里船。”

⑦梦远：指思念远方人的梦。

赏析

夜深了，我还未入睡，那盏残灯已结灯花，灯火晦暗，微风中一点豆火颤颤巍巍，我剔去灯花，周围明亮了些许。然而，这孤凄的氛围却没有变得暖热稍许。这离乡千里的边地深夜何其漫长，万籁俱寂，无声无息。

不愿如祖逖那般闻鸡起舞，鸡鸣却依旧声声催人，今夜又难免，默默已觉青绫上斑斑点点，尽是泪痕。

天的尽头，似乎天水相接，晨雾朦胧。西南天边的一角渐渐露出鱼肚白色，新的一日又慢慢走来。想要回到千里之外的家中，再次泛舟在浣花溪上。然而乡梦幽远，身如鸿毛倾飞，无力抗拒这命运，只能任东风吹去远方。

这首词中“倦舞却闻鸡”反用了祖逖闻鸡起舞的典故。这个典故出自《晋书·祖逖传》。祖逖是晋代有名的将领，很小就成了丧父之孤，但他生性豁达，不修边幅，乐善好施，是一个很有气节的大丈夫。他家境虽不是特别富足，却也殷实，因为父亲做过太守，他曾经到乡下给农民施舍吃穿用品，并且是以他兄长的名义，因此他受到乡人的敬重。早年他放浪不羁，不喜读书，快成年时才突然钻心于学问，并且学有所成，为时人所誉。他做周司主簿的时候，与刘琨共事，两人至交，促膝以谈，抵足而眠。一夜半夜鸡鸣，祖逖知为凶兆，天下将乱，便叫醒刘琨，一并舞剑修业，准备为天下兴亡储备能量。果然后来八王之乱爆发，天下狼藉，民不聊生，祖逖便应时之需，司马睿封他为奋威将军，然而并不给他许多兵马，他便自己募兵，一路北伐，收复黄河以南的领土。然而朝廷无能，偏安苟全，命无能之辈督战，祖逖抑郁而死。他死后第二年天下就乱了。

纳兰性德反用“闻鸡起舞”的典故，说“倦舞却闻鸡”，表达出了他真实而又矛盾的情感。其实纳兰性德所有词中，他内心矛盾体现得最明显的，就在后期身处边塞所作的作品中，这首词也体现了纳兰性德完整风格。正是这样，由于厌倦官场，无心于仕途，感情的细腻处又受到太大伤害，身处边塞，岂能安心入睡？“闻鸡起舞”的积极入世态度本非他所钟爱，如何又能够差强人意地生活而不得自由呢？

纳兰性德填词就是如此真实地将情感凸显出来，并不多加掩饰，正如顾贞观在《通志堂词序》中曾言：“非文人不能多情，非才子不能善怨，骚雅之作，怨而能善，惟其情之所钟，为独多也。”他也自称“予本多情人，寸心聊自持”。

生查子（惆怅彩云飞）

惆怅彩云飞[①]，碧落知何许[②]。不见合欢花[③]，空倚相思树[④]。
总是别时情，那得分明语。判得最长宵[⑤]，数尽厌厌雨[⑥]。

注释

①彩云飞：彩云飞逝。

②碧落：道家称东方第一层天，碧霞满空，叫做“碧落”。后泛指天上。

③合欢花：别名夜合树、绒花树、鸟绒树，落叶乔木，树皮灰色，羽状复叶，小叶对生，白天对开，夜间合拢。

④相思树：相传为战国宋康王的舍人韩凭和他的妻子何氏所化生。据晋干宝《搜神记》卷十一载，宋康王舍人韩凭妻何氏貌美，康王夺之，并囚凭。凭自杀，何氏投台而死，遗书愿以尸骨与凭合葬。王怒，弗听，使里人埋之，两坟相望。不久，二冢之端各生大梓木，屈体相就，根交于下，枝错于上。又有鸳鸯雌雄各一，常栖树上，交颈悲鸣。宋人哀之，遂号其木曰“相思树”。以象征忠贞不渝的爱情。

⑤判得：心甘情愿地。

⑥厌厌：绵长、安静的样子。

赏析

《生查子》这个词牌，句句仄韵，历来多用来写愁。吴梅在《词学通论》中有言：“惟词中各牌，有与诗无异者。如《生查子》何殊于五绝？此等词颇难著笔。又需多读古人旧作，得其气味，去诗中习见词语，便可避去。”容若的这首《生查子》，也是写愁之作，却是颇得五绝精髓所在。

此词颇像悼亡之词。上片首句一出，迷惘之情油然而生。“惆怅彩云飞，碧落知何许？”彩云随风飘散，恍然若梦，天空这么大，会飞到哪里去呢？可无论飞到哪里，我也再见不到这朵云彩了。此处运用了托比之法，也意味着诗人与恋人分别，再会无期，万般想念，万分猜测此刻都已成空，只剩下无穷尽的孤单和独自一人的凄凉。人常常为才刚见到，却又转瞬即逝的事物所伤感，云彩如此，爱情如此，生命亦如此。“合欢花”与“相思树”作为对仗的一组意象，前者作为生气的象征，古人以此花赠人，谓可消忧解怨。后者却为死后的纪念，是恋人死后从坟墓中长出的合抱树。同是爱情的见证，但诗人却不见了“合欢花”，只能空依“相思树”。更加表明了容若在填此词时悲伤与绝望的心境。倘若从典故来看，也证明了此词的悼亡之意。

下片显然是描写了诗人为情所困，辗转难眠的过程。“总是别时情”，在诗人心中，与伊人道别的场景历历在目，无法忘却。时间过得愈久，痛的感觉就愈发浓烈，越不愿想起，就越常常浮现在心头。“那得分明语”，更是说出了诗人那种怅惘惋惜的心情，伊人不在，只能相会梦中，而那些纷繁复杂的往事，又有谁人能说清呢？不过即便能够得“分明语”，却也于事无补，伊人终归是永远地离开了自己，说再多的话又有什么用呢？曾经快乐的时光，在别离之后就成为了许多带刺的回忆，常常让诗人忧愁得不能自已，当时愈是幸福，现在就愈发痛苦。

然而因不能“分明语”那些“别时情”而苦恼的诗人，却又写下了“判得最长宵，数尽厌厌雨”。这样的句子。“判”通“拼”。“判得”就是拼得，也是心甘情愿的意思。一个满腹离愁的人，却会心甘情愿地去听一夜的雨声，这样的人，怕是已经出离了“愁”这个字之外。

王国维在《人间词话》中曾提到“愁”的三种境界：第一种是“为赋新词强说愁”，写这种词的多半是不更事的少年，受到少许委屈，便以为受到世间莫大的愁苦，终日悲悲戚戚，郁郁寡欢。第二种则是“欲说还休”，至此重境界的人，大都亲历过大喜大悲。可是一旦有人问起，又往往说不出个所以然来。而第三种便是“超然”的境界，人入此境，则虽悲极不能生乐，却也能生出一份坦然，一份对生命的原谅和认可，尔后方能超然于生命。

容若这一句，便已经符合了这第三种“超然”的境界，而这一种境界，必然是所愁之事长存于心，而经过了前两个阶段的折磨，最终达到了一种“超然”，而这种“超然”，却也必然是一种极大的悲哀。容若此处所用的倒提之笔，令人心头为之一痛。

通篇而看，在结构上也隐隐有着起承转合之意，《生查子》这个词牌毕竟是出于五律之中，然后容若这首并不明显。最后一句算是点睛之笔，从彩云飞逝而到空倚合欢树，又写到了夜阑难眠，独自听雨。在结尾的时候容若并未用一些凄婉异常的文字来抒写自己的痛，而是要去“数尽厌厌雨”来消磨这样寂寞的夜晚，可他究竟数的是雨，还是要去数那些点点滴滴的往事呢？想来该是后者多一些，诗人最喜要在结尾处带出自己伤痛的情怀，所谓“欲说还休，欲说还休，却道天凉好个秋”，尽管他不肯承认自己的悲伤，但人的悲伤是无法用言语掩饰的。

容若这首词，写尽了一份自己长久不变的思念，没有华丽的辞藻，只有他自己的一颗难以释怀的心。

忆秦娥　龙潭口[①]（山重叠）

山重叠[②]，悬崖一线天疑裂。天疑裂，断碑题字[③]，古苔横啮。

风声雷动鸣金铁[④]，阴森潭底蛟龙窟。蛟龙窟，兴亡满眼，旧时明月。

注释

①龙潭口：说法不一。一说为龙潭山口，地在清代吉林府伊通州西南，即今吉林市东郊龙潭山。康熙二十一年春，作者扈驾东巡过经此地；一说今山西盂县北之盂山亦有“龙潭”，又称“黑龙池”，作者曾几度赴山西五台山，本篇所指或为此地；又或者指北京西山的黑龙潭，作者也曾几次游历。

②重叠：同样的东西层层堆叠。

③断碑：断裂残缺的石碑。

④鸣金铁：形容风雷声如同金钲戈矛撞击之声。

赏析

纳兰性德曾扈驾到西山黑龙潭，写下了这首《忆秦娥·龙潭口》。据说这里石色青黑，树木萧森，荫浓苔滑。泉水从深潭底冒出，水势较旺。周围的山林于背阴处更高大繁茂，因为谷中土厚，阴处含水，不似向阳坡上风大干燥。而潭口处黛色石崖下会让人有山岩开裂、潭深难测之感。

这股泉水属于石灰岩地区溶洞、裂隙中的暗河涌出，水量较大，传说东海龙王的七子于此潜居。清代这里一度由皇家敕建黑龙王庙。纳兰性德游历至此，观其情其景，为其震撼，大发兴亡之叹。

这首词写龙潭口的景致及感受：龙潭口群山环绕，举目望去，天空只露一线，仿佛是天幕要裂开了。断碑上长满了苍苔，那苍苔好像在啃咬着碑文。龙潭口处如同风雷大作，发出了如同金钲戈矛撞击般的巨大声响，那阴森的潭底正是蛟龙的洞府吧？旧时的明月仍在，叫人升起无限怅惘之情、兴亡之叹！

严迪昌在《清词史》中对这首词的评价为："感慨倍多，遥思腾越。"容若是个天生的词人，也是个天生的隐士，他喜爱清净，热衷独处。随着圣驾来到这个黑龙潭，见识了这里的清幽与寂静，让容若内心打开了一个深深的缺口，他仿佛看到了自己这些年来，无谓的忙碌多么没有意义。

在容若的天性中，有着一点浪漫主义的不现实性，他渴望拥有彻底的自由，黑龙潭的山色浸染了他尚未尘封的心灵，更加激发了他胸中自由浪漫的天性，遥想古人，可以仗剑走天涯，做自己喜欢做的事，看自己喜欢看的风景，于是他忍不住也要跃跃欲试。

他在词的上片将黑龙潭的景色描绘得十分到位，令景色栩栩如生地出现在读词人的眼前，闭眼细想，仿佛就能看到那山涧的水天一线，崖壁料峭，布满苔藓的断碑令这里的景色清秀之中透出几分激愤和落寞。"山重迭，悬崖一线天疑裂。"悬崖好像要断裂开来，容若运用夸张的笔法，将景物写到了极致。

清朝词人况周颐在《蕙风词话》中，对容若看得透彻而又清晰："容若承平少年，乌衣公子，天分绝高。适承元、明词敝，甚欲推尊斯道，一洗雕虫篆刻之讥。独惜享年不永，力量未充，未能胜起衰之任。其所为词，纯任性灵，纤尘不染，甘受和，白受采，进于沉着浑至何难矣。"

的确如此，容若写词，从心而写，所以，无论是写景还是抒情，总是让人能感受到震撼人心的一面。虽然这首写景的词，容若并未提到任何抒情，但字里行间，读词的人依然能够感受出那份悲怆和凄凉。

"天疑裂，断碑题字，古苔横啮。""断碑""古苔"都让人感到悲凉。而在下片，容若更是将这种悲凉推到了制高点。"风声雷动鸣金铁，阴森潭底蛟龙窟。"如此豪迈的词句在容若的词中很少见到，让后人不但感受到了龙潭口的险峻，也同样看到了一个不一样的、内心刚硬的容若。

但容若毕竟还是感性的，词的最后，他无奈地感叹道："蛟龙窟，兴亡满眼，旧时明月。"看到旧时的明月，想到今朝的岁月，真是岁月无情，人世无常啊！

忆秦娥（春深浅）

春深浅[①]，一痕摇漾青如剪[②]。青如剪，鹭鸶立处[③]，烟芜平远[④]。

吹开吹谢东风倦，缃桃自惜红颜变[⑤]。红颜变，兔葵燕麦[⑥]，重来相见。

注释

①深浅：偏义词，指深。

②摇漾：摇动荡漾。

③鹭鸶：又叫“鸬鹚”。水鸟名，翼大尾短，颈和腿很长，捕食小鱼。

④烟芜：烟雾中的草丛。亦指云烟迷茫的草地。

⑤缃桃：即缃核桃，结浅红色果实的桃树。亦指这种树的花或果实。

⑥兔葵燕麦：形容景象荒凉。兔葵，植物名，似葵，古以为蔬。燕麦，一种谷类草本植物。

赏析

唐代文豪刘禹锡因参与王叔文、柳宗元等人的革新运动被贬郎州司马。十年后，被朝廷“以恩召还”，回到长安。这年春天，他去京郊玄都观赏桃花，写下了《玄都观桃花》：“紫陌红尘拂面来，无人不道看花回。玄都观里桃千树，尽是刘郎去后栽！”用以讽刺那些暂时得势的奸佞小人。

这首诗引起很多人的不满，于是他又因“语涉讥刺”而再度遭贬，一去就是十二年。十二年后，诗人再游玄都观，写下了《再游玄都观》：“百亩庭中半是苔，桃花净尽菜花开。种桃道士归何处？前度刘郎今又来。”不改初衷，依然如故，“前度刘郎今又来”的不懈斗争精神，一直为后人敬佩。

纳兰性德化用刘禹锡玄都观诗的典实写了这首《忆秦娥》，却没有了刘禹锡的斗志，而是通过花开花落，世事变迁，暗透了今昔之感和不胜身世的孤独之情。

这首词用刘禹锡玄都观诗之典暗喻了今昔之感：春已深，春水摇荡着，岸边露出整齐如剪的青绿色的涨水痕迹。那正是鹭鸶站立的地方，烟雾中的草地一片凄迷，看不到尽头。东风吹来，将百花吹开，又将百花吹谢，桃花在这春风中感受着红颜的变化。红颜将老，眼前这凄凉的景色谁又重来相看呢！

“春深浅”，这里用的是偏义词，指深。而后一句“一痕摇漾青如剪”则是写出春意深深，春水荡漾的情景。容若写词很注重词句的打磨，“摇漾”二字用得恰到好处，也很见功力。

“青如剪，鹭鸶立处，烟芜平远。”这首词的上片俨然一副大好的春光，岸边露出涨潮的水是青绿色的，犹如被剪刀剪过一般齐整。这样的景色想想也觉得宜人。在绿波之中，还有鹭鸶站立着，远处的草地在烟雾中一片迷蒙，看不清楚哪里才是尽头。

上片中，容若用了许多元素，构成了一副春景图，有水鸟，草地，绿水等等，这些都是春日里最常见的景物，但是在容若的笔下，却是显得格外有生机，别有一番情趣在其中。上片写景之后，下片并未抒情，容若依然在描述春天的样貌。

“吹开吹谢东风倦，缃桃自惜红颜变。”春风吹来，桃花落下，风过，花落这样的意境，容若许多词中也有用过，这是他用来写人世无常，岁月变迁常用的一种意象，但每次写起，都有不一样的感觉。

这首词中，容若用到了许多自然景物还有植物，例如“鹭鸶”“缃桃”等，这些都给这首词注入了新鲜的活力，不显得刻板。在活泼的氛围中，书写闲愁，这恐怕是容若的拿手好戏，他将闲愁与春光结合得恰到好处。

最后，在一片美景中，容若写到了他想要表达的意思：“红颜变，兔葵燕麦，重来相见。”红颜易老，春光易逝去，只有抓紧时间，才能享尽人生。不然空待到最后，想见的人都不知道该去哪里相会了。

忆秦娥（长漂泊）

长飘泊，多愁多病心情恶。心情恶，模糊一片，强分哀乐[①]。

拟将欢笑排离索[②]，镜中无奈颜非昨。颜非昨，才华尚浅，因何福薄？

注释

①强分哀乐：指喜怒哀乐分辨不清。强分，勉强分辨。

②离索：指离群索居的萧索之感。

赏析

这首词里，容若感慨自己的人生：长年漂泊在外，又加上这多愁多病之身，心情怎么能好呢？喜怒哀乐都难以分辨了，所有的感受交织在一起，模糊不清。想要排遣这离群索居的落寞而强颜欢笑，无奈镜中的容颜已逐渐衰败，今非昔比了。奈何日月蹉跎，人生易老，唯有自叹福薄！

作为词人，容若的内心是饱含灵性的，他渴望浪漫生动的生活，但作为臣子，他却只能每日恪守陈规，陪在君王左右，日复一日地度过无聊、一眼就能看到头的岁月。都说是寒疾害了容若，其实想来，或许是这无望而又无尽头的生活令容若的身体逐渐萎靡，渐渐失去了生活下去的勇气。

容若向往着精神生活，他想要过有价值的人生，可是现实和理想之间，总是难以权衡的。纳兰容若无法选择自己的人生，他从一出生就注定了这种锦衣玉食、衣食无忧但却贫瘠单调的日子。

每天陪在皇帝身边，打猎，游历，或是巡视奔波，这种没有尽头，重复的生活，让容若对侍卫生涯彻底失去兴趣，所以，他写下这首词，不再掩饰自己内心的厌恶感，而是详细地写于纸上，宣泄出自己的无奈与不满。

他大声地、直率地痛斥自己的命运为何如此，他感慨自己常常漂泊在外，又体弱多病。容若自幼身体就不好，患有寒疾。这种病发作起来，足以要了他的命，所以，他每次发病，都是一次死里逃生的经历。

这样也就可以理解，为何容若会在词的开篇写道："长漂泊，多愁多病心情恶。"这样的容若，实在是让人心疼，一片无奈的哀伤之中，仿佛能够逆转时光，看到病榻上的容若愁容惨淡，目光茫然。

常年的漂泊令容若没有家的感觉，而身体的孱弱更是令他每每都要经受病痛的折磨，在这双重的折磨下，如何还能够心情好呢？容若反复的一句"心情恶"，正是强调出了这一个现实。

但是就算再怎么不情愿，容若也是无法挣脱开这枷琐，他的家族显赫富贵，同时也就注定了容若要为这与生俱来的富贵做出牺牲，付出代价。他作为帝王的侍卫，在外人看来无比显赫，无比荣耀。可是在容若看来却是枷锁，是束缚，但这都无关紧要，只要容若让人看到他尽心尽责，让人看到他的赤诚之心，这就足够了。

这或许就是使命，是宿命的归结。容若百般挣扎之后，依然还是一道在王权倾轧下的寂寞背影，他明白自己的处境，自然心情也就不会好起来了。容若只能自我安慰，他在上片的结尾处写道："模糊一片，强分哀乐。"

所谓强分哀乐，指喜怒哀乐分辨不清。容若自己也分不清楚自己的心境到底是怎样的，他只能浑浑噩噩地度日。

于是下片时候，他便写道："拟将欢笑排离索，镜中无奈颜非昨。"依然是一如既往的愁绪满怀，在下片更显得沉重和无奈。在下片的词句中，容若真实地表达出了想要离群索居的愿望，他想要逃离，但这仅仅是一个愿望罢了。

容若自己也知道，容颜易老，自己已经逐渐的老去，不再年轻。而那年轻的梦想，早就随着时光远逝。所以，他在词的最终，也只得无奈写下“颜分昨，才华尚浅，因何福薄？”这样一句就草草搁笔。

生命还未走到尽头，但尽头却已经露出端倪，这大概是人生的悲哀吧。容若对于这首词的把控很好，平平淡淡中道出内心所想。容若在词中有抱怨皇室的情绪，也是易于感受的。

对这一类词，《清词史》中的评价为“几乎是孤臣孽子的情绪”。纳兰容若对皇室的感情是很微妙的，这大概与他的职位和心性有关，不管如何，容若这首词的地位，还是不可否认的。

阮郎归（斜风细雨正霏霏）

斜风细雨正霏霏①，画帘拖地垂②。屏山几曲篆香微③，闲庭柳絮飞④。

新绿密，乱红稀。乳莺残日啼。余寒欲透缕金衣⑤，落花郎未归。

注释

①霏霏：（雨、雪）纷飞，（烟、云）很盛。

②画帘：有画饰的帘子。

③篆香：像篆字的香。

④闲庭：安静的庭院。

⑤缕金衣：即金缕衣。以金丝编织的衣服。

赏析

清朝词人周之琦在《箧中词》中这样写道："或言：纳兰容若，南唐李重光后身也。予谓重光天籁也，恐非人力所能及。容若长调多不协律，小令则格高韵远，极缠绵婉约之致，能使残唐坠绪，绝而复续，第其品格，殆叔原、方回之亚乎？"

同是清朝词人的顾贞观在《通志堂词序》也对容若褒奖有加，他认为："容若天资超逸，悠然尘外，所为乐府小令，婉丽凄清，使读者哀乐不知所主，如听中宵梵呗，先凄婉而后喜悦。"

后人对容若的评价都是甚高的，当然容若也绝对是堪当此评价的。其中顾贞观对容若的评价十分中肯。他认为容若是先凄婉而后喜悦，这点在这首词中有着体现。

这首《阮郎归》写的细细密密，十分细腻，表达的是伤春伤别的愁情：斜风轻拂，细雨霏霏，画帘垂地，屏风曲回，香烟袅袅，闲庭飞絮，花红柳绿，乳莺啼晚，四处一片春意。春寒料峭，凉透锦衣，春意阑珊之时，为何你还没有归来?

虽然是表达愁绪，但依然能够看出的是，容若并非是刻意为写愁绪而写。他在词句的安排和字眼的打磨上很是讲究，尽量做到淡雅无痕，自然清新。伤春的词在容若的作品中不占少数，每一首都各有特色，但主题都是围绕一个“愁”字进行，将愁绪伤怀演绎得淋漓尽致，各不相同。

在这首词中，容若将情融于景中，“斜风细雨正霏霏”，开篇一句，并无多大特色，只是单纯地将风雨萧萧写出，但这已经足以刻画出春日的特色了。春天的风携裹着小雨，细细密密地洒落大地，滋润万物，酝酿生机，这才是大地轮回的又一个开始。

“画帘拖地垂。屏山几曲篆烟微，闲庭柳絮飞。”画帘垂地，屏风曲折蜿蜒，熏香点燃，散发出袅袅香烟，闲庭前面，柳絮飞舞，俨然一副大好的春光图。可是就这样的一幅春光里，容若却是无心欣赏。

“新绿密，乱红稀。”花红柳绿，大好的春日，可惜无心欣赏，四处虽然是一片春意盎然，但是“乳莺残日啼”的时候，你依然还未回来——“春寒欲透缕金衣，落花郎未归。”从白天等到夜晚，为何你始终没有归来。

容若词中的你是何人，是他的恋人，还是妻子，或者是朋友，容若并没有做更细一步的阐释，他不过是哀婉的写道，为何还不归来？便将笔搁放下，这就是容若，只管写出自己的心绪，便无需其他了。

容若的心，仿佛海底湛蓝的一片，看似透明，但却无法看透。

画堂春（一生一代一双人）

一生一代一双人[①]，争教两处销魂[②]。相思相望不相亲，天为谁春？

浆向蓝桥易乞[③]，药成碧海难奔[④]。若容相访饮牛津[⑤]，相对忘贫。

注释

①“一生”句：语出唐骆宾王《代女道士王灵妃赠道士李荣》：“相怜相念倍相亲，一生一代一双人。”

②争教：怎教。

③蓝桥：在陕西蓝田东南蓝溪上。传说此处有仙窟，相传唐代秀才裴航与仙女云英曾相会于此，求得玉杵臼捣药，终结为夫妇。专指情人相遇之处。

④“药成”句：《淮南子·览冥训》：“羿请不死之药于西王母，姮娥窃以奔月，怅然有丧，无以续之。李商隐《嫦娥》：“嫦娥应悔偷灵药，碧海青天夜夜心。”

⑤饮牛津：指天河边。传说海边居民曾乘槎至天河“见一丈夫牵牛饮之”。见晋张华《博物志》卷三。这里指与恋人相会的地方。

赏析

这是一首爱情词，是词人对可遇不可求的恋情的独白：既然我们是天生一对，为何又让我们天各一方，两处销魂呢？相思相望却不能相亲相爱，那么这春天又是为谁而设呢？蓝桥之遇并非难事，难的是纵有不死之灵药，但却难像嫦娥那样飞入月宫去与你相会。若能渡过迢迢银河与你相聚，便是做一对贫贱夫妇，我也心满意足了。

这首描写爱情的《画堂春》与容若以往大多数描写爱情的词不同，以往容若的爱情词总是缠绵悱恻，动情之深处也仅仅是带着委屈、遗憾、感伤的情绪，是一种呢喃自语的絮语，是内心卑微低沉的声音。

而这一首《画堂春》却是仿佛换了一个人，急促的爱情表白，显得苍白之余，还有些呼天抢地的悲怆，仿佛是痛彻心扉的呐喊。也许，只有一次痛入骨髓的失去，才能够发出如此的悲怆之声。

古往今来，爱情总是叫人欢喜叫人愁苦，美好的爱情就好似夜空中兀自绽放的烟火，瞬间的美丽照亮漆黑的天空，但为这一刹那的美好，人们所要付出的往往很多很多。容若为爱情付出得更多，他由困顿到解脱，由渴望到爆发，这期间的情绪波动十分的大，而这样的心绪，也就是这首《画堂春》。

这样，也便不难理解为何这首词的气场如此强大，不同与容若以往诗词的风格。劈头便是“一生一代一双人，争教两处销魂”，似乎是在控诉，也是在向苍天指望：为何相爱容易，相守就这么难?

容若的这句话，毫无点缀，直来直往，犹如一个女子，素面朝天，但因为天资的底蕴，耐得住人去看，去推敲。明明是天造地设的一对佳人，偏偏要经受上天的考验，无法在一起，只能各自销魂神伤，这真是老天爷对有情人开的最大的一个玩笑。

“相思相望不相亲，天为谁春?”既然相亲相爱都不能相守，那么老天爷，这春天你为谁开放?容若的指天怒问让人叹息，他真是情何以堪。这悲怆的上片，其实是容若化用骆宾王《代女道士王灵非赠道士李荣》诗中成句：“相怜相念倍相亲，一生一代一双人。”

容若将古人诗句加以修改，运用得十分到位。骆宾王的原句想来并无多少后人知晓，但容若的这首词却是传遍了大江南北。

下片转折，接连用典。其实小令一般是不会去频繁用典故的，这是禁忌，但是容若却偏偏是不顾禁忌，频频用典故。

“浆向蓝桥易乞”，这是裴航的一段故事：裴航在回京途中与樊夫人同舟，他赠送诗歌表达情意，而樊夫人却是回他一首：“一饮琼浆百感生，玄霜捣尽见云英。蓝桥便是神仙窟，何必崎岖上玉清。”

裴航苦思不得其解，后来他去到蓝桥驿，偶遇一位名叫云英的女子，顿生爱慕。而当裴航向云英母亲求亲时，却遭到一个难题。云英的母亲说只要裴航为她找到一件叫做玉杵臼的宝贝，就将女儿嫁给他。

裴航从樊夫人的诗句中得到启示，千辛万苦终于娶到了云英。而容若用这个典故，其实是想说像裴航那样的际遇于我而言，也是有过的。但至于容若遇到了什么样的事，后人也不得而知。

但想来，他也遇到了如同裴航一样大难题，可惜，他没有仙人指路，毫无解决办法，故而才苦恼万分。

苏雪林在《清代男女两大词人恋史之谜》中也提道："以为此恋人为'入宫女子'，'浆向蓝桥易乞'似说恋人未入宫前结为夫妇是很容易的；'药成碧海'则用李义山诗，似说恋人入宫，等于嫦娥奔月，便难再回人间；李义山身入离宫与宫嫔恋爱，有《海客》一绝，纳兰容若与入宫恋人相会，也用此典，居然与李义山暗合。"

这里写的"药成碧海难奔"也是一个典故，容若之后所写的"若容相访饮牛津，相对忘贫"也是一个典故。

传说大海的尽头就是天河，那里曾有人每年八月乘槎往返于天河与人间，从不失期。好奇的人便效仿，也踏上了探险之路，向东而去。漂流数日后，那人见到了城镇房屋，还有许多男耕女织的人们。

他向一个男子打听这是什么地方，男子只是告诉他去蜀郡问问神算严君平便知道了。严君平掐指一算后，居然算出那里就是牛郎织女相会的地方。

容若用这个典故，是想说自己虽然知道心中爱的人与自己无缘，但还是渴望有一天，能够与她相逢，在天河那里相亲相爱。这是容若的誓言，也是难以实践的约定，容若的爱，注定了漂泊，没有归期。

点绛唇　咏风兰[1]（别样幽芬）

别样幽芬[2]，更无浓艳催开处[3]。凌波欲去[4]，且为东风住。
忒煞萧疏[5]，争耐秋如许。还留取，冷香半缕[6]，第一湘江雨。

注释

①风兰：一种寄生兰，因喜欢在通风、湿度高的地方生长而得名。据徐珂《清稗类钞·植物类·风兰》云："风兰，寄生于深山树干上，叶似兰而短，有厚剑脊，夏开小白花，有一二瓣曲而下垂，微香，无土亦可生。"

②别样：特别、不寻常。幽芬：清香。

③浓艳：（色彩）浓重艳丽。代指鲜艳的花朵。

④凌波：形容轻盈柔美地在水上行走的姿态。

⑤忒煞萧疏：意为过分稀疏。忒煞，亦作"忒杀"，太、过分。萧疏，稀疏、萧条。

⑥冷香：清香，也指清香之花。

赏析

总能感觉到一种极不寻常的幽香，隐隐袭来，然而并未曾见哪儿有浓艳的花朵盛开。原是那清雅的风兰，随风舞动，摇曳多姿，如同仙子的身影轻盈而姣好，将要随着水波飘去。且为东风暂停那婀娜的脚步吧！但天气如此萧索稀疏，柔弱的风兰哪里耐得住这秋意沉沉？姑且留取这半缕幽冷的香气，如斯景致，大抵是湘江雨季中最为雅致的了。

题画，自古以来大抵有两种传统，一是直写画中风物，二则不是直写风物，亦不限于物内，往往有所发现与寄托。前者重于形，后者工于神。工于神者往往能够更好地表现出所画之物的精髓和气韵来，因此也更受到文人墨客们的推崇和追寻。元代画家王冕自题《墨梅》诗："吾家洗砚池头树，个个花开淡墨痕，不要人夸颜色好，只留清气满乾坤。"在寥寥数字的摹形之后（"淡墨痕"），明显可见画外言语（"清气满乾坤"），从而达到神形兼备；这首《点绛唇·咏风兰》，也是如此。

关于风兰的"形"，在这首词中我们能够获知的仅仅是它不浓艳，淡雅轻盈。既不像唐朝的诗人杜甫写"卷帘唯水白，隐几亦青山"那样明洁而富于技巧，也不像宋代诗人王安石写"一水护田将绿绕，两山排闼送青来"那样逼人眼球。更多的风致却是来自于对于"神"的摹写；本词选取了风兰的一个特性——幽香来写，为我们呈现出一幅淡雅清香的兰景图。闻觉一阵幽香隐隐飘来，环顾四寻，却没有看到有什么浓艳的花朵，倒是清雅的风兰摇曳出别样的风致，一种浅浅的欣喜涌上心头。但转而又产生焦虑，这淡雅幽香的花将要飘落进河水，惋惜感慨的同时也带给我们新的意象空间。王安石曾有一首《北陂杏花》，里面写道："一陂春水绕花身，花影妖娆各占春。"花与水这两个意象的叠加，倒映出美丽的意境。词人固然感叹"忒煞萧疏"，因怕秋风袭来而深锁眉头，却也似乎产生出一种"纵被春风吹作雪，绝胜阡陌碾作尘"的宽慰和豁达。所以，"还留取，冷香半缕，第一湘江雨"。这里一个"雨"字又给风兰增添了无限的风致，呈现出凄美的意蕴。

本是一幅静态的画，却写出了风兰律动的凄美和词人随之变换的情思。中国山水画向来注重意境的营造，无论是着墨之处还是空白之处，无论是浓涂还是淡抹，都有着对于风物表现的深藏动机。这种动机正是对"虚"与"实"恰如其分地把握和运用。宋人范晞文《对床夜语》说："不以虚为虚，而以实为虚，化景物为情思，从首至尾，自然如行云流水。"纳兰性德去世后，与他"以诗词相酬、书画鉴赏相交契"的张纯修为他辑刻《饮水诗词集》并作了序，称他"所以为诗词者，依然容若自言，'如鱼饮水，冷暖自知’而已”。这首词也恰恰透露出作画者独到的心思，以及与词人内心引起的共鸣。苏东坡对王维有过这样中肯的评价：“味摩诘之诗，诗中有画。观摩诘之画，画中有诗”，纳兰性德的词也是如此。词里行间透露出悠长无尽的画意来。没有注明，也无需提示，“香”“冷”“雅”都从纸墨间殷殷透出，随着清澈的流水，随着淅淅沥沥的湘雨，渗着无限凄美的意蕴。

就意境而言，画的空间是广阔的，词的空间也是广阔的。两者的交契融合带给我们视觉与神觉上的美好享受。

点绛唇　对月（一种蛾眉）

一种蛾眉[①]，下弦不似初弦好[②]。庾郎未老[③]，何事伤心早？
素壁斜辉[④]，竹影横窗扫。空房悄，乌啼欲晓，又下西楼了。

注释

①蛾眉：指蛾眉月，新月前后的月相。呈弯形，犹如一道弯眉，故名。

②下弦：下弦月，农历每月二十二日或二十三日之后的月亮。初弦：指阴历每月初七、初八的月亮，其时月如弓弦，故称。古人以蛾眉代指女人的眉毛，又以上弦、下弦之月代指女人的眉毛下垂或上弯。

③庾郎：指南朝梁诗人庾信。

④素壁：白色的墙壁、山壁、石壁。斜辉：指傍晚西斜的阳光。

赏析

本篇《点绛唇》汪刻有副题：对月。而词中所抒写之情景看，确如副题，此作是一首对月伤怀、凄凉幽怨之作。

上阕写到“蛾眉”“下弦”“初弦”，都指代的是明月，而明月在古典诗词中都被赋予了相思之情。这样的冷清的下弦月挂在天空，本身就是容易使人伤感的意境，作者又将其与满月作比较，便奠定了整首词悲戚的色彩。古人每每见到残破的、不圆满的景象都会有一种伤感的情怀。“庾郎未老，何事伤心早？”这句中“庾郎”是作者借以自喻，借庾信的人生际遇表现了自己现在的状况，还表明了他自己此时此刻的孤单与寂寞，作者此刻还正值壮年，正是人生的大好时光，本该是意气风发的时候，然而对妻子的思念却让他的心境苍老了几十岁，已经失掉了许多人生中该有的乐趣。这一切都表明了作者此时此刻客居异地的孤寂思乡之情，他看到的这一切景色都让他感到伤心惆怅，以至于产生了难以排解的寂寞。

下阕都是写景，以景寓情的手法在宋词中运用的比较多，这句描绘了作者此时居住的地方的景色，作者化情思为景句，将一切的思念都寄托在了眼前的景色之中，寓情于景又含蕴要眇之致。

“素壁斜辉，竹影衡窗扫。”月光静静挥洒在淡雅的墙壁上，竹影缭绕，交错地映在上面，让人感觉它们很是孤单。一个“扫”字，更加丰满了这些静物的意象，有一种静中有动的感觉。“空房悄，乌啼欲晓”，静寂的房屋中仿佛又响起了那悲切的啼叫，那悲凉的声音在房间萦绕，久久不能散去，充斥着作者的耳膜，而作者又想到已经亡故多年的妻子，睹物思人。作者幻想如果她还在，一定会在家中的楼上盼望自己能够回去。而自己此时却在异地他乡，与她有千里之遥，久久不能归家，这一切都说明了妻子对自己的相思之情，作者借妻子来表明自己思人、思乡难耐的情怀。而此处与其说是描写了一间空荡荡的屋子，又不如说是描写了作者的心房，那种心中空空如也、无依无靠的感觉，让读者从更深的层次明白了作者的悲痛。词末句“又下西楼了”，一个“又”字表明了作者对已故妻子的思念之痛每日都在折磨自己。月亮在拂晓时候隐去，这是大自然的规律，千百年来从未变过，然而每当此时，作者的心都会沉浸在一种思念的悲伤中，此处一句，更让通篇那种离愁别绪抒发得淋漓尽致。

就总体而言，这篇词是作者的思乡怀人之作。纳兰性德作为一个富家公子，虽然仕途如意，家世显赫，令许多人羡慕，但自己的感情生活却并不如意。他的前妻卢氏因为难产而死，对他的打击很大。纳兰容若虚年三十二岁就去世，他赋悼亡之年是二十三岁，卢氏卒后，他虽然是“续弦”了的，但“他生知己”之愿，“人间无味”之感，几乎紧攫他最后十年左右的心脉。纳兰对卢氏情真意笃，对和卢氏的恩爱生活更是难忘，他为之写了许多悼亡词。而这一首，也颇似悼亡之词。这篇词的风格婉丽凄清，通篇虽然只用了几个淡雅的意象，写出几个冷清的场景，但其中所透露出的无形哀思，却是难以掩饰的。他写词从来不矫揉造作，而都是发自内心，情至深处，一草一木在他的词中都会被赋予无尽的情感。

这篇词重在抒发自己的杂感，睹物思人，客居他乡，都是作者此时孤独寂寞的心情的外在表现。作者在百无聊赖之际，能做的只有是对故乡的思念和对亡妻的无限缅怀。也有人说这篇词是作者专门为怀念亡妻而作，从“未老”“伤心”“空房”等语看，是为卢氏亡故后作。

点绛唇　黄花城早望[①]（五夜光寒）

五夜光寒[②]，照来积雪平于栈[③]。西风何限，自起披衣看。
对此茫茫，不觉成长叹。何时旦，晓星欲散，飞起平沙雁[④]。

注释

①黄花城：在今北京怀柔境内。纳兰扈驾东巡，此为必经之地。一说在五台山附近。

②五夜：即五更。古代将一夜分为甲、乙、丙、丁、戊五段，此指戊夜，即第五更。

③栈：栈道。又称“阁道”“复道”。中国古代沿悬崖峭壁修建的一种道路。

④平沙雁：广漠沙原上的大雁。

赏析

点绛唇，又名“点樱桃”“十八香”“南浦月”“沙头雨”“寻瑶草”“万年春”等。明代杨慎的《升庵词品》载：“《点绛唇》取梁江淹诗‘白雪凝琼貌，明珠点绛唇’以为名。”最早见于南唐冯延巳《阳春集》。

词人在异乡漫漫长夜中难以入眠，故披衣起身出门，表达一种空对茫茫，无端寂寥的情怀。盛冬铃《纳兰性德词选》中说：“此词写月照积雪，雁起平沙，而人立西风之中，独对茫茫长夜茫茫大地，表达了一种空旷寂寞之感。情景相生，颇具感染力。”

词题“黄花城早望”，黄花城在山西山阴北境黄花岭后，地处雁北塞上，而距五台山差不多一天多一点的路程。据记载，清康熙二十二年（1683年），纳兰性德曾于二月和九月两次扈从康熙巡幸五台山。而这一次则是受命去大同，途经黄花城宿夜，看到此情此景，有感而发，于是便有了此作。

这首词在情景交融上营造得恰到好处。五夜指的是五更，也称为五鼓，现在指的是早上三点到五点那段时间。这段时间本是每天睡眠的最佳时段，然而这首词的时间恰是这个时候，以时间的先入为主，点出失眠，以此直接写出了情感的开端。五更十分，月光如水，寒气逼人，旷野无尽，残雪未消，与栈道齐平。北风不止，吹寒而来，薄衣何禁？独自披衣起身，放眼望向这黑色的寒夜，唯见点点月色残雪白光。所见茫茫，情何以堪，不觉长嗟咏叹。试问这漫漫长夜里，何时才能熬到天明呢？天边星辰，星星点点，好像渐渐淡去，怕这天也真快亮了吧？旷野上一只大雁突然惊起，飞向那不知何方的远方……

这首词和纳兰性德的另一首词《浣溪沙》（残雪凝辉冷画屏）很相似：

残雪凝辉冷画屏。《落梅》横笛已三更，更无人处月胧明。

我是人间惆怅客，知君何事泪纵横。断肠声里忆平生。

都是半夜难眠，起身独立茫茫夜色中，残雪未销，天寒料峭，月光如水。而在表达的情思上也很相似，前者“对此茫茫，不觉成长叹”，后者“我是人间惆怅客”，都是表现寂寥孤凄的情感。由这一点可以发现，纳兰性德词的另一种风格：纳兰性德善用开阔的意象表现内心的情感，将环境的空旷凄凉映照在情感上，将大的环境空间叠加在深沉而复杂的小的情感上，给读者呈现一种极具艺术感染力的表现方式。这种风格在纳兰性德绝大多数的边塞词中都能多多少少地体现出来。

点绛唇（小院新凉）

小院新凉，晚来顿觉罗衫薄[①]。不成孤酌，形影空酬酢[②]。

萧寺怜君[③]，别绪应萧索[④]。西风恶，夕阳吹角，一阵槐花落。

注释

①罗衫：丝织衣衫。

②酬酢：主客之间相互敬酒，主敬客曰酬，客敬主曰酢。

③萧寺：佛寺。唐李肇《唐国史补》卷：“梁武帝造寺，令萧子云飞白大书‘萧’字，至今一‘萧’字存焉。”后因称佛寺为萧寺。

④萧索：萧条、凄凉。

赏析

纳兰性德在《金缕曲·慰西溟》中有“马迹车尘忙未了，任西风、吹冷长安月。又萧寺，花如雪”句，词中即提到萧寺，史料记载：姜宸英参加“博学鸿词”考试，在京时曾寓萧寺。而纳兰与其交谊甚厚，姜在京时跟纳兰交游甚密，自然可知这首词多为纳兰怀念姜所作。

提到姜宸英，纳兰与其交游便有一段佳话。

姜宸英，字西溟，号湛园，又号苇间，是“江南三布衣”中的一位。与纳兰交游时姜是纳兰之父明珠政敌的门生，常与其父为忤，他曾经在纳兰面前摔过杯子，臭骂纳兰家“没有一个好人”。而纳兰却不以为然，认为姜的牢骚是出于对官场黑暗和龌龊的不满，始终以诚相待。在姜西溟在京考举时不顾父亲反对，毅然将姜接到自己家里居住，以解生活之忧。

另有故事说姜一向狂傲、口无遮拦，甚至几番欺君犯上的大罪，都被纳兰一一化解。姜也最终发现纳兰性德有一颗金子般的心，为之感动。在感谢纳兰的信中，他写道："轸念贫交，施及存殁。使藐然之孤，虽不能尽养于生前，犹得慰所生于地下。"由此可见，他们两人，一个是真诚待朋友，包容朋友，一个是直言不讳，快人快语。这样的友谊，这样的交情在今天读来，亦让人为之动容。

在这首寄词中，纳兰以"小院新凉"起笔，言及天气刚刚转冷，后句由"晚来"自然说到那一天至傍晚时，天气变得凉了，而由"清朝'博学鸿词'考试一般设于秋季"可知，此处说的应该是秋凉，秋凉便觉有些寒意了。词的上阕从自己的感官出发，写怀友心绪：天色已晚，小院里忽然添了几分寒意，便觉得此时衣裳有些单薄了。念及此处，便想起友人，为下阕怀人之言埋下伏笔。此时我只能一个人独饮驱寒，"形影空酬酢"一句便把自己的伤怀念远、孤独寂寞的心情刻画得惟妙惟肖。一个人独饮闷酒，自然是对着自己的影子对饮长歌了。可谁又是主谁又是客？来来去去还不是自己一个人罢了！

下阕自然承接到怀念友人处，便提及萧寺。自友人处起笔，想起当初跟友人在萧寺中惺惺相惜之情，对饮长谈之景，对比此刻的自己的形影相吊，不觉黯然伤神。恰巧是在萧寺，虽史说："梁武帝萧衍笃信佛教，多造立寺院，而冠以己姓，称为萧寺。"其名出自萧姓，但也觉萧索之意，遂有了下句"别绪应萧索"。此处纳兰匠心独运，把自己的情感转而嫁接到随后而至的秋凉之感上，又用萧寺做引子，显得十分巧妙有味。后边几句乃从容道来，一点都不带滞凝之感。

想想此处应是这种风景：西风劲吹夕阳，晚风凛冽，天气转寒，我怀念友人是否衣缕单薄，不抵风寒呢？想到你处，自是那槐花也承受不起这风寒，萧萧索索，落了一阵，你是否也执酒驱寒，跟我一般寂寞独酌呢？

纳兰此作将自己的思友之情藏起，上阕写己，下阕转至友人，把笔触瞄准了各种秋景，景语之处，句句怀人，显得尤为真挚感人。

浣溪沙（泪浥红笺第几行）

泪浥红笺第几行[①]，唤人娇鸟怕开窗，那能闲过好时光。
屏障厌看金碧画[②]，罗衣不奈水沉香[③]。遍翻眉谱只寻常[④]。

注释

①泪浥：被泪水沾湿。

②金碧画：即以泥金、石青、石绿三色为主的山水画。此画古人多画于屏风、屏障之上。

③水沉香：即沉水香，又名沉香。

④眉谱：旧时女子画眉所参照的图谱。

赏析

这首《浣溪沙》继承了传统诗词写作一大风格，便是情感女性化。词人借所思念之人的对自己的思念，来表达自己的思念，故虽词浅意显，仍是心思委曲，积思甚多，在情思上，可谓一波三折，别开生面。

从总体上看，全词在“怕”“闲”“厌”三阶段情感递进中上升。

上片“泪浥红笺”起首，全词的格调基本奠定下来。“泪浥红笺”是一种情感的外放，起头以这种方式，在诗歌中较为常见，也颇有效，在情感统摄上，有开门见山的优势。接着写“娇鸟”“唤人”，却“怕开窗”，这时，在情感的表现方式上，较“泪浥红笺”，就显得内敛一些，用“怕”来表现内中矛盾，她大抵会黯然神伤：“此遭启窗看，只怕又是，一番空倚栏。”接着情感益发收了一番，用了个“闲”，这看似无情感的词。然而这“闲”又是藏着极深沉情感的，“闲”与“好时光”的交织，是何其让她无奈与痛苦啊！

下片并未脱离上片的情感轨迹。第一句“屏障厌看金碧画”中的“厌”字，是全词情感的最高点，余下几句，尽是这时情感飞瀑直泄而下的水流，“罗衣犹觉寒”“眉谱无心看”。“厌”字较之“泪”“怕”，更为深沉，所以内敛得也最深。这时她对外部世界的一切只是一个“无心”，对那些氤氲的沉香、华丽的屏画，缤纷的眉谱等等，就因一个“厌”，不闻、不看、不画，无有适意，无不伤怀，看似“天命无常，人事随兴”，其实心中的情感激烈。这种“非我所爱，皆我所恨”的细腻而激烈的情感，逐渐从词中表现出来。

回观全词，词人在情感处理上颇动心思。在情感的处理上，采用“收”的方法，而情感的表现上，却是念人伤怀，愈感愈深，递相深进的“放”。这首词很短，可谓“小制”，然情感上却收放并进，读之味足，感慨至切。

这词中可圈可点颇多，然读来尚有不足处，便是格调不新，主要在于意象与情感的结合上，并未实现对前人的超越。这里取一首风格相似的词稍作比较。李清照的《凤凰台上忆吹箫》：

香冷金猊，被翻红浪，起来慵自梳头。任宝奁尘满，日上帘钩。生怕离怀别苦，多少事、欲说还休。新来瘦，非干病酒，不是悲秋。

休休！这回去也，千万遍《阳关》，也则难留。念武陵人远，烟锁秦楼。惟有楼前流水，应念我、终日凝眸。凝眸处，从今又添，一段新愁。

同是叹离别苦，同是无心整容妆，情感主体又同为闺中女子，只意象与情感的结合有异，读来便觉差异分明。意象情感结合不同，便是分野所在。

浣溪沙（伏雨朝寒愁不胜）

伏雨朝寒愁不胜[①]，那能还傍杏花行。去年高摘斗轻盈[②]。
漫惹炉烟双袖紫[③]，空将酒晕一衫青[④]。人间何处问多情。

注释

①伏雨：指连绵不断的雨。

②斗轻盈：与同伴比赛看谁的动作更迅捷轻快。轻盈，多用以形容女子体态的轻快、灵活。

③炉烟：香炉中的熏烟。

④酒晕：喝完酒后脸上泛起的红晕。

赏析

这是一首相思之作，却不同于那种甜蜜憧憬的怀想，亦不是刻骨铭心的感念。如果一定要用一个词来形容这首小令，那么非此二字莫可当得：阑珊。

作者一开始就把我们领入了那片“零雨其蒙”的小小天地。春潮微寒，连绵的小雨淅淅沥沥。造物者是有诗意的，总是在那样一个特定的时间为我们呈现这样一个微雨的初晨。如果我们还对“伏雨朝寒”这样古雅的表达感到一丝不顺畅，那么，不妨去读另一首脍炙人口的名篇：

撑着油纸伞，独自
彷徨在悠长、悠长
又寂寥的雨巷，

我希望逢着
一个丁香一样地
结着愁怨的姑娘。

诗坛巨子戴望舒的《雨巷》。同样是清清爽爽而染着凄迷的冷雨，可是雨巷里的“我”是幸运的，因为在油纸伞外，还有悠长、悠长的等待与寻觅，还有流淌着的随想伴着那结着愁怨的姑娘。但是容若却没有。清晨迎接他的，除了浮想联翩的小雨外，再也等不来那丁香一般的太息的目光。因为就在这一年，纳兰容若生命中最重要的那位女子离开了人间。

她是容若的第一位结发妻子，也有人说她是他遇到的第二个女人。无论如何，她都是容若怀想一生的知音和伴侣：卢氏。史书载，他夫妻二人恩爱有加，感情笃深。新婚燕尔的浪漫与纳兰容若词人的特质融合，成就了牵魂引魄、游梦天方的醉人生活。“自把红窗开一扇，放他明月枕边看”，容若于是用他的词笔记录着这段人间的佳话。

然而短暂的快乐也许就是为了让容若日后的回忆更为酸楚。就在三年之后的康熙十六年（1677 年）四月，卢氏产下一子海亮。约月余，卢氏因为产后患病，于五月三十日撒手人寰。突如其来的打击使容若万分伤痛。在以后的悼亡诗词中，他浸着泪水的墨笔一再流露出哀婉凄楚的不尽相思之情和怅然若失的怀念心绪。他的一首《沁园春》中写道：

便人间天上，尘缘未断，春花秋月，触绪还伤。

词中隐隐可以判断，也许在这时，纳兰容若已经暗暗与天上的爱妻约定，人间的遗憾将来要到天上去圆满。没想到，这竟成数年后容若英年早逝的谶语！

回到这首词中来。所谓“那能还傍杏花行？去年高摘斗轻盈”，正是“春花秋月，触绪还伤”的另一番写照。当年他曾和她在一起攀上杏树枝头摘取花枝，比赛谁最轻盈利落，而今的杏花春雨一如往昔，而佳人已逝，以至于唯恐再见到杏花，触动自己的伤心事。睹物伤情，算是中国诗歌由来已久的传统。

不过纳兰公子的才思却在这传统里有着独特的表现。我们读到这一句，会感到眼前一亮。原因很简单，在这里作者用了“高摘”“斗”“轻盈”，于是一幅轻灵欢快的图景如在眼前。诗歌美感的一个重要因素就是节奏。节奏，体现在形式上，就是诗的声律、韵部和停顿、间距、长短句的搭配等；而体现在内容上，则是描绘事物在感官上的突转。比如古代律诗讲求起承转合，一个重要的关节点就在五六句颈联的“转”。它可以是情感上的曲折，图景上的转换，或是叙事上的转折。一首好的律诗，差不多都有一个非常精神的“转”句。而这里的“转”就是内容上的节奏变换，产生跌宕的效果。这里我们虽然在谈词，但艺术的规律是相同的，完全可以将这句“去年高摘斗轻盈”看作一个视觉上的小小突转，因为前两句无论零雨还是落花，都是低伏着的意象。并且这里的突转，意义当然不局限于视觉上的节奏感。它更暗示了词的核心“情”，以强烈的对比暗示着当年的意气飞扬与今朝的意兴阑珊。

转到下片，出现一组精工的对句。“漫惹炉烟双袖紫，空将酒晕一衫青。”这两句解释出来，就是熏炉上的烟气轻轻萦绕，双袖在炉火中映出紫红的颜色，身着青衫而脸上泛出了酒晕。意思虽然没错，可一旦转换成我们的白话，马上变得不那么美了。因为它剥去了一些朦胧而又似是而非的意境。原句里双袖的紫色，似乎是炉烟的轻绕染上去的；而酒晕的微醺，仿佛又晕湿了青衫，这即是古典诗词的美。句中一个“漫惹”，一个“空将”，极写无聊之态。这里容若仿佛是说，我现在多么无趣啊，恍恍惚惚，呆呆地烤着炉火，饮着乏味的酒，忽忽悠悠就醉了，我也不知是为了什么，我也不知要做什么。这时感觉就有点奇怪了。如果把这首《浣溪沙》看作是一首思念亡人的感伤之作，那么容若应该是极写伤情之痛的，怎么现在变得恍惚迷离，百无聊赖了呢？我们甚至还会进一步联想，认为纳兰容若并没有那么钟情于这位女子，对她只是一种淡淡的印象罢了。其实并不是这样。我们看那首写给卢氏的《虞美人》：

银床淅沥青梧老，屧粉秋蛩扫。采香行处蹙连钱，拾得翠翘何恨不能言。

回廊一寸相思地，落月成孤倚。背灯和月就花阴，已是十年踪迹十年心。

末句“已是十年踪迹十年心”尤为感人。十年，对于三十二岁就英年早逝的纳兰容若来说，十年就是他生命的三分之一，就是他成年后的全部时光。他把自己最宝贵的年华全用来怀念，至情至性，可见一斑。那么他为什么要这么写呢？

因为这就是他的真实感受。

词，以独抒性灵为上，原本不需要那许多固定的感情倾向。一切词中的曲曲心款，唯有词人自己“冷暖自知”便已足够了。如果萦绕在我心间的真的是恍惚而不浓烈的思绪，那么我只管写出来好了，又何必管旁人如何领会呢？

那么容若为什么会对自己深爱的伴侣和知己产生这样一种阑珊的情愫呢？

这是很自然的。人的情感，会有强烈的爆发，也会有松弛下来的时候。如果一个人每一分钟都陷入最深最重的感怀，他早就活不下去了。而正是在这样松弛的状态下，围炉独饮，依然在恍惚中看到“去年高摘斗轻盈”，才真正显示出纳兰对这位女子用情之深。这可以从他的另外一首《浣溪沙》中得到诠释。那首词的下片是：

人到情多情转薄，而今真个悔多情；又到断肠回首处，泪偷零。

这里似乎在说情太多了就会物极必反，所以自己也开始后悔当年的多情。可这真的是他心中所想的吗？其实从逻辑关系上就可以推断了。正由于害怕“情到多时情转薄”，我才会悔当年的多情。如果当年不深情如斯，那么现在也就不会情转淡薄了。转来转去，还是在期望自己的深情一如往昔。作者在这里，仍是在低诉一腔钟情。本首《浣溪沙》也是一样，看似情转薄，其实那是“情到多时”的缘故啊！

尾句，作者终于舍弃了一切描写与对仗，平平呵出：人间何处问多情。人间之广大，竟然还是无处寻觅、亦无处寄托那一分多情。看似平淡的一句话，却实已把天地逼仄到了极处。这正是“谁念西风独自凉”的境界，西风遍吹，而独有我感到了深深的凉意。天地广大，而唯有我心怀迂曲，无处排遣，无处寄托。

浣溪沙（谁念西风独自凉）

谁念西风独自凉？萧萧黄叶闭疏窗①。沉思往事立残阳②。
被酒莫惊春睡重③，赌书消得泼茶香④。当时只道是寻常。

注释

①萧萧：稀疏的样子。疏窗：刻有花纹的窗户。

②残阳：夕阳，西沉的太阳。

③被酒：醉酒。

④赌书：比赛读书的记忆力。典出宋李清照、赵明诚翻书赌茶之事。李清照《金石录后序》云："余性偶强记，每饭罢，坐归来堂，烹茶，指堆积书史，言某事在某书某卷第几页第几行，以中否角胜负，为饮茶先后。中即举杯大笑，至茶倾覆怀中，反不得饮而起，甘心老是乡矣！故虽处忧患困穷而志不屈。"

赏析

西风吹来，谁会想到有人在这风中独自悲凉？"无边落木萧萧下"，遍地黄叶堆积，万物在沉寂前，似乎都要纷扬一番，如同蝴蝶一样地翻飞。秋也如此壮阔美丽，然而独坐闺中，疏窗紧闭，似乎与世相隔，只因为心中寂寥，独自凄凉。念起往事，独自沉思，在斜风残阳中，无限思量涌来，人何能解？

醉酒醉得深沉，便不用在这春日里惊起，再感时伤春。怀想曾经与他赌书的日子，真是快乐至极，以至于茶杯翻覆，倒进怀中。这些在当时看来，自以为是平平常常，而今尽是伤心的回忆啊！

这首词通过李清照的口吻，回忆和丈夫曾经美好高雅的生活，表达天人相隔的无限伤感。

宋代著名词人李清照，18岁时与右相赵挺之之子赵明诚结婚。夫妻生活甜蜜恩爱，两人志趣相投，一起收集古玩字画，并一起勘校，考订版本，生活十分闲适惬意。他们最常做的游戏就是在晚饭后猜书斗茶：两人先煮上一壶茶，然后轮流说出一句或一段古人的诗文，让对方猜这句话出自哪本书、第几卷、第几页、第几行，以猜中与否分胜负。猜对了就优先喝一杯茶。由于李清照的记忆力特别强，几乎是每猜必中，赵明诚不得不甘拜下风。然而，聪明幽默的赵明诚也每每在李清照端起茶杯时讲笑话，常常引得她哈哈大笑，以至茶杯倾覆怀中，浇得一身湿漉漉。李清照将这些生活趣事记录在自己与丈夫合写的《金石录后序》中，成为才子佳人传诵的千古佳话。

事实上，纳兰性德写李清照、赵明诚夫妇相敬如宾，意趣高雅，一方面出于对古人的羡慕和替古人感伤，另一方面则是因回忆起自己与妻子的经历，生发一种顾影自怜的情绪。纳兰性德是历史上很少遇到美满婚姻又能沉醉于婚姻的词人。

这首《浣溪沙》中间“沉思往事立残阳”与“当时只道是寻常”二句，情感极浓，情感上又是递进式的：由不知人生为何如此辛苦而“沉思”，思到头终究也无答案，却转头长叹“当时只道是寻常”，如何的悲观决绝，如何的痛不欲生！所以，王国维说“纳兰容若以自然之眼观物，以自然之舌言情。此初入中原未染汉人风气，故能真切如此。北宋以来，一人而已”，绝非溢美之词。或许后人会不能理解，他何以如此盛赞纳兰性德？王国维受德国伦理哲学家叔本华的悲观主义影响，他尤为认同尼采“一切文学，余爱以血书者”以及歌德的“凡人生中足以使人悲者，于美术中则吾人乐而观之”的观点，还自己说：“其使吾人超然乎厉害之外，而忘物我之关系。一旦入乎其中，犹集云弥月，而旭日杲杲也。”而词中这样的人并不是很多，算来也只有纳兰性德是这种真性情的人了。所以我们完全可以理解他何以会盛赞纳兰性德，而众人又以为“过誉”云云了。

浣溪沙（莲漏三声烛半条）

莲漏三声烛半条[①]，杏花微雨湿轻绡[②]。那将红豆寄无聊[③]。
春色已看浓似酒，归期安得信如潮[④]。离魂入夜倩谁招。

注释

①莲漏：即莲花漏。古代的一种计时器。

②轻绡：一种透明而有花纹的丝织品。代指杏花的红色花朵。

③红豆：红豆树、海红豆及相思子果实的统称。鲜红光亮，古人常用来比喻爱情或相思。

④信如潮：即如信潮，信潮，定期而来的潮水。

赏析

这阕词，是以女子的口吻话离别之情的。

词的上阕，着重写景，即景抒情。莲花漏，又称浮漏，是宋代发明的计时器的一种。“莲漏三声”点明词人容若正处在一个寂静的夜晚。在这个烛光微摇、略带寒意夜间，寂寞的容若打开小窗，任那略带寒意的几许杏花春雨轻打自己的脸庞、发丝和那薄薄的绡衣上。蓦然发现，寒食节已经近了。唐代的韩偓曾在《寒食夜有寄》中写道：

风流大抵是伥伥，此际相思必断肠。

云薄月昏寒食夜，隔帘微雨杏花香。

寒食节将近而相思却无计可消除——面对此情此景，刻骨的相思便如同春水一般袭来，紧紧萦绕在容若周围。痴心如斯，不由得心生感慨：“那将红豆寄无聊？”红豆是相思的象征，相传，古时有位男子出征，他的妻子每日倚于高山上的树下盼望爱人的归来；因思念远在边塞的爱人，而在树下日日期盼流泪。泪水流干之后，流出来的是粒粒鲜红的血滴。带着相思之苦的血滴凝结成一颗颗鲜艳的红豆子，在土地上生根发芽，长成一棵大树，结满了一树红豆子，人们称之为相思豆。唐朝的韩偓在《玉合》诗中写道：“罗囊绣两凤凰，玉合雕双鸂鶒。中有兰膏渍红豆，每回拈著长相忆。长相忆，经几春？人怅望，香氤氲。开缄不见新书迹，带粉犹残旧泪痕。”古代的女子一般会采撷红豆遥寄思念，这里作者运用对写法，虽明写爱人采撷红豆遥寄无聊，实则是为了突出词人在思念远方的妻子，愈见思念之深。

此时的纳兰心中所思念的女子会是谁呢？想必是那“生而婉娈”的娇妻卢氏吧？“戏将莲菂抛池里，种出莲花是并头”“偏是玉人怜雪藕，为他心里一丝丝”，容若的许多华美的词句便是他们爱情的真实写照。纳兰的侍卫身份决定了他要常常跟着皇帝到各地去巡查，因此总免不了与爱人频繁的离别——他总有太多的时间体会与心上人离别的滋味。但是任关山重重，路途迢迢，却剪不断他们相爱的深情。可惜美好的时间总是那样的短暂，仅仅三年过后，卢氏就因难产而死去，独留容若独自悲切：

谁念西风独自凉？萧萧黄叶闭疏窗，沉思往事立残阳。

被酒莫惊春睡重，赌书消得泼茶香，当时只道是寻常。

而在这首《浣溪沙》之中，纳兰容若与卢氏的伉俪深情被 刻画得淋漓尽致。

词的下阕，从身旁的景物出发，即景抒情。在一派杏花春雨柔美的包裹之中，容若不禁感慨：而今的春色，已然如同这香醇的美酒一般浓烈，一般让人沉醉。“已看”二字与“安得”相对比，春色愈浓，愈加体现出容若对于离家已久而归期不得的焦急与惆怅，对于远在故乡的卢氏的深切的思念。在这如酒如诗的春色里，远方的伊人于脑海之中挥之不去，而遥远的归期却如同潮水一般可望而不可即。心念及此，容若不由得万般惆怅涌上心头，真是“此情无计可消除，才下眉头，却上心头”。那缱绻的情思如同一张晶莹而细致的网，将容若紧紧地裹住。良久，容若望着这深沉的夜色，知道唯有将这一腔无人可诉的思念寄托在寂寞的夜里，在梦里摆脱这无奈而甜蜜的思念，“离魂入夜”，与卢氏，魂灵相依。

这首词运笔流畅如行云流水，描写爱情真挚缠绵，低佪悠渺的情致渗透在字里行间，使读者不知不觉间已被他深深打动。

浣溪沙（消息谁传到拒霜）

消息谁传到拒霜[①]？两行斜雁碧天长[②]，晚秋风景倍凄凉。
银蒜押帘人寂寂[③]，玉钗敲竹信茫茫。黄花开也近重阳[④]。

注释

①拒霜：花名。木芙蓉的别称。冬凋夏茂，仲秋开花，耐寒不落，故名。

②斜雁：斜飞的雁群。碧天：青天，蓝色的天空。

③银蒜：银质蒜头形帘坠，用以压帘幕。

④黄花：菊花。重阳：节日名，古以九为阳数之极，九月九日故称“重九”或“重阳”。

赏析

是谁把消息传来，说到秋日拒霜花开的时候就会回到我的身边？而今，它开得如此繁盛了，它告诉我秋天已经如期而至了。长天一色，两行斜雁缓缓向南飞去，这晚秋的景致益发悲凉。

蒜头形制的帘坠压着帘子，寂寞闺中，有人独坐窗前。玉钗轻轻敲着燃烛，人生何其茫茫！今年菊花又开了，大抵重阳又近了罢？

这首词在意象使用上主要采用了渲染法，尤其是对“秋”的渲染。不知何时，思念的人从远方传来消息，说秋天会回到她的身边，所以秋就超出本身作为季节的含义，成为相见的季节，成为期盼的季节。这词中渲染最多的便是“秋”：首先是“拒霜”花开了，然后“两行秋雁”翔“碧天”，后更直接说“晚秋风景”，“黄花开”以及“近重阳”，这些都在刻意点染季节。“秋”这一意象是纳兰性德最常用的，几乎是仅次于“愁”的了。如：

如梦令

木叶纷纷归路。残月晓风何处。消息半浮沉，今夜相思几许。秋雨，秋雨，一半西风吹去。

采桑子

彤霞久绝飞琼字，人在谁边。人在谁边，今夜玉清眠不眠。香销被冷残灯灭，静数秋天。静数秋天，又误心期到下弦。

并且这一意象的使用，往往也是和“愁”结合起来的，这也是传统诗词的一大风格。如《红楼梦》中的《秋窗风雨夕》：

秋花惨淡秋草黄，耿耿秋灯秋夜长。已觉秋窗秋不尽，那堪风雨助凄凉！

泪烛摇摇爇短檠，牵愁照恨动离情。谁家秋院无风入，何处秋窗无雨声。

罗衾不奈秋风力，残漏声催秋雨急。不知风雨几时休，已教泪洒窗纱湿。

可以说纳兰性德这首《浣溪沙》是通过渲染秋来突出愁，要表达的正是期待落空的愁思。

除用渲染法表达情感外，词中还恰如其分地运用点染法，对“闲”进行了很好的点染。“银蒜押帘人寂寂，玉钗敲烛信茫茫。黄花开也近重阳。”人寂寞凄凉，万事无心，百无聊赖，无尽空虚，尤其是“玉钗敲烛”一句，表现得何其空虚。

词中通过渲染和点染的结合，表现出客观世界的“秋”以及浅层心理世界的“闲”，从而将深层次的“凄凉”表达出来。

美的意象在纳兰词中，大多蒙了层灰色，使意象本身更加凄迷，进而到人，则益发顾影自怜，惹人喜爱。美的事物常被摧残，赋予了悲剧氛围，词人恐怕也是为展示悲剧更具备美学价值罢，如王小波所言：“一切喜欢都不可能长久，只有不堪回首的记忆，才被人屡屡提起，难于忘怀。”

吴世昌《词林新话》中说 :“此必有相知名菊者为此词所属意，惜其本事已不可考。”说纳兰性德有个互为知己的恋人，名字和菊有关系，这首词就是为了她而作的。但是这一推断不能得到考证。《纳兰性德词新释辑评》上说 :“既然本事无考，我们也不必非去计较对方究竟是谁，只把它当做一首爱情词去欣赏也就够了。”

浣溪沙（雨歇梧桐泪乍收）

雨歇梧桐泪乍收，遣怀翻自忆从头[1]。摘花销恨旧风流。
帘影碧桃人已去[2]，痕苍藓径空留[3]。两眉何处月如钩[4]？

注释

①遣怀：犹遣兴。翻：同“反”。

②碧桃：桃树的一种。花重瓣，不结实，供观赏和药用。一名千叶桃。

③痕：即鞋痕。

④两眉：两弯秀眉，这里指所思恋之人。

赏析

这首纳兰词，以全篇来看，应该是表达怀人之心，寄托相思之意的词作。纳兰所思应为其早年相恋的一位女子，至于词中女子是不是纳兰青梅竹马的表妹，或者患难与共的妻子卢氏就不得而知了。若非卢氏，那又会是哪位惊鸿照影的美人，使得词人“忆从头”久久不能忘怀呢？本篇《浣溪沙》所怀之人已经无籍可考，但这份深切的思念却绵远悠长，穿透时空的阻隔，铭刻在词人的内心深处。

上阕写景，纳兰熟练地融情于景，寓景于情，显示出不俗的笔力。

开篇提起梧桐兼雨，自然便令人想起李清照那首《声声慢》中的句子，“梧桐更兼细雨，到黄昏，点点滴滴”。由此，梧桐细雨历来被用来描写萧瑟之景，而这种典型化的意象所蕴含的内在情感向来与离愁别恨紧密相连，推至以前如唐温庭筠《更漏子》:“梧桐树，三更雨，不道离情更苦。”在这里纳兰此句“雨歇梧桐泪乍收”，把雨打梧桐之景和离恨别情融在一个“泪”字上，做到了情景交融。泪为眼中雨，雨是天之泪。雨泪相对，纳兰以我观物，所看之物便皆著我之色彩，自然，在纳兰眼中梧桐也在为其伤心，漫天秋雨也只不过昭示了他的宣泄。“泪乍收”语涉双关，一重理解是梧桐停止滴雨，就好像停止了流泪，如此则梧桐已然通了人性，自是脉脉含情；另一说则是词人听见秋雨暂歇而不再泫然流泪，如此一来，词人伤情，自然显露无遗。但不管作何种解释，词人的伤感在此作中却是不变的。

由此而来的“遣怀”二句也正点明了这种伤感之情。刚收泪眼，就过渡到回忆过往。“遣怀”二句正是承接上边造景时留下的余响加以推进的，此处词人感怀伤情，也自然与故人的一段美好往事有关，在这里，词人应指自己和昔日恋人一起度过的那段美好岁月。杜甫《佳人》有句：“摘花不插发，采柏动盈掬。”词人少年风流，伊人貌美如花，两人相偕，或吟诗作赋，或鼓瑟吹笙。相伴的日子一晃而过，昔日的甜蜜和浪漫随着时间的流逝都成为了“旧风流”，一个“旧”字顿时显出往事尘封的沧桑，这其中有多少词人的感慨。

下阕承接上阕“旧风流”，笔触描写到眼前之景，一片空寂。

“帘影碧桃人已去，屧痕苍藓径空留”，此句全然写景，影帘招招，桃依旧青涩，藓苍小径上，鞋痕犹在，人却不知何处去了。此句显系唐崔护《题都城南庄》中“人面不知何处去，桃花依旧笑春风”而来，表达了好景不长的感慨和无限怅惘的情怀。

纳兰写景，虚虚实实，一切景语皆情语，自然可知虚实安排也并非随意为之。在此句中，词人叙及帘影碧桃还在，伊人不在，为实景实情。“屧痕苍藓”此语表现的意象感觉是伊人离去之后，足迹仍在，这也只能是词人心中所想，不是实景；“径空留”意即小路寂然，依旧在眼前斜陈。“空”并不是外在的虚无，而是内心的空虚，恍恍惚惚，不知所往。

自古以来物是人非，人去楼空都让人无限叹惋，而词人流露更多的内心的寂寥和孤独。“两眉何处月如钩？”以眉代人，以月抒怀。正是月缺是思，月圆是念。

浣溪沙（谁道飘零不可怜）

西郊冯氏园看海棠，因忆《香严词》有感[①]。

谁道飘零不可怜，旧游时节好花天[②]，断肠人去自经年[③]。
一片晕红才着雨[④]，几丝柔绿乍和烟。倩魂销尽夕阳前。

注释

①《香严词》：清初诗人龚鼎孳的词集，龚鼎孳安徽合肥人，官至礼部尚书，与钱谦益、吴伟业并称“江左三大家”。

②旧游：昔日的游览。

③断肠：形容悲伤到极点。

④晕红：中心浓而四周渐淡的一团红色。这里指晕红的花朵。

赏析

看这海棠凋落，又飘零，谁不会生发一种怜惜的爱意？遥想去年，相偕一同赏花，正繁花时节好天气，而如今，那令我肝肠寸断的人，别我而去已经一年。

一片红晕的花朵，似乎沾上了雨点，那么催人心生爱怜，如我一般楚楚可怜。晚风吹起，天边云朵如鬓，随风飘去。伊人梦魂尽销，独立夕阳欲坠前。

海棠花有多种，纳兰性德说“一片红晕疑着雨”，看样子应该是红海棠或白海棠。海棠历来是一种受文人喜爱的花木，因为它高雅淡然，味淡而近乎无味，色美而不觉妖艳，被誉为“花中神仙”，唐玄宗还将沉睡的杨贵妃比作海棠。当然也有张爱玲，似乎是个例外，她有三恨，“一恨鲥鱼多刺，二恨海棠无香，三恨红楼梦未完”，不过同时足见她对海棠的倾心，只恨于她所爱的竟不能美到极致。苏东坡对于海棠的喜爱，也是尽人皆知的，“只恐夜深花睡去，故烧高烛照红妆”一句，便可见一斑。纳兰性德这首词中“一片晕红疑着雨，晚风吹掠鬓云偏”两句，是对海棠的正面描写，使用了纳兰惯用的意象处理方法，也就是给美的意象增加悲剧元素，这里刻画了一丛楚楚可怜的海棠花。

纳兰性德此首词是重游伤感之作，和晏殊的《浣溪沙》很相似，

一曲新词酒一杯，去年天气旧亭台。夕阳西下几时回？

无可奈何花落去，似曾相识燕归来。小园香径独徘徊。

同一空间，不同时间，而情感似乎还滞后于时间，沉浸在无尽的怀念中，一旦面对物是人非，往往予人以怅惘痛苦，所以王俨斋说：“柔情一缕，能令九转肠回。虽山抹微云君，不能道也。”

王俨斋说的“山抹微云君”指的是北宋著名词人秦观，其《满庭芳》词中有“山抹微云，天黏衰草，画角声断谯门”句，故苏轼称他“山抹微云君”。《满庭芳》词如下：

山抹微云，天黏衰草，画角声断谯门。暂停征棹，聊共引离尊。多少蓬莱旧事，空回首，烟霭纷纷。斜阳外，寒鸦万点，流水绕孤村。

销魂，当此际，香囊暗解，罗带轻分。谩赢得青楼，薄幸名存。此去何时见也，襟袖上，空惹啼痕。伤情处，高城望断，灯火已黄昏。

较之纳兰性德，秦观词景色凄迷，惹人怜爱；纳兰此词情动于中，催人生怜。秦不能道纳兰，纳兰未尝又能道秦观，二者可谓各有千秋，王俨斋的话，大抵该这般解读。

龚鼎孳为当时名士，与钱谦益、吴伟业并称“江左三大家”，他与纳容若相交甚厚，容若此时与友人故地重游，本是一件高兴的事，他却触景生情，想起龚鼎孳《香严词》中有“重来门巷，尽日飞红雨”的佳句，并由此想起当年游园时的情景，容若从昔日之景着笔，将今日的悲欢离合寄寓其中，初读时，似感迷茫，再读时，境界尽出。

浣溪沙（酒醒香销愁不胜）

酒醒香销愁不胜，如何更向落花行。去年高摘斗轻盈。
夜雨几番销瘦了，繁华如梦总无凭[①]。人间何处问多情。

注释

①繁华：是实指繁茂的花事，也是繁盛事业的象征。无凭：无所凭借、无所依托。

赏析

文章看似怜花，实际借花写出了对故人的思念。

一夜酒醒之后却发现柔弱的花儿已经凋零，只剩下片片花瓣残留，回忆起这些花儿在枝头绽放时的美丽容颜，谁能料到眼前这番颓败之景？如何能迈步再去赏花，如何舍得踏上这娇嫩的身躯，再给他们沉重的破坏？

“去年高摘斗轻盈”，花儿已经凋零，逝去的美好不再复返。只有回忆慢慢升起，顺着血液在全身汩汩流淌，渐渐涌上心头：那悠远的场景缓缓出现，春红柳绿，听得到黄莺嘤咛，听得到笑声如铃，去年今日赏花时，高摘斗轻盈。一起攀上枝头摘取花儿，比赛谁的身姿更加轻盈，一路笑语不断，惊起一片飞鸟。伊人如画美如梅。“当时只道是寻常”，而今阴阳相隔，只能花下落泪，睹物思人，争教两处销魂！

“轻盈”二字出自于李白的《相逢行》：

“怜肠愁欲断，斜日复相催。

下车何轻盈，飘然似落梅。”

这首诗是主要讲了作者在以此谒见皇帝之后巧遇一位美丽的女子，这惊鸿一瞥令他毕生难忘，于是他看着女子优美的身姿从心里发出感慨“下车何轻盈，飘然似落梅”。性德在这里主要是来形容心上人美如白梅。

即便是众星拱月，拥有繁华富贵功名利禄又能如何，谁解其中味？欲说却无言，锦绣丛中只落得满心荒芜。内心厌倦了现在的一切，但又无法逃离，能得佳人伴也就罢了，可总是天妒红颜，伊人早逝！

“夜雨几番消瘦了，繁华如梦总无凭”。风吹雨打，花儿怎禁得起如此，往日枝头的熙熙攘攘如烟如雾如画如卷如梦一场消逝了，不可依托。残留的花瓣无言地展示着时间的无情，繁华亦如此，不过是梦一场，不过是过眼云烟，欲借酒消愁，却愁更愁，醒来不过是更残忍的世界，绵绵阴雨带来的压抑加重了内心的孤寂，屋檐的水珠滴滴敲在心上。

落花飞尽，红消香断，往往惹得人吟出：“一朝春尽红颜老，花落人亡两不知！”黛玉从小离开亲人进入荣国府，一介孤女只能在那样的大家庭中过着战战兢兢的日子，稍有不妥随时可能招来非议，于是她在《葬花吟》中感慨自己的身世是“一年三百六十日，风霜刀剑严相逼”，而生活在富贵之乡的性德不用担心自己的寄人篱下看人眼色，但是他面临着更加无奈的局面：出身贵族、超逸脱俗、才华横溢、宦海生涯平步青云，一切在别人眼里都是值得羡慕的，但是谁能了解他的天性，对仕途的不屑，对功名的厌倦，对友情的追寻，对爱情的坚守，这些堆积在内心深处无处诉说的话渐渐形成一层层厚厚的锈迹，一颗玲珑剔透的心，充满了斑斑伤痕。

李煜成为亡国君主后，日日梦回往事，但国家已灭，明月、雕栏仍在，朱颜不再，此恨幽幽，于是他感慨道“问君能有几多愁”，将心中的遗恨表现得淋漓尽致，从而流传千古！

但是他的“问君能有几多愁”尚有“恰似一江春水向东流”的下阕，“人间何处问多情”呢？性德无法得出结论，他在反问这个世界，反问世人，反问自己。

醉时的梦幻、酒后的残酷，往往令人唏嘘不已。夕阳渐渐爬上墙头，时光易逝，红颜老去，只留一地余香借以缅怀，内心的孤寂只能独自品尝，何处问多情？

浣溪沙，淘尽了英雄红颜，只留下千载的孤寂与相思。

浣溪沙（欲问江梅瘦几分）

欲问江梅瘦几分[①]，只看愁损翠罗裙[②]，麝篝衾冷惜余熏[③]。
可耐暮寒长倚竹[④]，便教春好不开门[⑤]。枇杷花底校书人[⑥]。

注释

①江梅：江边的梅树。

②愁损：忧伤。翠罗裙：绿色的丝裙。

③麝篝：燃烧麝香的熏笼。余熏：犹余香。

④可耐：同“可奈”，无可奈何。

⑤便教：即使、纵然。

⑥“枇杷”句：原指唐蜀妓薛涛，后为妓女之雅称。唐王建《寄蜀中薛涛校书》：“万里桥边女校书，枇杷花下闭门居。”（一说此诗为胡曾作），后因称妓女所居为“枇杷门巷”。此处是借指花下读书之人。校：校订、校勘，此处为研读之意。

赏析

想要问问江边的梅花，冷风中你又清瘦了几分？只看得罗裙也憔悴。熏笼中燃香殆灭，只余下些许残香，衣襟渐凉。哪能忍受这暮色寒风里倚门而立？即便是盛春中，心中亦如此凄凉，又有何心情启门游目？枇杷花下，她紧闭闺门，唯索书强读。

这首词全词在情感的表达上呈现一种宛转而含蓄的风格。第一句“欲问江梅瘦几分”，明显并非发问，只是想发一番牢骚以解心中愁绪，可紧接着情思上却突转，淡淡地说了声“只看愁损翠罗裙”，只是让人看看罢了，并未大发牢骚。下片的“可奈暮寒长倚竹”，是将自己孤单寂寥说出来了；而紧接着的句子却是“便教春好不开门”，自己却将自己锁在闺房，独自承受起痛苦。词中情感主体的性格特征明显表现得十分复杂，我们可以说她优柔寡断，具有像哈姆雷特一样的延宕的性格；但正因为这样，她的性格才更迷人，让读者读来才有感同身受的认同。

纳兰性德在这首词中借用了薛涛的典故来凸显自己的寂寞寥落之情。

薛涛是唐代著名的女诗人。父亲薛勋原在京城为官，“安史之乱”与妻子裴氏迁往蜀中。不久，裴氏生下一女，遂取名薛涛，字洪度，意思是她是在渡过惊涛骇浪的洪流之后降生的。几年后薛勋去世，薛家家道中落，薛涛不得已入乐籍，成为一名乐伎。薛涛的诗以清词丽句见长，还有一些具有思想深度、关怀现实的作品。在封建时代妇女，特别是像她这一类型妇女中，是不可多得的。杨慎在《升庵诗话》中说它“有讽谕而不露，得诗人之妙”。《四库全书总目》也认为她的《筹边楼》“托意深远”“非寻常裙展所及”。

薛涛和当时著名诗人元稹、白居易、张籍、王建、刘禹锡、杜牧、张祜等人都有唱酬交往之作。居浣花溪上，自造桃红色的小彩笺，用以写诗。后人仿制，称为“薛涛笺”。王建《寄蜀中薛涛校书》诗称道：“万里桥边女校书，枇杷花里闭门居。扫眉才子知多少，管领春风总不如。”薛涛才情出众，并与当地官吏和当时著名诗人唱酬。脱名乐籍后，薛涛更以女诗人身份，出入幕府。当时的中书令韦皋听说了薛涛的才华，召她应席赋诗，薛涛不假思索立题《谒巫山庙》一诗：

乱猿啼处访高唐，一路烟霞草木香；
山色未能忘宋玉，水声尤是哭襄王。
朝朝夜夜阳台下，为雨为云楚国亡；
惆怅庙前多少柳，春来空斗画眉长。

韦皋大加赞赏，并准备提名她为校书郎。但是受到护军阻挠，只好作罢。而她“女校书”的名号却被叫响。又因为薛涛家门前有几棵枇杷树，韦皋就用“枇杷花下”来描述她的住地，从此“枇杷巷”也成了妓家之雅称。后来，由于薛涛几经沉浮，与元稹的爱情也受到打击，于是暮年的薛涛索性穿起道袍，闭门索居，建吟诗楼于碧鸡坊，在清幽的生活中度过晚年，不再参与诗酒花韵之事。

纳兰性德结句用了薛涛典故，婉转曲折地将一种今古之悲，轻轻道出，方寸感伤，油然而生。

眼儿媚（独倚春寒掩夕霏）

独倚春寒掩夕扉[①]，清露泣铢衣[②]。玉箫吹梦，金钗画影[③]，悔不同携。

刻残红烛曾相待[④]，旧事总依稀[⑤]。料应遗恨[⑥]，月中教去，花底催归。

注释

①夕扉：傍晚的雾霭。

②铢衣：传说神仙穿的衣服。重量只有数铢甚至半铢。因用以形容极轻的衣服，如舞衫之类。

③玉箫、金钗：同指所恋之人。画影：比喻看不真切的美丽景色。

④刻残红烛：古人在蜡烛上刻度，烧以计时。相待：对待。《韩非子·六反》："犹用计算之以相待也，而况无父子之泽乎？"

⑤依稀：含糊不清，不明确。

⑥遗恨：未尽的心愿，未完成的理想，遗憾。

赏析

《眼儿媚》的这个词牌，听起来似乎柔弱无骨，有着娇俏可人之意。容若写了许多和这个词牌有关的词，大多是伤感怀念之词。这首词也不例外，这是他写对恋人思念无果的一首哀伤之词。

这首词抒写对恋人的思念，写得十分婉转，千回百转的相思情抵不过时光的流逝，在如水的岁月中，爱情不过是弹指一挥间的等待，与那亘古的时光相比，这些相思，短暂的如同清晨的露水，转瞬即逝。

容若深知情爱的思念在时光面前的无助，所以，他更加痛苦地感受到了无奈和压力，这首词也正是在这样的心理压力下写成的。

独自伫立在春天傍晚的雾霭之中，细雨将衣服打湿。梦里都是你美丽的身影，那些相携相伴的美好时光却偏偏失掉了，怎不叫人懊悔？夜已深沉，曾经秉烛相待，如今往事依稀。想必会终生遗憾，花前月下的往事，已经一去不回。

近代学者吴梅认为容若是集大成者，他认为容若的小令是："凄婉不可卒读，顾梁汾、陈其年皆低首交称之。究其所诣，洵足追美南唐二主。清初小令之工，无有过于容若者矣。同时佟世南有《东白堂词》，较容若略逊，而意境之深厚，措词之显豁，亦可与容若相勒。然如《临江仙·寒柳》《天仙子·渌水亭秋夜》《酒泉子·荼蘼谢后作》非容若不能作也。又《菩萨蛮》云：'杨柳乍如丝，故园春尽时。'凄婉闲丽，较'驿桥春雨'更进一层。或谓容若是李煜转生，殆专论其词也。承平宿卫，又得通儒为师，搜辑旧籍，刊布艺林，其志尚自足千古，岂独琢词之工已哉。"

"岂独琢词之工已哉"，吴梅将容若的词已经完全分析透彻了，在容若的词中，他对于词句的雕琢就好像是一位能工巧匠对一块璞的雕琢一般，从璞变成玉这个过程十分繁复，而容若却是力求将词做到如此。

"独倚春寒掩夕霏，清露泣铢衣"，开篇第一句是描写失意的人独自站在春寒之中，任凭露水打湿衣服。在这句话里，"夕霏"用的格外动人，"夕霏"是指傍晚的雾霭，在傍晚的雾霭中，一个人的独自倚靠，于春日里孤独站立，这听起来就是一幅绝美的画面，容若写词，已经远远超出了字面的意境。

接下来，他又写道："玉箫吹梦，金钗画影，悔不同携。""玉箫、金钗"同指所恋之人。容若以此来隐喻自己所恋之人，而且在词中还用梦影这样美好而虚无缥缈的意境，令整首词读起来既有忧伤的情思，又不乏唯美的意境。

在经历了上片的幽思之后，下片转而写现实的事情，"刻残红烛曾相待，旧事总依稀"。这里要对"刻残红烛"解释一番，"刻残红烛"是指古人在蜡烛上刻度，用来计时的。词人用在这里，是说往昔四目相对的日子已经一去不复返了，而今的形单影孤，令自己更加怀念过去的美好日子，可是过去的就是过去了，想再也多也是不能回去了。

所以，在词的最后，容若写道："料应遗恨，月中教去，花底催归。"遗憾就是遗憾，无法弥补，带着终生遗憾走下去，直到尽头，生命就是这样，无法挽回，无法补救，但或许也正是因为如此，生命才更显得弥足珍贵吧！

眼儿媚（重见星娥碧海槎）

重见星娥碧海槎①，忍笑却盘鸦②。寻常多少，月明风细，今夜偏佳。

休笼彩笔闲书字③，街鼓已三挝④。烟丝欲袅，露光微泫⑤，春在桃花。

注释

①星娥：神话传说中的织女。此处指明眸善睐的美女。

②盘鸦：指妇女盘卷黑发而成的头髻。

③笼：通“拢”，牵、拈之意。

④街鼓：设置在京城街道的警夜鼓。宵禁开始和终止时击鼓通报。始于唐宋，以后亦泛指“更鼓”。挝：敲打。

⑤微泫：水微微下滴流动之貌。此处形容爱妻的脸光彩照人。

赏析

这是容若难得一见的喜悦之词，词中没有了往日的阴霾与忧伤，显露出一种特有的欢快之情，这在容若的词作中实属少见。

容若这个被忧郁包围了的男人，似乎天生就是忧郁的代言人，他的举手投足，字里行间，无不是透露着忧郁的气息。而在这首词中，却能读出喜悦。这是一首爱情之词，这首词写与爱妻重逢的喜悦之情。可见，在爱情雨露的滋润下，容若阴郁的心云终于也拨开了，他仿佛重新沐浴到了阳光，见到了蓝天。

“星娥”，是指的传说中的织女，神话故事中，织女与牛郎的故事无人不知无人不晓，他们真心相爱，却遭到了王母的阻隔，只能在每年七夕时节，于鹊桥上相会片刻，但就这如此艰难的爱情，他们也坚持了千年。

这个爱情故事感动了许多人，这些人里自然也有容若，因为他本身也是一个爱而不得的人。

后来有人将“星娥”用作诗词里的典故，将“星娥”指做明眸善睐的美女。唐李商隐《圣女祠》：“星娥一去后，月姊更来无？”朱鹤龄注：“星娥谓织女。”

容若与妻子之间的爱情一波三折，他还常伴帝王身边，作为帝王的侍卫，总要随着帝王出行。容若在这首词中便是说自己与卢氏，便是牛郎与织女，总是聚少离多，于是，再次见到卢氏，容若总是格外欢喜的。

终于再次见到你那美丽的容颜了，你强忍笑意将乌黑的发髻盘起，仿佛天上的仙女般动人。风和月明，良辰美景，这种情景往日虽也曾有过，可是今夜却胜过往常。不再拈笔写什么字，夜已深，街上已敲过了三更鼓，还是喜不自持。香烟缭绕中，更见人面桃花，光彩照人。

“重见星娥碧海槎，忍笑却盘鸦。”开篇便毫无顾忌的写出自己的喜悦，容若一向是个含蓄的人，直白的表述情感并不多见，可见，容若再次与爱妻团聚，多么的高兴！重新见到美丽的妻子，看到她的笑脸盈盈，人世间有再多的烦忧，也该忘却了。

“寻常多少，月明风细，今夜偏佳。”字字透露着掩盖不住的喜悦，这时的容若一心沉浸在与爱妻团圆的兴奋之中。他自然无法知道，不多久之后，他的妻子将会永远地离开他。这时的容若，俨然一个兴奋满满的孩子，他在妻子的关爱中，享受着这来之不易的时光。

上片写过自己与妻子团圆的高兴之后，下片便继续抒发这种情感，虽然与卢氏已经谈不上是什么新婚燕尔了，但他们之间的感情却要比许多新婚夫妻还要浓。“休笼彩笔闲书字，街鼓已三挝。”

下片的开头也是照样的平淡无奇，不需要再提笔写任何东西了，夜已经深了，街上敲过了三更鼓，可是喜悦之情，依然无法褪去。这句简简单单的情感表述，胜过千言万语的赞美。但话虽如此，容若在词的最后，依然是充满了溢美之词，“烟丝欲袅，露光微泫，春在桃花。”

妻子光彩照人，犹如桃花一般的面庞在容若眼中无疑是最美的，他在这一夜是欣赏这美的，也是享受这美的。

眼儿媚　咏梅（莫把琼花比淡妆）

莫把琼花比淡妆[1]，谁似白霓裳[2]。别样清幽，自然标格[3]，莫近东墙[4]。

冰肌玉骨天分付[5]，兼付与凄凉[6]。可怜遥夜[7]，冷烟和月，疏影横窗[8]。

注释

①琼花：比喻雪花。淡妆：淡雅的妆饰。

②霓裳：谓神仙的衣裳。相传神仙以霓为裳。语本《楚辞·九歌·东君》："青云衣兮白霓裳。"

③标格：风范、品格。

④东墙：东边的墙垣。程垓《眼儿媚·咏梅》："一枝烟雨瘦东墙，真个断人肠。"

⑤冰肌玉骨：用于赞美妇女的皮肤光洁如玉，形体高洁脱俗，这里形容雪中梅花的超逸之态。分付：付与、交给。

⑥凄凉：孤寂冷落。

⑦遥夜：长夜。

⑧疏影：疏朗的影子。形容梅花的形貌。

赏析

快乐，有时候很简单，有时候却又是永远也无法拥有。

有一个人，他拥有天下所有男人渴望得到的一切，却唯独没有快乐，为此，他闷闷不乐，在全天下男人仰视的目光中，高昂着头，与他那个高贵的家庭格格不入地前行。在容若身后的许多年之后，一次，和珅为乾隆呈上了一本《红楼梦》，乾隆皇帝看过后，掩卷长叹息道："这书里所写，不正是纳兰明珠的家事吗？"

曹雪芹出生的时候，纳兰容若早就死去了，他怎么会知道纳兰家的事情，又能把纳兰家事写进自己的小说里？这部红楼到底是曹雪芹的虚拟世界，还是纳兰家的故人往事？谁也说不清楚。

如果容若知道，他又会说什么呢？想来他只会淡淡一笑，便转身而去，他这样一个男子，是从不会去关注这样的闲事杂事的。对容若来说，精神世界才是最为重要的，就如同他写的这首词，处处透着冰清玉洁的傲骨。

这首词是在吟咏梅花高洁的品格的：不要将雪花当成自己淡雅的妆饰，要知道梅花才真的是像白色霓裳那样美丽！别样的幽独清香，高洁的风度格调，不要靠近东墙去玩赏，因为看一眼就能让人魂牵梦萦。她那冰肌玉骨的美丽风采是上天所赋予的，同时也给了她斗寒开放、清幽高洁的孤寂与冷落。可怜在这漫漫长夜之中，伴随着明月清辉，暗香浮动，疏影散满窗棂。

梅花冰肌玉骨，斗寒开放，不与凡花为伍，有着独特的清纯与脱俗，有人称梅花有着"别样清幽，自然标格"的风范，所以，咏梅自古以来也就是文人墨客笔下的不朽主题，被文人们看做是崇高人品的象征。

容若自然也不例外，他倾倒在梅花清纯脱俗的品相下，称赞梅花的品格，以此喻己之品格，容若其实是自比梅花，将梅花的品格与自己的品格相提并论，花品人品实为一体。他感慨自己如梅花一般，虽有着冰清玉洁的心，却身处寒冷凄苦的境地。

"莫把琼花比淡妆，谁似白霓裳。"容若认为梅花比得过任何花，没有花会有梅花的品格，在这首词里，词人将自己在现实生活中的感受，带入了词句中，他备受压抑的心灵，在咏梅的时候得到了释放。

容若以梅花自比，在词中有所体现，上片的后一句，他写道："别样清幽，自然标格，莫近东墙。"这与他在《金缕曲》中的"疏影临书卷，带霜华，高高下下，粉脂都遣，别是幽情嫌妩媚，红烛啼痕休泫"格外相似。同样是将梅拟人，清淡雅洁，表达了淡雅高洁，不愿流俗的愿望。

梅花并非是什么名贵之花，不过是冬日里的一抹淡雅，但就是这份淡雅，令容若仿佛看到了另一个自己。在开花的季节，那些百花争奇斗艳的时候，梅花孤傲地躲在墙角。可是在百花休眠，寒冬腊月的时候，梅花独独要崭露头角。即便风再冷，雪再大，也要傲然挺立，为冬日带来一抹色彩。

所以，容若在词的下片才会写道 ："冰肌玉骨天分付，兼付与凄凉。"梅花的这份冰肌玉骨，仿佛是上天赐予的，可是上天赐予了梅花冰肌玉骨，却并未赐予它一个好时候。容若想到自己，不也正是如此吗？生不逢时，无法得到心灵上的真正自由，就算锦衣玉食，有着种种别人羡慕的好生活那又如何，还不是活的如同行尸走肉？

容若只得在词的最后感慨 ："可怜遥夜，冷烟和月，疏影横窗。"在寂静的夜空，遥望明月，嗅着梅花的清香，度过这漫漫的黑暗。

自古圣贤皆是寂寞啊！

朝中措（蜀弦秦柱不关情）

蜀弦秦柱不关情，尽日掩云屏[①]。已惜轻翎退粉[②]，更嫌弱絮为萍[③]。

东风多事，余寒吹散，烘暖微酲[④]。看尽一帘红雨[⑤]，为谁亲系花铃[⑥]。

注释

①云屏：有云形彩绘的屏风，或用云母作装饰的屏风。

②轻翎：蝴蝶。

③弱絮：轻柔的柳絮。

④微酲：微醉。

⑤红雨：红色的雨，比喻落花。

⑥花铃：指用以惊吓鸟雀的护花铃。

赏析

“蜀弦”是泛指的蜀中所制的琴。相传汉蜀郡司马相如所用的蜀琴十分精致，后来人们便以此来表示精致的琴。而“秦柱”则是指秦弦，是古秦地（今陕西一带）的一种弦乐器。似瑟，传为秦蒙恬所造，故而得名。

“蜀弦秦柱不关情”，写出伤春之情，关情便是动情之意，在这美妙绝伦的音乐声中，都引不起激动的情感，无法令之动容，可见这忧郁有多么的深。既然美好动听的琴瑟之声都无法感化这忧郁，那便只能另想其他办法了。

这首词的写作年代已经不可考了，容若是在什么时间，什么地点写下了这首伤春词，还有待后人的猜测与考证。但其实事实如何，并不是很重要的，重要的是，容若在写这首词的时候，内心充满着忧伤。

他满怀悲伤地写道“尽日掩云屏”。“云屏”是有云形彩绘的屏风，或用云母作装饰的屏风。容若在屏风后独自忧伤，或许是这春日让他感伤了，“已惜轻翎退粉，更嫌弱絮为萍”。春天虽然是春意盎然的季节，但眼前的蝴蝶褪去粉翅，柳絮也不再飞舞，而是飘落到水中，看来是春逝去了。

这让容若一时感慨不已，从上片来看，这首词就是在写暮春之景和伤春之情的：春日寂寂，百无聊赖，美好动听的琴瑟之声也引不起激动的情感，整日都掩上云母屏独自忧伤。面前蝴蝶已经褪粉，柳絮也飘落水中，已是春事消歇了。尽管春日东风温煦，吹散了余寒，暖意融融令人陶醉，然而也摧残花落。唉！看那花瓣随风飘落，当初的护花铃恐怕已经没有用处了。

春逝一直是许多文人笔下的主题，看到春天逝去，夏日将至，许多人的内心会涌动出躁动不安的情绪，容若也是如此。面对春天的逝去，炎炎夏日的即将到来，他莫名地感到忧伤，所以，便躲在屏风后面，独自哀伤。

上片写了春逝的种种景象，下片依然是写景，不过写景之中还融入了些许感悟，“东风多事，余寒吹散，烘暖微酲”。尽管东风将余寒吹散，暖融融的春意让人仿佛喝醉一般有着眩晕的感觉，可是这春意马上就要消失，取而代之的是夏日的气息。

四季轮回本是无可厚非的，容若在词中这样感悟，忽然让人觉得春日的逝去有多么的不忍啊！所以，容若在词的最后感慨：“看尽一帘红雨，为谁亲系花铃？”花瓣凋零，仿佛下了一场红雨，看着没有了花朵的枝头，容若反问道，既然花都凋零了，那那些护花铃还有什么用呢？已经没有了想要保护的东西，护花铃便显得有些多余。

这首伤春词只是容若众多伤春词中的一首，读起来朗朗上口，用词讲究，而且将春日逝去的哀伤情思描写的可圈可点，不失为一篇佳作。

摊破浣溪沙（林下荒苔道韫家）

林下荒苔道韫家[①]，生怜玉骨委尘沙[②]。愁向风前无处说，数归鸦。
半世浮萍随逝水，一宵冷雨葬名花[③]。魂是柳绵吹欲碎，绕天涯。

注释

①林下：幽僻之境，引申为退隐或退隐之处。道韫：谢道韫，东晋诗人，谢安侄女，王凝之之妻。以一句“未若柳絮因风起”咏雪而闻名，后世因而称女子的诗才为“咏絮才”。

②生怜：可怜。玉骨：清瘦秀丽的身架，多形容女子的体态。

③名花：名贵的花，同名花一样的美人。

赏析

这首词饱含伤悼之意，大概为亡妻而做。1674 年，纳兰性德二十岁时，娶两广总督卢兴祖之女为妻，赐淑人。那时的卢氏刚刚年满十八芳龄，而且史书上记载她是“生而婉娈，性本端庄”。

这样的女子，自然是容若的最爱，夫妻二人婚后的感情十分好，恩恩爱爱，情深意切。可是天妒有情人，在他们结婚三年之后，卢氏便因为产后受寒而亡，这给纳兰性德带来极大的痛苦，从此“悼亡之吟不少，知己之恨尤深”。

爱妻的去世让容若经受了沉重的精神打击，他此后的词一度都是很消极的，他为卢氏写了很多悼亡词，词中多是流露出哀婉凄楚、不尽相思之情的。可是怀念再多，故去的人也是无法生还，这个惨淡的现实令容若心灰意冷，日子过得如同行尸走肉，只有在他的悼亡词中，还可以看到昔日容若的神采。

在怅然若失的怀念心绪下，容若写下了这首《浣溪沙》，这首词意境很美，是容若词中的极品之作。词意在晦涩中透着容若独有的淡雅气息，仿佛是幽谷深处开放的兰花，清幽淡雅，品格独特。

词的开篇依然是平铺直叙，直接道来，不过容若用到了一个典故，这个典故是他在词中多次用到的，便是“道蕴家”。所谓的道韫是指东晋女诗人谢道韫，作为才女，谢道韫以一句“未若柳絮因风起”而成名，之后许多诗词中便将谢道韫引为典故。

在这首词里，容若写道“林下荒苔道蕴家”，“林下”是指幽静僻静的地方，引申为退隐的去处。在幽僻的地方本来是谢道韫的家，可是如今却是荒芜一片了。曾经的女才子而今也是荡然无存，她的居所也在风吹日晒中破败下去。

容若写此，意思是要写出光阴无情。而后一句紧接着写道：“生怜玉骨委尘沙。”依然是在写谢道韫，她曾经美丽的身影，如今已被埋葬在了一片黄沙之中，但实际上，容若是在影射自己的妻子，曾经美丽温婉的妻子，如今也是双目紧闭，永远离他而去，不再与他相伴了。

所以，容若无计可施，只得“愁向风前无处说，数归鸦”。数不清愁绪，便抬头去数黄昏下的乌鸦，将自己缅怀亡妻的抑郁心情刻画到了极致。在上片写完景色之后，下片便接着写情。

“半世浮萍随逝水”，感慨自己的命运如同浮萍一样，半生的岁月就这样转瞬溜走，容若既是在悼亡妻子，又是在感伤自己。这首词的动人之处在于，他写词并非是纯粹的悼亡，还有写到自己，二者相互结合，更令后人感受到容若与卢氏之间的深厚感情。

《摊破浣沙溪》这个词牌，容若用过很多次，但这首词却是其中写得最好的词之一，林下那僻静之地本是谢道韫的家，如今已是荒苔遍地，可怜那美丽的身影被埋在了一片荒沙之中。这生死离愁无处诉说，只能抬头尽数黄昏归来的乌鸦。半生的命运就如随水漂流的浮萍一样，无情的冷雨，一夜之间便把名花都摧残了。那一缕芳魂是否化为柳絮，终日在天涯飘荡?

极其之美，极其之清冷，极其之动人，下片中的“一宵冷雨葬名花”令人无端地想起了葬花的黛玉，仿佛能够感同身受，看到有情人无法终成眷属的悲伤。最后一句“魂是柳绵吹欲碎，绕天涯”，更是点出这首词的主旨，无论爱的人死去多久，无论她的魂魄飘走多远，爱是永远不能忘怀的。

摊破浣溪沙（风絮飘残已化萍）

风絮飘残已化萍[1]，泥莲刚倩藕丝萦[2]。珍重别拈香一瓣[3]，记前生。

人到情多情转薄，而今真个悔多情。又到断肠回首处，泪偷零。

注释

①风絮：随风飘落的絮花，多指柳絮。

②泥莲：指荷塘中的莲花。倩：请、恳请。萦：萦绕、缠绕。

③拈：用手指搓捏或拿东西。

赏析

从“记前生”句来看，这首词是怀念亡妻之作：柳絮飘落水中化为点点浮萍，池中的莲花被藕丝缠绕。分别之时手中握着一片芳香的花瓣，道声珍重，记取前生。人若太过多情，情就会变得淡薄，如今终于知道这个道理，于是后悔自己太多情。又来到让人断肠的离别之处，无限伤情，泪水也暗自滑落。

这又是容若的一首悼亡词，想来是纪念卢氏的，作为容若的妻子，卢氏享受了容若太多的爱和关怀，之后容若虽然也娶过妻子，但都不及对卢氏那样情深意切，在卢氏死后，纳兰性德后又续娶关氏，并有侧室颜氏。

而且在纳兰性德三十岁的时候，在好友顾贞观的帮助下，纳江南才女沈宛为妾。沈宛的才气十分了得，容若与她惺惺相惜，二人情比金坚，只是可惜的是，容若死得太早，娶了沈宛一年之后便去世了。

这段爱情故事也就此画上了句号。容若一生爱过几名女子，但他的悼亡词却是始终为卢氏而写，这位陪他走过人生青春年华最初阶段的女人，霸道地占有了容若的内心深处那一抹不可被侵犯的领地。

续弦官氏对容若很好，而且对容若的长子富格也很好，但从这首词中可以看出，容若对卢氏的情感，并不是什么人能够轻易替代的。

多情公子在自己编织的情网中苦苦挣扎，犹如在风中久久飞舞的柳絮，终于支撑不住，掉落池塘，化作浮萍。容若也想忘记旧情，重新开始新的生活，重新开始新的感情，可是往日的美好就如同被施展了魔法的藤条，将他紧紧绑缚住，让他无法抽身。

上片以物开篇，“风絮飘残已化萍，泥莲刚倩藕丝萦”，这是多么无奈的描述，柳絮随风飘落，池中的荷花确实被莲藕牵绊着。以景喻情，格外伤情。这般景物就如同容若与前妻之间的感情，虽然已经是天人永隔，但他们之间的爱情，就像这扯不断的莲藕与荷花，就像飘飞许久不愿落于尘土的柳絮。

有着太多不甘心的容若，不愿意承认这段已经逝去的感情，他写这首词也就是为了悼念妻子，故而在上片结束的时候，他才会写道：“珍重别拈香一瓣，记前生。”其实就连容若自己也清楚，唯有忘记，才有重生。

记住前生的往事，则永远不能看到日后的阳光。上片结束后，下片便自然而然地承接，继而写道“人到情多情转薄，而今真个悔多情”。

在金庸的小说中，不乏为情所困的人，其中武功高强的李莫愁便算一个，她可谓是“人到情多情转薄”。为了爱一个男人，她将自己的一生都置于仇恨之中，但最终，她也没有得到那个男人的心，反而是令自己痛苦一生。

容若比不得李莫愁的凶残和极端，那是因为容若明白多情之苦，他悔当初的多情，如果可以少一分感情，那便是少一分牵挂。也不至于而今时过境迁，依然是“又到断肠回首处，泪偷零”。

这首《摊破浣溪沙》写得极为动人，尤其是下片中的那句：“人到情多情转薄，而今真个悔多情。”脍炙人口，流转千年，依然不减光芒。想要探查情爱相思之苦，只看这首词，便可领略一二了。

摊破浣溪沙（欲语心情梦已阑）

欲语心情梦已阑[①]，镜中依约见春山[②]。方悔从前真草草，等闲看。
环佩只应归月下[③]，钿钗何意寄人间[④]。多少滴残红蜡泪，几时干。

注释

①阑：残、尽。

②依约：仿佛，隐约。春山：春日的山，亦指春日山中，春日山色黛青因喻指妇人姣好的眉毛，进而代指美女。

③环佩：古人衣带所佩的环形玉佩，妇女的饰物。

④钿钗：金花、金钗等妇女首饰，借指妇女。

赏析

这首小令抒写对亡妻的思念：梦已尽，她那可爱的面庞和身影仿佛重又映在了镜中，依稀可见。当初伊人在时没有认真看过她美丽的容貌，现在真是悔不当初。而今她早已逝去，归于如梦一般的月下之境。她的遗物依旧留在了人间，然而物是人非，更令人悲痛不堪。睹物思人，泪蜡不干，就如同我想念你的眼泪一般。

历史上著名的悼亡词还有苏轼的《江城子》（十年生死两茫茫），容若的悼亡词常与这首词相比，苏轼在《江城子》中流露出的情感，与容若的悼亡词有着很大的不同。苏轼更多的是对人世沧桑变幻的感悟，虽然也是在思念故去的妻子，但是更多的还是对世事变幻的感叹。

在苏轼的词中，情真意切倒也不假，但就是少了那么点爱情的踪迹，可是容若的悼亡词就不一样了。他的悼亡词中真诚地感叹人世间的情爱为何总是无法预料，更是无法把握，如果可以得知这份情爱何时会突然消失，那提早有了心理准备，自己也就不用那么伤心无助了。

在容若的词中，可以看到爱情游走的痕迹，明显且不加修饰，不加遮掩，让人看到后只觉得真爱无价，却并不会脸红心跳。这就是容若爱情词的魅力之所在。同样的，在这首悼亡词中，容若依然秉承这种风格，将爱情进行到底。

“欲语心情梦已阑，镜中依约见春山。”开篇与苏轼的《江城子》里的意境有几分相似，同样是午夜梦回，看到故去的妻子坐在梳妆台前，对镜梳妆。想起往昔，妻子也是这样在梳妆台前打扮，然后回眸，嫣然一笑。

那曾经是多么美好的一幕场景，可惜随着人逝去，只能在梦里才能再次看到。容若和苏轼在写词时，心情定是戚戚然的。不过苏轼更多的是感慨物是人非，世事变化无常。而容若却是认真地回想往日的一切，追忆逝去的爱情。

“方悔从前真草草，等闲看。”从前一直没有认真地看过妻子的容貌，那是因为一直认为时日太久，却没想到，离别的日子竟然会那么突然的降临，而今再想看，却是无法实现的愿望了。

上片转换到下片，容若在这里依然是睹物思人，看着逝去妻子的遗物感慨万千，他看着妻子留下的首饰和衣物，留下了眼泪。可是泪眼朦胧中，妻子早已是随着梦境的醒来，一同消失不见了。

“多少滴残红蜡泪，几时干？”既然眼泪无法换回妻子，那自己为何还要哭个不停，只因为心中所藏的悲伤太多，无法遏制眼泪。面前的蜡烛，也在滴下红蜡，犹如思念中的泪水，何时才会干。

其实，理解诗词不能脱离时代背景，苏轼是宋代大家，容若是清代达贵中的词人，二人身份背景，文化背景都有着很大的不同，对爱情观念自然也有着不一样的看法。苏轼的悼亡词中，更多的是一种心境的描述，而在容若的悼亡词中，则是对爱情赤裸裸的表述。

二人对爱情不同的看法，造成了二人诗词上不同的描述，容若这首《摊破换溪沙》在词史当中别具一格，因为词中所哀悼的夫妻之情是古人通常都不敢明说的爱情，真正的爱情。情感让这首词升华，让容若也成为后人心目中的至情至爱之人。

摊破浣溪沙（小立红桥柳半垂）

小立红桥柳半垂，越罗裙缕金衣[①]。采得石榴双叶子[②]，欲贻谁？
便是有情当落日，只应无伴送斜晖。寄语东风休着力[③]，不禁吹。

注释

①越罗：越地所产的丝织品，以轻柔精致著称。缕金衣：绣有金丝的衣服。

②石榴：石榴树。亦指所开的花和所结的果实。

③着力：即用力、尽力。

赏析

这首词写的是女子伤春的情态：她在红桥垂柳畔伫立，风儿吹动罗衣，衣袂飘飘。伸手将石榴的叶子采下两片，可是又该把它送给何人呢？纵使心中万种情，也只能独自一人空对斜阳。东风啊，请不要吹得太过用力，风中的人儿已禁受不起了！

正史可考的纳兰性德的妻妾，共有四位。有这些女子一直陪伴在容若的生命里，在外人看来，容若也算是享尽艳福，可以满足了。

但容若却毫不领情，对于上天这样不薄的情分，他依然在词中发出了“料也觉、人间无味”的叹息。这声叹息俨然贯穿了他的一生。容若的幸福持续到卢氏离世，在研究纳兰容若的学者们看来，纳兰词有一个转折点，同样，这也是容若的人生转折点，便是康熙十五年（1676 年）的七月，卢氏去世。

面对爱妻的离开，容若伤心欲绝，他将卢氏的灵柩停在双林禅院一年有余，迟迟不肯下葬。之所以不让卢氏入土为安，是因为容若不忍就这样与妻子永别，他每日承受着巨大的伤楚，只是希望还能看到卢氏的灵柩，似乎就如同看到了卢氏本人一样。

但这样毕竟不是长久之计，卢氏终究是要下葬的。中国一向称之为礼仪之邦，任何事情都有严格的礼仪制度。灵柩的停法是十分讲究的，这与古代的礼制有关。按照周礼，人死之后不能马上入土，灵柩需要在家中放置一段时间，才可以入土，这是为了表示活着的人对死者的一种留恋情感。

在灵柩停放在家中的日子，被称之为“殡”，供人凭吊，当灵柩停放到一定天数的时候，才会入土。古时停灵的时间也是有规定的，并不是谁想停多久就可以停多久的。皇帝身份最尊贵，自然停灵的时间也最长。根据等级，依次往下推算，平民百姓停灵的时间应该算是最短的。

容若却视礼制于不顾，固执地将卢氏的灵柩停放一年多，是十分于理不合的。但在容若心中，还有什么比感情更为重要的呢？容若将卢氏的灵柩停放在寺院中，每日听着佛音，守着妻子，心中想念着过去与妻子共同度过的美好岁月。容若在寺院里流连忘返，只因他心中守着与卢氏的那份情感。

而也正是这份情感，影响了容若后半生词作的风格，容若的作品词集原本题为《侧帽词》，是用北朝独孤信的典故，可以看出那时的容若以一种贵公子风流自赏的姿态，傲然世间。但之后，容若将词集更名为《饮水词》，取的是禅宗话头“如鱼饮水，冷暖自知”的意思。那时的容若已经是和世间产生了隔阂，内心封闭起来。

这首词写女子伤春，其实真正伤的是自己。容若的这首词依然延续他一贯的词风，温婉平和，淡淡的忧伤中带着典雅的意味。犹如饮下一杯刚冲泡好的菊花茶，虽然有着淡淡的苦涩，但喝下之后，余香犹存。

“小立红桥柳半垂，越罗裙扬缕金衣。”一个美丽的女子形象顿时跃然纸上，她站在桥上，伸手采摘下两片石榴叶子，却不知道该送给谁。“采得石榴双叶子，欲遗谁？”女子的心情其实就是容若的心情，对某人有着深沉的思念，却不知道该如何送去，让那人知道，自己的思念有多么深。

这是一种无能为力的挫败感，纵使心中有着柔情万千，也只能随风而逝。“便是有情当落月，只应无伴送斜晖。”卢氏已经死去，但容若对她的爱却一直鲜活。但也正是因为如此，这份爱情才越加显得凄迷。

阴阳相隔，生死离别。这恐怕是人世间最悲伤的爱情故事，所以，容若在词的最后感慨道：“寄语东风休着力，不禁吹。”多少心事都只能藏在心里，东风啊，不要再吹了，风中的人儿已经因为思念过重，无法再承受任何打击了！

摊破浣溪沙（一霎灯前醉不醒）

一霎灯前醉不醒[1]，恨如春梦畏分明[2]。淡月淡云窗外雨，一声声。
人到情多情转薄，而今真个不多情。又听鹧鸪啼遍了[3]，短长亭。

注释

①一霎：谓时间极短。顷刻之间，一下子。

②春梦：春夜的梦。比喻转瞬即逝的好景，也比喻不能实现的愿望。

③鹧鸪：鸟名。体形似雷鸟而稍小，头顶紫红色，嘴尖，红色，脚短，亦呈红色。

赏析

《摊破浣溪沙》这个词牌其实就是《山花子》，古时的文人作词作诗有太多的讲究，他们视诗词为自己的第二生命，极为看重。一字一句斟酌再三，如同挑选红颜知己般仔细，词牌名有着时代的标准和意义，通常能从一个词牌名上，看到作者所要表达的情绪。

“摊破浣溪沙”实际上就是由“浣溪沙”摊破而来。所谓“摊破”，是把“浣溪沙”前后阕的结尾，七字一句，摊破为十字，成为七字一句、三字一句。而原来的七字句则将平脚改为仄韵，把平韵移到三字句末，七字句的平仄也相应有所变动。这就是这个词牌的来源，而后来的词人因为觉得好，就一直按照这种方式沿用了下来。

这首词写离恨：孤灯之前，一下子沉醉不醒，又怕醉中梦境与现实分割开来。窗外有舒云淡月，细雨声声。人说若太多情，情谊就会变得淡薄，而现在我已经真的不再多情了。可是，窗外又传来鹧鸪啼鸣之声，不知那送别的短亭长亭之处是否有人驻足倾听？

作为伤感之词，这首词写得十分哀怨，自怜自伤太甚。容若自己也说“人到情多情转薄，而今真个不多情”。这首词抒写是离情，但容若声声感慨真是多情不似无情，只有品尝过情爱之苦的人，才能做出如此深的体会。

在这首词上，容若做了一些词语上的技术处理，开篇那句“一霎灯前醉不醒”仿佛是一组动静交替的画面，做到了情景交融，相互映衬。这句起篇，令整首词有了似醒似醉，似睡非睡的模糊意境。

写离愁的诗词有许多，但这首离愁的词因为是容若写的，便与其他的词有了很大的不同。容若是一个天生内心纤细的人，他看待任何事物都要比别人更加敏感，更加透彻。离愁在容若的眼中比别人的更加沉重，仿佛天地万物同悲的味道。

在容若的离别词中，“淡月淡云窗外雨”，云和月在雨夜淡淡的，看上去朦朦胧胧似乎要落泪的样子。这真是将离愁写到了极致，而前一句“恨如春梦畏分明”也分明说道，这份悲愁，无可替代。

唐人张泌《寄人》诗有：“倚柱寻思倍惆怅，一场春梦不分明。”容若在这首词中，将一个“畏”字与前人的诗句中相替换，更使得词意显得矛盾哀愁。在这首词中，容若采用了许多表现手法，丰富的表现手法令这首词读起来活泼有趣，不乏趣味，虽然写道离愁，但也有着明快的色彩。

不愿面对现实，便要入梦逃避，但又无法安然地睡去，似梦非梦之中，离愁之意犹如窗外细雨，淅淅沥沥，连绵不断。而最后整首词的结语“一声声。又听鹧鸪啼遍了，短长亭”，使得词的整体风格更显得冷清生动，孤寂格外分明。

词中的每个字眼，都好似敲打在心坎上，难怪王国维称赞容若，“容若既突出‘离情’之‘苦’，又写出夜里相思之恨。”这首离别之词，写得十分精妙贴切。句句都写出了离人之恨。虽然容若总是化用前人诗句，但在词中所描述的心情和心境已经有了很大的改变。

容若仿佛是一位能工巧匠，将词意拿捏得恰到好处，巧夺天工，丝毫让人看不出有着前人的影子。从作词上来看，容若尽力完美地展现了他的情感，让其展露在世人面前，虽然凌乱，但却始终哀伤顽艳。

在上一首《山花子》中，容若同样写到了“人到情多情转薄，而今真个不多情”。极为平淡的一句话，却被用在了两首词中。想来容若是对这句话感悟极深的。无情不似多情苦，容若体会到了内心深处。

多情的容若自然无法忍受离别，所以他才更愿意长醉不醒，在梦中想念远去的人。但是，人世间，哪能不遇离别？唯有祈求时间能够冲淡别离之后的伤感。